# Jean Ziegler

# Das Gold von Maniema

Roman

Aus dem Französischen
von Hanna van Laak



GOLDMANN

Die Originalausgabe erschien 1996 unter dem Titel
«L'or du Maniéma» bei Éditions du Seuil, Paris

*Umwelthinweis:*
Alle bedruckten Materialien dieses Taschenbuches
sind chlorfrei und umweltschonend.

Der Goldmann Verlag ist ein Unternehmen der
Verlagsgruppe Bertelsmann

Genehmigte Taschenbuchausgabe 11/99

Umschlaggestaltung: Design Team München
Umschlagfoto: The Image Bank, Shinzo Maeda
Druck: Elsnerdruck, Berlin
Verlagsnummer: 44560
KR · Herstellung: Sebastian Strohmaier
Made in Germany
ISBN 3-442-44560-4

1 3 5 7 9 10 8 6 4 2

«Wenn ich nicht für mich einstehe,
Wer wird dann für mich einstehen?
Aber wenn ich nur für mich einstehe,
Bin ich dann noch ich?»

Babylonischer Talmud

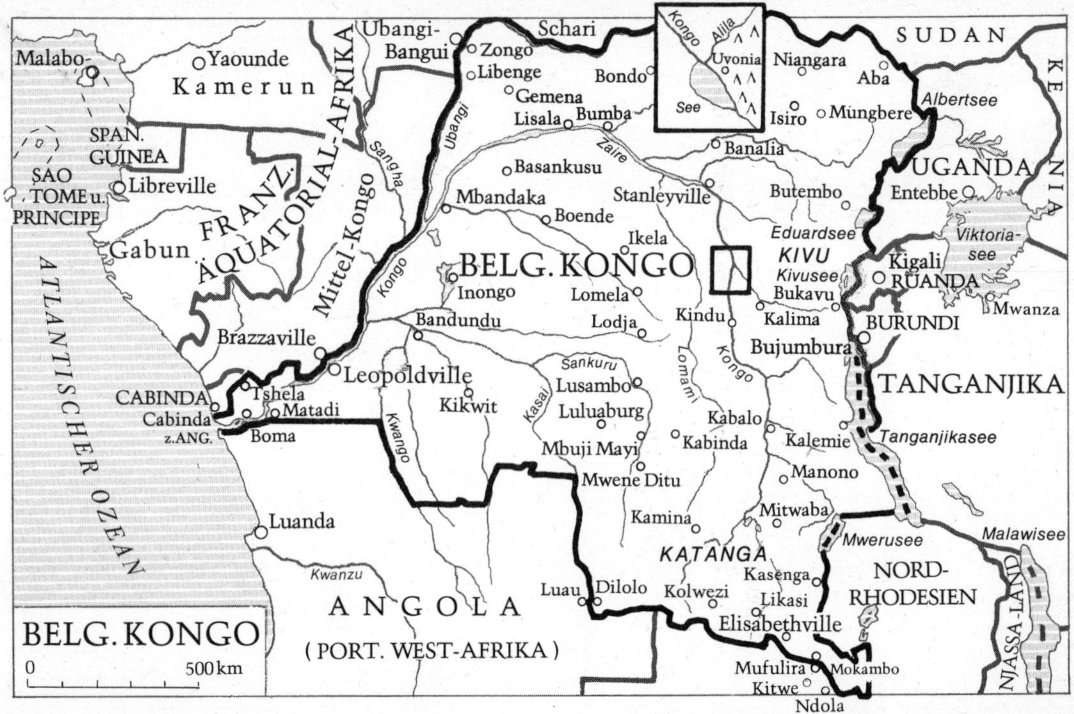
BELG. KONGO
0
500 km
SUDAN
KENIA
UGANDA
TANGANJIKA
RUANDA
BURUNDI
NORD-RHODESIEN
NJASSA-LAND
ANGOLA
(PORT. WEST-AFRIKA)
FRANZ. ÄQUATORIAL-AFRIKA
Mittel-Kongo
Gabun
Kamerun
SPAN. GUINEA
SAO TOME u. PRINCIPE
CABINDA
z.ANG.
ATLANTISCHER OZEAN
KIVU
KATANGA
Malabo
Yaounde
Libreville
Ubangi-Bangui
Zongo
Libenge
Gemena
Lisala
Bumba
Bondo
Niangara
Aba
Isiro
Mungbere
Banalia
Basankusu
Mbandaka
Boende
Stanleyville
Butembo
Entebbe
Ikela
Inongo
Lomela
Lodja
Kindu
Kalima
Bukavu
Kigali
Mwanza
Bujumbura
Bandundu
Brazzaville
Leopoldville
Kikwit
Tshela
Cabinda
Matadi
Boma
Lusambo
Luluaburg
Mbuji Mayi
Mwene Ditu
Kabalo
Kabinda
Kalemie
Manono
Mitwaba
Kamina
Luanda
Luau
Dilolo
Kolwezi
Kasenga
Likasi
Elisabethville
Mufulira
Mokambo
Kitwe
Ndola
Schari
Ubangi
Sangha
Zaire
Kongo
Kwango
Kasai
Sankuru
Lomami
Kwanzu
Albertsee
Eduardsee
Kivusee
Viktoria-see
Tanganjikasee
Mwerusee
Malawisee
Alila
Uvonia
See

Die Handlung dieses Romans ist frei erfunden. Die meisten der hier geschilderten Personen, Bewegungen und Ereignisse sind reine Produkte meiner Phantasie. Einzig der geographische und geschichtliche Rahmen der Erzählung sowie die allgemein bekannten Akteure sind Realität.
Die imaginäre Stadt Uvonia habe ich in der Nähe von Kindu angesiedelt. Niangala ist ebenso ein frei erfundener Ort.

ERSTER TEIL

## 1. Kapitel

Alle Männer, alte wie junge, waren schon lange vor Morgengrauen aus ihren Hütten gerissen, über den Platz zum Flußufer getrieben, an die Stämme des Palmenhains gefesselt worden. Die Söldner schlugen sie mit Bambusstöcken bis aufs Blut. Sie drückten ihre Zigaretten in den offenen Wunden aus. Bei Sonnenaufgang befreiten sie mit kalkulierter Langsamkeit eine Geisel nach der anderen und führten sie auf den Platz zurück.

Goldener Dunst stieg vom Fluß Kapili auf. Die ersten Strahlen der Sonne ließen die Fenster der nahe gelegenen Missionsstation aufflammen und fielen auf hohe Becken, die hier und da herumstanden.

Der Prior der Missionsstation von Niangala näherte sich schweren Schrittes in seiner mit Purpur eingefaßten weißen Soutane. Ihm folgte ein junger Diakon, der die Fahne der Republik Kongo und die Monstranz mit dem heiligen Sakrament trug.

Auf ein Zeichen des Obersts hin kam der Prior näher. Er nahm seine Hornbrille ab und säuberte die Gläser peinlich genau mit seinen von Arthritis verkrümmten Händen. Dann kramte er aus seiner Soutane ein Papier und verlas es mit rauher Stimme, in schwerem flämischem Akzent: «Ihr wißt, wo Marandura sich verbirgt. Marandura ist ein Mörder. Er kämpft gegen die Obrigkeit. Die Obrigkeit hat ihre Macht von Gott. Marandura kämpft gegen Gott. Wer sich auf Maranduras Seite stellt, stellt sich gegen Gott. Es ist eure Pflicht, der Obrigkeit zu helfen. Wo ist Marandura?»

Ein paar Frauen bekreuzigten sich. Niemand antwortete.

Zwei Soldaten packten die erste Geisel unter den Achseln, ein dritter hob sie an den Beinen hoch. Sie tauchten sie kopfüber in eines der Becken. Einmal, zweimal, fünfmal. Gelbliche Flüssigkeit, vermischt mit Erbrochenem und Blut, ergoß sich auf den Boden. Nach jedem Eintauchen befragte der Offizier das Opfer. Einige der Jüngeren beschimpften ihn, die Alten bissen nur die Zähne zusammen.

Schließlich kam die Reihe an einen greisen Schäfer, dessen Alter niemand kannte. Als der Offizier ihn zum wiederholten Mal aus dem Becken zerrte, ihn zu Boden warf und sich auf seine Brust kniete, um das Wasser herauszupressen, spien seine Lungen eine übelriechende grünliche Flüssigkeit aus. Seine Lippen erbebten. Einige Augenblicke lang einte die gleiche Erwartung Opfer und Henker. Der Alte murmelte etwas, doch niemand vernahm seine Stimme. Ein Zucken durchlief den abgezehrten Körper. Sein Gesicht wurde fahl, dann violett. Sein Blick brach, Blut rann aus seinen Mundwinkeln. Ein Röcheln drang aus seiner Kehle. Noch bevor der Offizier seinen Revolver gezogen hatte, gab der Alte sein Leben auf.

Der Prior strich sich über seine roten, kurzgeschnittenen Haare, blätterte in seinem Brevier und verlas hastig das Totengebet.

Die Sonne, die schon hoch am Himmel stand, überzog die Erde mit einem harten Licht. Atemloses Schweigen lag über dem Platz und dem Palmengarten. Die Kleinsten klammerten sich, von Entsetzen ergriffen, an die Schürzen ihrer Mütter oder drückten sich aneinander.

Die Frauen wußten, daß Marandura, der Sohn des alten Dieudonnés, des Kochs der Missionsstation, seit einigen Tagen wieder im Land war. Vor mehr als einem Jahr war er in Richtung Norden aufgebrochen, um sich im Dschungel anderen jungen Männern anzuschließen, die sich, wie es hieß, gegen die weißen Vorarbeiter auf den Plantagen auflehnten und die Militärposten in Brand steckten. Ja, Marandura war zurückgekommen mit seinen Genossen, hielt sich tagsüber versteckt und huschte nachts zwischen den Hütten umher. Zweimal schon hatte er die Jugendlichen des Dorfes um sich versammelt.

Die Söldner wußten zwar, daß die Rebellen sich in den Höhlen des Kapili-Tals versteckt hatten, doch die Verstocktheit der Dorfbewohner zwang sie, das Tal, die Anhöhen und die Abhänge systematisch zu durchkämmen; eine lange und gefährliche Operation mit ungewissem Ausgang.

Kurz vor Mittag trafen die Hunde ein, kräftige Schäferhunde, zur Jagd auf Schwarze abgerichtet. In Reih und Glied nebeneinander angeleint spürten sie mit der Schnauze am Boden der winzigsten Spur nach und durchschnüffelten zuerst den Talgrund, bevor sie sich an den mit dichtem Buschwerk bestandenen Hängen hocharbeiteten. Plötzlich spannten sich die langen Lederleinen am Beginn eines Pfads, heftiges Gebell. Die Söldner blieben den Hunden dicht auf den Fersen. Sie hatten den Finger am Abzug. Vor einer engen Schlucht auf halber Höhe kam die Meute zum Stehen. Ein paar zerbrochene Zweige, niedergedrücktes Gras, ein stacheliger Haufen vor einer Höhle bewiesen: Sie waren am Ziel.

Die Soldaten brachen in Jubel aus. Ein Leutnant beugte sich über den Spalt im Felsen. Er wurde auf der Stelle von mehreren Salven getroffen und fiel mit zerfetztem Gesicht nach hinten. Mehrere Männer und einige Hunde brachen im Feuer zusammen. Der Rest der Truppe ging hinter den umliegenden Felsbrocken in Deckung.

Der Kampf dauerte den ganzen Tag. Der von der Ausdauer der Aufständischen überraschte Oberst mußte Verstärkung herbeirufen. Die Garnison von Goma entsandte seine von amerikanischen Beratern geflogenen Hubschrauber, aus denen zwei Abteilungen Söldner und eine Kompanie schwarzer Hilfstruppen sprangen. Sie bezogen auf dem Kamm und im Tal Stellung.

Obschon sie umzingelt waren und pausenlos beschossen wurden, waren Marandura und seine Kameraden nicht zur Kapitulation zu bewegen. Rasend vor Zorn befahl der Oberst, die Frauen herbeizuschaffen. Er wählte fünfzig von ihnen aus, fesselte sie an den Händen aneinander und befahl ihnen, sich in einer etwa hundert Meter langen Reihe aufzustellen. Von panischer Angst ergriffen, gingen sie langsam den Hang hinauf, angetrieben von den Bajonettspitzen in ihren Rücken. Ihre purpurfarbenen, blauen und gelben Gewänder leuchteten vor dem Grau des überhitzten Gesteins. Weniger als zwanzig Meter vor der Höhle ließ der Oberst die Frauen anhalten. Er rief nach dem Diakon. Thomas übersetzte Wort für Wort die Anweisungen des Obersts. Schweigen. Er wollte soeben wieder nach dem Megaphon greifen, als sich eine Stimme aus der Grotte erhob. Eine singende Stimme, die Stimme eines Mannes aus dem Nordosten: «Wenn du uns haben willst, dann mußt du uns holen, du Mistkerl.»

Die Schießerei brach von neuem los. Der Oberst ließ die Frauen fortschaffen, die sich zwischen den feindlichen Linien zu Boden geworfen hatten und ihn behinderten. Die Sache war klar: Diese Fanatiker waren weder durch die Opferung der Frauen noch durch die Belagerung in die Knie zu zwingen. Er ließ auf der Anhöhe oberhalb der Höhle alle verfügbaren Benzinkanister aufhäufen und stieß sie in die Tiefe. Die Kanister rumpelten den Abhang hinab, prallten von Busch zu Busch, zerschellten an den Felsen. Eine krachende Salve setzte das Benzin sekundenschnell in Brand. Das Gestrüpp war ein Flammenmeer. Eine dichte Wolke, die den Geruch von verbranntem Fleisch, Benzin und Schießpulver verströmte, hing über dem Tal.

Durch den Qualm hindurch sah der Oberst schließlich, wie ein Felsblock vom Höhleneingang weggewälzt wurde. Ein Mann stürzte hervor, dann noch einer und wieder einer, am ganzen Körper brennend. Prächtige, absurde Fackeln. Schon erfaßte das Feuer den hinteren Teil der Höhle und das Munitionslager. Mit einem Donnerschlag, als sei das Ende der Welt gekommen, erzitterte der Boden. Die Höhle war nur noch ein rauchendes Loch im geschundenen Schoß der Erde.

Die Operation war ein voller Erfolg: Das Dorf war in Angst und Schrecken versetzt, und von Marandura, seinen Männern und seinen Waffen blieb nicht eine Spur.

## 2. Kapitel

Niangala, auf einem Felsvorsprung über dem Zusammenfluß des Kapili und des Duru gelegen, hatte etwa siebentausend Einwohner, die mehrheitlich dem Volk der Wagenia angehörten. Am äußersten Ende des Felsvorsprungs befand sich die Missionsstation, zu der eine steinerne Kirche mit grüngrauem Kupferdach, die Wohngebäude der Priester und Nonnen, die Schulen, das Krankenhaus, Reparaturwerkstätten für die Landwirtschaftsmaschinen, Gemüsegärten und eine Musterfarm, in der Zebus weideten, gehörten. Felder roter Gladiolen leuchteten jenseits der Umzäunung. Blaue Hibiskusbäume und riesige duftende Mimosastauden spendeten Schatten selbst am Mittag.

In einiger Entfernung schienen Lehmhütten wie zufällig entlang der einzigen gepflasterten Straße hingeworfen. Diese war leicht erhöht, damit die Lastwagen in der Regenzeit zwischen Juba und den Kaffeepflanzungen des Kiwu den Ort passieren konnten. Beidseits der Straße reihten sich die Läden der mauritanischen Händler aneinander, die mit weiten blauen *boubous*, bodenlangen Gewändern, bekleidet waren, die Baracken der libanesischen Diamantenhändler, die Lebensmittelläden und die von Portugiesen geführten kleinen Restaurants, die höhlenartigen Geschäftsräume der pakistanischen, indischen und singhalesischen Familien, die jene zartgrünen, roten, violetten, orangefarbenen Stoffe verkauften, aus denen die Kongolesinnen ihre Wickelröcke anfertigten. Stelios, ein bärtiger Grieche mit Donnerstimme, führte das einzige Hotel am Ort.

Wie alle Märkte des Nordens und Nordostens fand auch der Markt von Niangala zweimal pro Woche statt, freitags und sonntags. Auf dem roten Lehmboden sitzend, boten die Bäuerinnen inmitten eines Höllenlärms aus Gegacker, Geschwätz, Gemecker und Geschrei kleine Portionen gerösteter Ameisen und geräucherter Raupen feil, Säckchen mit dicken Mehlwürmern, in Körben zusammengepferchte Hühner, angeleinte junge Affen mit traurigen Augen und räudigem Fell, Ziegen, die die dreckigen Papierschnipsel kauten, mit denen der Platz übersät war, Emailwannen, Korbwaren, Töpferarbeiten, Eisenpfannen, Seife und Blechnäpfe. Schwarze Schweine tummelten sich in der Menge, warfen Körbe um und wühlten in den Haufen faulender Früchte.

Hinter dem nördlichen Ortsausgang wand sich die Piste auf den Hügelkämmen entlang, gesäumt von winzigen Feldern, die den Hang bis zum Gipfel bedeckten, so wenig Land hatte man den Schwarzen zugestanden.

Pater Grégoire vom Sacré-Cœur de Jésus, geborener Hermann Vandamme, hatte die Mission nach dem Vorbild einer Militärgarnison aufgebaut. Er war ein Spätberufener: Vor seiner Priesterweihe hatte er ein halbes Leben lang der belgischen Krone als Marineoffizier gedient. Er verehrte Hierarchie, Gehorsam und Ordnung als Widerspiegelungen göttlicher Gerechtigkeit. So riefen die drei Glocken der Kirche morgens zur Messe, mittags zum Gebet und abends zur Lobpreisung des heiligen Sakraments. Alle getauften Einwohner hatten daran teilzunehmen. Auf die eine oder andere Weise entging keiner der strengen Ordnung, die die Bestellung des Landes, das häusliche Leben und die seltenen Vergnügungen der Bauern reglementierte: Der Orden stellte die

Schuluniform der Kinder, gewährleistete kostenlose ärztliche Versorgung und verteilte Medikamente, er nährte die Familien, wenn der Regen auf sich warten ließ und eine Hungersnot die Region heimsuchte. Infolgedessen besuchten mehr als fünfhundert Kinder den Religionsunterricht, und zahlreiche Erwachsene ließen sich bekehren. Die sudanesischen und malischen Scheichs und Imams mochten wohl rufen: «Mohammed ist groß!» Jesus aber war reich: Die armen Bewohner der Region füllten die Kirche in der Hoffnung, sich die Gunst ihrer Wohltäter zu sichern.

Etwa zwanzig flämische, wallonische, französische und deutsche Missionare arbeiteten in Niangala, unterstützt von zehn afrikanischen Diakonen. Thomas Lusangi war schon vor zwölf Jahren bei ihnen aufgenommen worden. Alles an ihm verriet den Mischling, seine langen, steifen schwarzen Haare, die hohen Wangenknochen, die kupferfarbene Haut, die schmalen dunklen Augen. Mit seiner kleinen, muskulösen Gestalt, seiner sonoren Stimme gefiel er den Frauen.

Er war in einer Novembernacht des Jahres 1942 auf der Matte einer Strohhütte in Poto-Poto, in Brazzaville, geboren worden. Seine Mutter gehörte den Batetela an, «dem Volk ohne Boden», das der Sultan von Sansibar seines Landes beraubt hatte. Chinesische Wanderarbeiter, von den Franzosen importiert, hatten in jenen Jahren die Eisenbahn zwischen Brazzaville und dem Atlantikhafen Pointe Noire ausgebaut. In den Nächten ihres Zahltags ergossen sie sich betrunken und verzweifelt in die Straßen von Poto-Poto, schliefen mit einheimischen Frauen, zeugten Kinder. Thomas nahm an, sein Vater sei einer dieser geschundenen Arbeiter gewesen.

Seine Mutter war gestorben, als er acht Jahre alt war. Noch immer empfand er jenes Gefühl von Verrat, von Verlassenheit, das ihn damals gelähmt hatte. Aus dem bis dahin lebhaften und fröhlichen Kind war ein verschlossener und mißtrauischer Junge geworden.

Der Onkel, der ihn zunächst aufnahm, ein bitterarmer Fischer, hatte kein Geld für die Ernährung, die Kleidung, die Ausbildung des Heranwachsenden. Der Dampfer der Missionare von Niangala legte regelmäßig in Brazzaville an. Der Onkel vertraute seinen introvertierten Neffen Pater Grégoire an.

Wie die anderen Schüler hatte Thomas in der Mission lesen und schreiben gelernt. Er las viel. Gegenüber den Afrikanern seines Alters brüstete er sich mit seinen bruchstückhaften Kenntnissen der Philosophie und der Naturwissenschaften.

Als Mischling wurde er von seinen schwarzen Altersgenossen geschnitten. Arroganz war seine Verteidigung. Was seine Einsamkeit noch verstärkte.

Oft ließ der Prior den jungen Mann zwischen dem Angelusläuten und dem Abendessen, wenn rosiger Dunst aus dem Tal des Kapili aufstieg, in sein Arbeitszimmer rufen. Sobald man über die Schwelle des kargen Raums trat, erstarb der Lärm der Mission. Pater Grégoire erwartete seinen Besucher stehend, trotz seiner von Arthritis gemarterten Knie. Mit einem flüchtigen Lächeln forderte er Thomas auf, sich auf den Holzhocker ihm gegenüber zu setzen. Im allgemeinen fragte er ihn ein oder zwei Stunden lang nach seiner Arbeit, lieh ihm Bücher, erkundigte sich nach seiner Lektüre. In Gegenwart Pater Grégoires verlor Thomas sein Mißtrauen. Er verehrte den Prior, er bewunderte, er liebte ihn. Pater

Grégoire war der Vater, den er so lange gesucht hatte. Doch schon lange vor dem Massaker in der Höhle des Kapili hatte die Beziehung zwischen Hermann Vandamme und seinem Schützling sich zu verschlechtern begonnen. Der Mestize ertrug nicht den Anblick der Kinder, die die Bäuerinnen aus dem Busch an den Behandlungstagen zum Pater Arzt in die Krankenstation brachten. Die faltigen Gesichter der unterernährten Säuglinge empörten ihn. Er wandte seinen Blick ab von den an Kwashiorkor leidenden Heranwachsenden, die mit ihren spärlichen roten Haaren und aufgedunsenen Bäuchen auf dünnen Beinchen einherschwankten. Die Erschöpfung der Mütter, ihre Unterwerfung unter ein blindes Geschick erbitterten ihn.

An diesem Spätnachmittag in Pater Grégoires Arbeitszimmer brachen Wut und Zorn aus ihm heraus.

«Hochwürden, ich ertrage es nicht mehr! Ich fühle mich wie ein Blutsauger. Ich lebe friedlich in der Mission, ich esse jeden Tag und sehe als Zuschauer dieses langsame Sterben. Kwashiorkor! Bilharziose! Malaria! Unterernährung! Mir kommt vor, Ihr haltet das für die normalste Sache der Welt.»

Der Prior kannte diese Zornausbrüche introvertierter Menschen, die sich ereiferten und nur durch Autorität zur Vernunft gebracht werden konnten. Im übrigen, wer hatte dieses Unbehagen allen Gewißheiten zum Trotz nicht schon selbst erlebt? Doch darauf gab es nur eine Antwort.

«Wer bist du, daß du es wagst, dich gegen die Vorsehung aufzulehnen? Erfülle deine Pflicht, jeden Tag. An deinem von Gott dir zugewiesenen Platz. Nach bestem Wissen und Gewissen. Mit all deinen Kräften. Studiere, meditiere über der Heiligen Schrift, bereite dich vor auf ein nützliches Leben, auf ein Leben in Pflichterfüllung. Gott verlangt nicht das Unmögliche. Glaube an sein Erbarmen. Sei demütig. Warte, daß dir die Erleuchtung zuteil wird. Gott weiß besser als du um das Leid seiner Kinder. Er ist ihr Schöpfer, ihr Gott.»

Thomas schwieg verstockt.

«Die Glückseligkeit ist nicht von dieser Welt. Das Leid ist unser aller Los. Die Kinder werden im Jenseits glücklich sein.»

Thomas lachte bitter. Wie angestachelt fuhr der Prior fort.

«Willst du die Welt umstürzen? Alle Ungerechtigkeit besiegen? Du kannst nicht das Elend beheben. Du bist nicht der liebe Gott! Hüte dich, mein Freund, vor der Sünde des Hochmuts. Denk daran, allem Leid wohnt ein unergründlicher Sinn und Nutzen inne. Unser Herr hat am Kreuz gelitten.»

Thomas glaubte nicht mehr an das Böse, das Gutes hervorbringt.

«Hochwürden, diese Kinder sind Opfer. Die Weißen haben die Schwarzen ihres Landes beraubt. Und jetzt sind die Bäuche der Kinder von Würmern zerfressen und aufgebläht, sie essen nur jeden zweiten Tag, und nachts weinen sie vor Hunger.»

Überrascht durch dieses Argument, das jedes religiösen Bezugs entbehrte, war Pater Grégoire nicht gewillt, Thomas auf dieses Terrain zu folgen. Seine Stimme wurde eindringlich.

«Das Leiden der Unschuldigen ist ein großes Mysterium. Befolge den Rat unserer heiligen Mutter, der Kirche: ‹Betrachte das Elend nie ohne zu beten.› Wir sind nichts. Ein Häufchen Staub im Wind. Vertrau auf den Heiligen Geist. Er wird deine Schritte lenken.»

«Beten, beten. Ihr betet, die Patres beten, ich bete, die Diakone, die Nonnen beten, die Schulkinder beten. Am Sonntag betet die ganze Gemeinde, Tausende von Menschen beten vor der Kirche. Was ändert das? Nichts! Das Elend der Bauern aus dem Busch wird mit jedem Gebet noch schrecklicher.»

Pater Grégoire war von einem unerschütterlichen, tiefen Glauben erfüllt. Er liebte Thomas. Der junge Mann war der Sohn, den er nie gehabt hatte. Diese Angriffe schockierten ihn nicht, im Gegenteil: Thomas' Leidenschaft erschien ihm wie ein Akt des Glaubens. Pater Grégoire vom Sacré-Cœur de Jésus verabscheute intellektuelle Gleichgültigkeit, frömmelnde Selbstzufriedenheit, tatenlose Bigotterie. Beinahe zwölf Jahre lang hatte er versucht, Thomas einen lebendigen Glauben einzuhauchen, ein kritisches Gewissen, das Streben nach Wahrheit und Reinheit. Mit einer Spur Ironie dachte er, daß er sein Ziel erreicht hatte.

Doch dieses Mal war es keine heilige Leidenschaft, die Thomas beseelte. In seiner Stimme schwangen Bitterkeit, Härte und Zorn.

«Hochwürden, seid ehrlich! Wie soll man an einen Gott glauben, einen Gott lieben, der die Vernichtung so vieler Unschuldiger tatenlos zuläßt? Entweder ist Euer Gott allmächtig, dann ist er nicht gut. Oder er ist gut, dann aber ohnmächtig.»

Das war ein banales Argument. Doch Thomas hatte gesagt: *Euer* Gott. Der Priester fühlte sich zurückgestoßen. Er begriff, daß sein Sohn ihn verleugnete, daß Jahre der Zuwendung, Erziehung, Gemeinsamkeit sich als vergeblich erwiesen. Bestürzt versuchte er seine Stimme zu festigen.

«Ich ziehe den Glauben den guten Gefühlen vor. Hüte dich vor der Gotteslästerung, Thomas. Gottes Wege sind unergründlich. Aber zweifle nicht an seiner Gerechtigkeit.»

Thomas zweifelte nicht mehr, der Glaube hatte ihn verlassen. Er lehnte es ab, den Prior ins Refektorium zu begleiten, und kehrte in sein winziges Diakonenkämmerchen zurück.

## 3. Kapitel

Oberst Jacques-François Cermier hatte Anfang 1962 sein Hauptquartier in Niangala aufgeschlagen.

Für seine Männer war Cermier, wie die meisten von ihnen ehemaliger Offizier des ersten Fallschirmjägerregiments, das de Gaulle 1961 in Blida aufgelöst hatte, eine lebende Legende. Als blutjunger Freiwilliger hatte er mit den gaullistischen Kommandotruppen 1944 an der Invasion der Normandie teilgenommen, wurde vom General zum Compagnon de la Libération ernannt; er hatte Diên Biên Phu überlebt und 1956 die Panzervorhut bei Al Kantara geführt.

Er war schlank und geschmeidig und liebte schöne Frauen, gutes Essen und Musik. Seine Oberlippe zierte ein schmaler schwarzer Schnurrbart. Er war gebildet und ein Mann von ausgesuchter Lebensart und trank sogar im Busch zu seinen Mahlzeiten Champagner. Er trank viel. Außerdem nahm er Kokain, was gelegentlich ein Zittern seiner linken Hand bewirkte. In seiner sarkastischen, melancholischen und draufgängerischen Art strahlte er etwas Aristokratisches aus. Zu Recht. Cermier war der *nom de guerre* des Grafen Olivier de Belcise.

Seine einzige Obsession war die tödliche Bedrohung, die seiner Ansicht nach von den Marxisten und vom Islam ausging. Im Gegensatz zu den anderen Söldnern war er jedoch kein Rassist.

Das Oberkommando des Expeditionskorps Nord war im Hotel des Griechen untergebracht. Cermier verbrachte lange Stunden, oft ganze Nächte vor der großen Generalstabskarte, die an der Wand des Aufenthaltsraums im Erdgeschoß hing. Unter den Klängen des Adagios aus der Vierten Symphonie von Gustav Mahler schob er die bunten Fähnchen hin und her, überlegte, versuchte die Bewegungen seines Feindes durch das Labyrinth der überschwemmten Wälder, der Sümpfe, der Kanäle, der Pisten und Täler zu erahnen. Cermier war klar, daß er gegen diese Guerilla mit allen Mitteln kämpfen mußte. In Algerien hatte er wertvolle Beziehungen zum SDECE, zur Auslandsspionageabteilung, geknüpft. Der SDECE wußte beinahe alles über den Ursprung und die logistische Organisation der kongolesischen Rebellion. Durch ihn hatte er von der Versammlung des Vorbereitungskomitees der trikontinentalen Konferenz in Kairo Wind bekommen. Sie hatte Mitte Juli 1961 stattgefunden, kaum sechs Monate nach der Ermordung Lumumbas. Dort war der Aufstand in Zentralafrika beschlossen worden.

Cermier wußte, daß Ägypten und Kuba mit Unterstützung der UdSSR die Kader ausbildeten, den Kauf des benötigten Materials und der Waffen finanzierten und die endlosen Kolonnen von Lastwagen und die Flottillen flacher Flußboote ausrüsteten, die von der südsudanesischen Stadt Juba aus Lebensmittel, Medikamente, Funkgeräte, Munition und Waffen an die Rebellenstützpunkte im Urwald verteilten.

Er mußte die konkreten Einzelheiten dieses allgemeinen Plans herausfinden. Cermier kannte dazu nur eine Methode: die Folter. Eine Aktivität, die seinem Stellvertreter oblag, einem ehemaligen Legionär aus Kroatien mit Namen Branco Jusbasic. In Niangala war er gefürchtet und wurde gemieden. Aus gutem Grund. Der ehemalige Legionär, der dem Oberst bedingungslos ergeben war, verrichtete seine Henkersdienste listenreich, brutal und kompetent. Seine eigene Grausamkeit überstieg noch jene seines Herrn, dessen Zartgefühl und Humor auf sein Privatleben beschränkt blieben.

Im Keller des Hotels des Griechen ließ er vor den Augen seines mit Plastikseilen gefesselten Opfers sein *koukri* aufblitzen, das breite scharfe Messer der Elefantenjäger. Wenn die Drohung nicht genügte, wenn der Gefangene verstockt schwieg, zerschnitt Branco ihm systematisch Rücken, Bauch und Brust. Weit davon entfernt, ihm Einhalt zu gebieten, schienen die Schreie des Gequälten ihn aufzustacheln.

Schwieg der Gefangene immer noch, ging Jusbasic zur zweiten Phase über: Finger, Ohren, Hoden fielen auf den blutüberströmten Boden.

Die schrecklichen Schreie drangen durch die Mauern des Hotels, hallten im Ort wider. Die Frauen auf dem Hauptplatz bekreuzigten sich; Schweiß, geboren aus Angst und Zorn, perlte auf den Gesichtern der Bauern. Sie wußten, es war noch nicht vorbei. Mit der Spitze seines Koukris würde der Kroate seinem Opfer die Augen ausstechen, bevor er es, sofern noch am Leben, laufen ließ: Die Verstümmelungen dienten der Einschüchterung, sollten die Bewohner des Orts in Angst und Schrecken versetzen und die Entschlossenheit Cermiers nachdrücklich demonstrieren.

Unter der Folter hatten manche Gefangene geredet, und Cermier konnte sich ein genaueres Bild von der Entstehung der ersten Rebellenarmee machen. Nassers Agenten, bestens informiert über die Machtstrukturen, die Mentalität und die Beweggründe der Urwaldvölker, hatten geschickt die Fäden gezogen. In Kairo, Khartum, Algier und Paris, überall, wo es Zande-Studenten gab, hatten sie Kontakt zu ihnen aufgenommen, genauer gesagt, zu den Prinzen der Zande, der einzigen Kaste, die sich ein Studium leisten konnte. Fast alle gehörten dem Clan der Avongara an, dem kaiserlichen Clan. Ihr höchster Würdenträger, der Mani, herrschte seit undenklichen Zeiten über die verschiedenen Stämme und Kasten der Zande, ihre Vasallen, ihre Verbündeten und ihre Sklaven. Der kaiserliche Kral befand sich in Yambio, in der sudanesischen Provinz Bar-el-Ghazal, etwa siebenhundert Kilometer nördlich von Niangala.

Die marxistische Propaganda hatte Früchte getragen. Wieder zurück in der Heimat, indoktriniert, radikalisiert durch die Ermordung ihres Helden Patrice Lumumba, hatten die Prinzen ihre Reden den Erfordernissen der Tradition angepaßt und den Hoffnungen ihrer Ältesten geschmeichelt. Dem Mani, seinen Beratern, Richtern, Wahrsagern und Generälen hatten sie erklärt, daß mächtige fremde Freunde bereit seien, ihnen Waffen, Transport- und Kommunikationsmittel sowie viel Geld zur

Verfügung zu stellen, um das vor siebzig Jahren von den belgischen Usurpatoren geraubte Reich der Vorfahren zurückzuerobern. Die Aussicht, seine Vormachtstellung über den Osten und den Norden des kongolesischen Subkontinents wiederherzustellen, hatte für den Mani schließlich den Ausschlag gegeben.

Gekleidet in ihre langen Mäntel aus weißer Baumwolle hatten die kaiserlichen Abgesandten die Einbäume bestiegen oder sich auf die von den Pygmäen geöffneten Pisten begeben, um sämtliche Krieger der Mangbetu vom Ufer des Albertsees im Osten über die Urwälder des Zentralkongo bis hin ins Tal des Chari im Westen zu mobilisieren. Das bedeutete, daß alle Völker, die Ngbandi sprachen und die Oberhoheit des Zande-Mani anerkannten, sich der revolutionären Sache verschrieben hatten. In den Marktflecken, Dörfern und Weilern unter dem Äquator waren die Kriegstrommeln geschlagen worden. Aus der roten Erde war eine Armee auferstanden. Cermier ahnte noch nicht, wie mächtig sie war.

An diesem Abend speisten der Oberst und seine Offiziere wie so oft im Refektorium der Mission. Die Küche Dieudonnés und der weißen Nonnen war weitaus besser als die des Griechen. Trotz dieser Gastfreundschaft mißtraute Cermier dem Prior. Pater Grégoire, der vor kurzem zum Erzbischof der nördlichen Diözesen ernannt worden war, traf in der Tat regelmäßig in Léopoldville mit dem päpstlichen Nuntius zusammen. Der Vatikan mißbilligte die drastischen Methoden der Regierungstruppen, insbesondere die der «Schwarzen Pfeile», der einheimischen Antiterrorkommandos, deren Mitglieder sich vornehmlich aus den Bashi des Kiwu rekrutierten, und hatte bereits mehrmals vom Premierminister in Léopoldville die Entlassung der Söldner verlangt.

Allen vatikanischen Empfehlungen zum Trotz begegnete Pater Grégoire dem Oberst und den Offizieren seines Generalstabs mit Achtung; er fühlte sich geehrt und war dankbar für die Ablenkung von der trübseligen Missionsroutine.

Cermier, der in Gedanken noch bei den Ereignissen vor der Höhle war, nahm nicht an der Unterhaltung teil. Es waren weniger der nutzlose Widerstand, der verzweifelte Mut Maranduras und seiner Kameraden, die ihn beunruhigten, als vielmehr ihre ethnische Zugehörigkeit. Sie waren sämtlich Wagenia. Bis zu diesem Zeitpunkt jedoch hatte die sogenannte Befreiungsarmee ihre Kämpfer beinahe ausschließlich unter den Zande rekrutiert.

Nachdem der Oberst das Tischgebet über sich hatte ergehen lassen, den übertriebenen Schmeicheleien des Priors gelauscht und einige Gläser Champagner geleert hatte, beschloß er, sich den Eifer der Missionare zunutze zu machen. Man mußte sie nur ein wenig provozieren.

«Wagenia-Rebellen! Können Sie sich das vorstellen, hochwürdige Väter? So weit ist die Schlange also schon nach Süden vorgedrungen! Sie hat eure Schafe vergiftet. Seht sie euch doch an, eure unterwürfigen und friedlichen Völker der Nordprovinz!»

Der zerbrechliche Pater Charles, der mit mehr als achtzig Jahren immer noch die Krankenstation leitete, protestierte: «Aber Herr Oberst, Marandura und die anderen Terroristen waren nur ein isoliertes Häuflein. Die Haßtiraden von Radio Juba haben sie in die Irre geleitet!

Glauben Sie mir, unsere Leute verabscheuen diese Gesetzlosen. Sie schämen sich ihrer sogar. Unsere Gemeindemitglieder sind treue Bürger, die der Regierung und ihren Streitkräften Respekt entgegenbringen. Niemals würden sie sich gegen die rechtmäßige Obrigkeit erheben.»

Entrüstet über den Zweifel an der Rechtschaffenheit «seiner» Schwarzen rang der greise Priester nach Luft.

«Ich kenne sie seit mehr als vierzig Jahren. Gewiß, sie haben ihre Fehler! Bei den Alten ist es der Palmwein. Bei den Jungen die sexuelle Promiskuität. Es gibt viel Streit in den Familien, viel Ehebruch. Ein paar *grigris* hier, ein paar Amulette da. Reste von Aberglauben. Aber Sie sollten sie am Sonntagmorgen sehen! Wie sie alle glücklich sind und, ordentlich angezogen, der Messe beiwohnen. Sie lieben uns, wissen Sie!»

Die anderen Missionare nickten zustimmend.

Der Prior widersprach ihm scharf.

«Pater Charles irrt sich, Herr Oberst. Die Wagenia lieben uns wohl kaum. Sie bekreuzigen sich, sie lassen sich taufen, sie kommen zur Kommunion aufgrund der schlichten Überzeugung, daß unsere Fetische mächtiger sind als die ihren. Sie kommen zu uns, weil wir ihre Kranken heilen, in Hungersnöten Lebensmittel verteilen, ihren Kindern eine Schule bieten. Aber im Grunde ihres Herzens verabscheuen uns die meisten.»

Cermier fing den schnellen, verächtlichen Blick auf, den der Prior Pater Charles zuwarf. Dieser rieb sich, verletzt und verwirrt, an seinem Bart. Die Missionare hatten die Gabeln niedergelegt, die Nonnen hatten aufgehört zu servieren. Drückendes Schweigen lastete auf dem Refektorium. Einzig das Rauschen des Ventilators an der Decke und das ferne Heulen eines Schakals waren zu hören.

In etwas freundlicherem Ton fuhr der Prior fort:

«Und dennoch ist auch Ihre Analyse falsch, Herr Oberst. Schon seit Generationen bekämpfen sich die Völker des Nordens. Eine Allianz zwischen den Wagenia und den Zande ist undenkbar. Sie hassen sich.»

Cermier fixierte mit seinen traurigen Augen den Priester. Seine linke Hand zitterte. Pater Grégoire ärgerte ihn. Und Pater Grégoire wußte das, daher sein immer leidenschaftlicherer Tonfall, in dem sich persönliche Verstimmung und der Wunsch zu überzeugen mischten.

«Die Wagenia und die Zande hegen einen alten, eingefleischten, unausrottbaren Haß gegeneinander. Er hat nichts mit Religion zu tun, auch wenn die einen Christen und die anderen Muslime sind. Sie sind es ohnehin nur in Maßen. Es ist kaum mehr als ein hauchdünner Lack, der ihrem Glauben an die Götter des Urwalds nicht standhält. Das ist alles, was sie gemeinsam haben, abgesehen von der Sklavenjagd. Wobei die einen Opfer, die anderen Schinder waren.»

Pater Grégoire vom Sacré-Cœur de Jésus lockerte seine von Arthritis gemarterten Gelenke.

«Denken Sie an die arabischen Sklavenjäger aus Sansibar, Herr Oberst! Die Zande-Prinzen waren mehr als dreihundert Jahre lang ihre Gehilfen, ihre grausamen, gierigen, gnadenlosen Helfershelfer. In den Dörfern der Wagenia werden die Erzählungen über die Überfälle der Zande vom Vater auf den Sohn überliefert. Die Wagenia haben Hamed Ben Mohammed, genannt Tipo-Tip, den General der arabischen Armeen, nicht vergessen, sowenig wie die Sklavenhändler von Sansibar. Sie tragen noch die Narben dieses vergangenen Leids, das ihnen von den Zande zugefügt wurde. Darin wurzelt die Apathie, diese Passivität, die uns um den Verstand bringt, die jeder Eigeninitiative, jedem echten Fortschritt im Weg steht. Seht euch um, Herr Oberst! Das Trauma der Sklaverei ist in der Tiefe eines jeden Bewußtseins gegenwärtig. Lähmend, unausrottbar. Ein Wagenia würde sich eher vom Felsen von Niangala stürzen, als sich mit einem Zande zu verbünden.»

Was für ein Esel, dachte Cermier. Was für eine Naivität, was für eine Anmaßung, welch grenzenlose Unkenntnis dieser Völker nach jahrzehntelangem Leben in Afrika! Die Verhörprotokolle, die Berichte der Patrouillenführer und der Spitzel, die er in den Ortschaften entlang der Pisten des Nordens eingeschleust hatte, sprachen eine andere Sprache: Nicht nur rekrutierte die sogenannte Befreiungsarmee, die sich überwiegend aus Zande zusammensetzte, seit zwei oder drei Monaten viele Wagenia für ihre Ausbildungslager im Südsudan, mehr noch, aufständische Einheiten infiltrierten bereits zahlreiche Dörfer am Südrand des Urwalds, warteten nur darauf, auf einen Befehl über Funk hin Sabotageakte, Hinterhalte zu legen, Morde zu begehen. Aus den Berichten der Schwarzen Pfeile ging hervor, daß mehrere Trägerkolonnen der Guerilla, die vor kurzem bei nächtlichen Hinterhalten aufgegriffen worden waren, mehrheitlich aus Männern und Frauen der Wagenia bestanden. Das bedeutete, daß die Dorfältesten, die Wahrsager, die Meister der Masken und andere traditionelle Eliten der Wagenia der aufrührerischen Propaganda der Zande zum Opfer gefallen waren.

Der Oberst schäumte vor Wut über diesen armen Narren Grégoire, doch die Diplomatie gewann die Oberhand. Etwas Pathos würde genügen, um die Missionare aufzustacheln.

«Eminenz, wir brauchen Sie. Die rechtmäßige Regierung in Léopoldville führt einen schwierigen Kampf – den der Zivilisation gegen die Barbarei, des christlichen Westens gegen den Islam und die Marxisten. Wir zählen auf Ihr gütiges Wohlwollen, auf Ihre sonntäglichen Predigten und, wenn Sie gestatten, auf die klugen Ratschläge, die Sie und Ihre Mitbrüder den Gläubigen unter dem Schutz des Beichtgeheimnisses erteilen möchten.»

Das war mehr ein Befehl als eine Bitte, doch Pater Grégoire sah darin einen Vertrauensbeweis und neigte geschmeichelt den Kopf: «Sie können auf uns zählen, Herr Oberst!»

Die Mahlzeit ging in gehobener Stimmung zu Ende. Nur Thomas Lusangi war von tiefem Abscheu erfüllt. Kaum hatte er sich mit Pater Grégoire ausgesöhnt, da lieferte dieser ihm schon den nächsten Grund zur Verachtung.

## 4. Kapitel

Niangala schwirrte von unzähligen Gerüchten, die durch die Radiosendungen aus Juba immer neue Nahrung erhielten. Die jungen Leute der Stadt, darunter auch Thomas, hörten sie regelmäßig im Hinterzimmer der mauritanischen Ladeninhaber.

Mitten in der Regenzeit des Jahres 1962 war jedem klargeworden, daß im Norden und Nordosten des Kongo ein Aufstand von gefährlichem Ausmaß im Gange war.

Zur Vergeltung praktizierten die Regierungstruppen unweit Niangalas, nördlich des vierten Breitengrads, die Strategie der verbrannten Erde. Ihre im Südosten, in Goma, stationierten Flugzeuge überzogen jedes Dorf, jeden Weiler, der im Verdacht stand, den ausgehungerten, aus dem Dschungel geflohenen Rebellen Schutz zu gewähren – und sei es nur für einige Stunden –, mit einem Napalmbrand. Die verwesenden Leichen vergifteten die Flußläufe. Die Maniok-, Mais-, Sorghum- und Hirsefelder in den Lichtungen wurden zu Asche. Zehntausende von Menschen verhungerten.

Die Lastwagenfahrer, die regelmäßig in Dungu, Ahe und Faradje Station machten, berichteten Thomas von den Gewaltexzessen der Schwarzen Pfeile. In Faradje hatten sie, nachdem eines Morgens über der Schule der weißen Patres die grün-gelbe Fahne der Aufständischen aufgezogen worden war, alle fünfundachtzig Schüler auf ein vor kurzem abgebranntes Hirsefeld geführt und bis zum Hals eingegraben. Keiner hatte das anschließende Wettschießen überlebt.

In Bogoro spielten die Kinder wie jeden Abend zur Dämmerung auf der Hauptstraße des Dorfs, während die Frauen Hirse stampften. Die Männer stiegen gerade aus den Lastwagen, die sie vom Sägewerk zurückbrachten. Die Schwarzen Pfeile stürmten beinahe gleichzeitig heran. Ein scharfer Befehl ertönte. Dann Schreie: Mit Machetenhieben hatten die Schwarzen Pfeile Füße und Arme der vor Schrecken starren Kinder abgehackt. Anschließend waren die Angreifer in die Hütten eingedrungen und hatten sich von neuem auf die Kleinsten gestürzt. Es ist leicht, ein Kind zu verstümmeln: Ein oder zwei Machetenhiebe genügen, die Erwachsenen sind so sehr von dem Wunsch besessen, ihnen zu helfen, daß sie nicht einmal zurückschlagen.

Andere Fahrer im Norden, die in den Läden der Mauritaner in Niangala haltmachten, erzählten von bombardierten Weilern, von geplünderten Hütten, von Leichen, die in den Bananenplantagen in der Sonne verwesten.

Vergeblich versuchte der Prior Thomas zu erklären, daß Cermiers Strategie einer brutalen, aber notwendigen Logik gehorchte, daß die Dorfbewohner begreifen mußten, daß sie sich Vergeltungsmaßnahmen aussetzten, wenn sie den Gesetzlosen Schutz und Unterstützung gewährten.

## 5. Kapitel

Im Morgengrauen des vierzigsten Tages nach Maranduras Tod wurde Thomas von den dumpfen Klängen der Trauertrommeln geweckt. Er folgte dem Klang und gelangte zu einer halb zerstörten Baracke auf einem Hochplateau am Rand des Dschungels. Dichter Regen fiel, tropfte laut auf den Boden. Zwischen dem Laub liefen Ratten und Schaben umher.

Im Innern der Baracke warteten alte Männer und Frauen, die aufrecht und mit gekreuzten Beinen, die Hände auf den Knien, auf großen Strohmatten saßen. Nur die Initiierten wurden eingelassen. Viele Männer hatten den Oberkörper entblößt. Die Frauen trugen weiße Turbane – die Farbe des Todes.

Thomas stand im Türrahmen und sah sie von hinten. Der Zeremonienmeister war der alte Dieudonné, Maranduras Vater. Er erkannte ihn an den zwei roten Narben, die streifenförmig von der linken Schulter bis zu den Hüften über seinen Rücken liefen. Er klatschte in seine dürren Hände und dirigierte die Trommler. Mit einem monotonen und dennoch unregelmäßigen Murmeln, irgendwo zwischen Schweigen und menschlicher Stimme, wurde eine Gottheit der Wagenia nach der anderen angerufen.

Eng aneinandergedrückt wiegten die Initiierten sich sanft im Rhythmus der Trommeln, vor und zurück. Die Luft war geschwängert von Weihrauch und Schweiß.

Dutzende von Gruppen stiegen mit ihren großen kegelförmigen Trommeln, die mit Büffelhaut bespannt waren, und ihren *sékéré*, zu einem Dreieck zusammengeschweißte Metallstäbe, die einen hellen, singenden Ton abgaben, von den umliegenden Dörfern herab. Die Trauerzüge schlängelten sich durch die Bananenpflanzungen.

Auf den zwei roten Lehmpisten, die die Baracke einschlossen, drängten sich Männer und Frauen jeden Alters. Bunte Farbtupfer auf den umliegenden Geländeterrassen verrieten die Nachzügler. Ihre Lendenschürzen flatterten im heißen Wind, der den morgendlichen Regen vertrieben hatte.

Vor der Baracke hatte sich eine dichtgedrängte Menge versammelt. Kinder spähten nach den Silhouetten im Innern.

Alle sprachen mit leiser Stimme über Marandura. Thomas erinnerte sich des jungen Wagenia, seiner knochigen Gestalt, hochaufgeschossen und schweigsam, kaum der Pubertät entwachsen. Beinahe täglich, morgens und abends, war er ihm auf dem Weg ins Refektorium begegnet. Marandura war ein einfacher Angestellter an der Mädchenschule, und Thomas hatte aus Arroganz gegenüber diesem Analphabeten nie mehr als ein paar banale und nichtssagende Worte mit ihm gewechselt.

Im Innern der Baracke hatten die Initiierten vom Clan Maranduras, nahe Angehörige und weitläufige Verwandte, sich versammelt, um den Toten auf diesen Weg voller Fährnisse zu geleiten, der ihn ins Reich seiner Vorfahren führen sollte.

Draußen herrschte eine gespannte Atmosphäre. Man konnte die Angst der Menge spüren: Marandura war durch die Explosion der Höhle vernichtet worden, kein Leichnam war zurückgeblieben. Und das war ein schwerwiegendes Problem, wie Thomas wußte. Obschon er als Katholik in der Missionsstation lebte, hatte er mit der Zeit eine ziemlich intime Kenntnis der Trauerzeremonien der Wagenia erlangt. Sie glaubten, daß jeder Mensch in seinem irdischen Leben außer seinem Körper noch einen Doppelgänger besaß: seine *kalunga*. Diese Kalebasse, die die unsichtbare Essenz enthielt, aus dem im Himmel sein unsterbliches Gesicht geformt werden würde, wurde in einem kleinen Hinterzimmer in der Hütte der Familie aufbewahrt. Wenn der Tod von einem Körper Besitz ergriff, mußte sein Doppelgänger, die Kalunga, von der Gemeinschaft zerstört werden.

Gegen Mittag erschien ein junges, in Weiß gekleidetes Mädchen in der Türöffnung. Dunkle Augen, kurze Haare, nicht enden wollende Beine. Auf ihrer schwarzen Haut tanzten violette Reflexe. Thomas erkannte Ouria, die Kellnerin des Hotels. Mit ihr hatte Thomas an den glühendheißen Ufern des Kapili zum erstenmal die Liebe erfahren. Er betrachtete sie hingerissen und unbehaglich zugleich, erfüllt von Gewissensbissen, weil er nach ihrem ersten Treffen am Ufer kein Lebenszeichen mehr von sich gegeben hatte.

Ouria trug auf ihrem Kopf die Kalunga, die das Material für das ewige Gesicht Maranduras enthielt. Sie blieb auf der Schwelle stehen, auf der ein Initiierter eine Tonschale voll Wasser abstellte. Das Mädchen schüttete den Inhalt der Kalebasse hinein. Dann verspritzte es mit geschlossenen Fingern und weit ausholenden, kraftvollen und rhythmischen Bewegungen das Wasser um sich herum. Die Kinder lachten, drängten sich unter den Lichtbogen, versuchten, ein paar Tropfen zu erhaschen. Ouria wurde böse, es brachte sie auf, daß die Kinder die Feierlichkeit des Augenblicks störten.

Sie wußten nicht, daß das Wasser an diesem Tag eine besondere Funktion erfüllte, daß die Schale als Symbol und Ort der Gemeinschaft die Identität des Verstorbenen aufgenommen hatte. Marandura verlor seine Individualität, indem er sich mit dem Wasser mischte, und kehrte so in den Schoß der Gemeinschaft zurück.

Schließlich hob Ouria mit einer letzten, energischen Geste die Schale hoch und entleerte ihren Inhalt auf die rote Lehmerde vor der Baracke. Der Tote konnte seine Reise ins Reich der Vorfahren antreten. Aus der Baracke stieg der Abschiedsgesang monoton wie das Murmeln eines Baches auf.

Trotz der Mittagssonne, die auf den Platz herabglühte, löste sich die Menge nicht auf. Man sprach weiter über den heldenhaften Widerstand des jungen Marandura.

Thomas Lusangi verweilte stehend inmitten der Wagenia, als wäre er einer von ihnen. Jedes ihrer Worte zerriß ihn innerlich, weckte sein schlechtes Gewissen, festigte die Gewißheit seiner eigenen Feigheit.

Die Zeremonie war zu Ende. Die Trommeln schwiegen. Die Menge zerstreute sich langsam, die Bauern der Anhöhen suchten ihre Weiler wieder auf, die Einwohner Niangalas stiegen grüppchenweise bergab. Thomas machte sich allein auf den Weg zur Mission.

Den ganzen Nachmittag über versuchte er vergeblich zu lesen. Am Abend überhörte er das Angelusläuten und vergaß seine Verabredung mit Pater Grégoire. Unter seinem Moskitonetz ausgestreckt, mit zugeschnürter Kehle und verkrampftem Magen schloß er kein Auge in dieser Nacht. Beim Morgengrauen stand sein Entschluß fest: Er würde Niangala, die Mission und Pater Grégoire verlassen.

## 6. Kapitel

In der folgenden Nacht holte er seinen alten abgewetzten Leinensack aus dem Schrank, stopfte die wenigen Kleidungsstücke, drei Bücher und ein wenig Nahrung hinein und verließ heimlich die Missionsstation.

Monatelang irrte er in den Wäldern Ugandas, im Ruwenzorigebirge und in den diffusen Nebelschwaden des Albert- und des Eduardsees umher. Sein Körper, an die kleinen Behaglichkeiten der Mission gewöhnt, fand sich nur unter Schmerzen mit dem neuen Leben ab. Mehrmals nahmen ihn Pygmäen auf, versorgten seine Wunden und gaben ihm ein widerwärtiges Gebräu aus Büffelblut, Lianensaft und Honig zu trinken.

Im Januar 1963, zu Beginn der kleinen Trockenzeit, als die Hurrikane seltener wurden und die Luft frischer, stieß Thomas auf den Kongofluß. Inseln aus Hyazinthen und mit Blumen bewachsene Stämme trieben auf seinen Wassern. Thomas sah einen Elefanten vorbeischwimmen, eine schwankende Silhouette, ähnlich einem Schiff in Seenot.

Schließlich stieß er, seiner Einsamkeit längst überdrüssig, im Zentralmaniema wieder auf Menschen: schwarze, mischblütige oder gelbhäutige Goldsucher, die mit zerfressenen Lungen und blutigen Händen für die Union Minière du Haut-Maniéma arbeiteten. Sie führten das Leben von Verdammten. Nach einem aufreibenden Arbeitstag hatten sie nicht einmal mehr die Kraft, sich zu waschen und die *virulo*, die in den Nähten ihrer kurzen Hosen wimmelten, zu zerquetschen oder die dicken Läuse namens *guacha*, die ihnen üble Krusten auf der Kopfhaut bescherten. In ihren Nächten wurden sie vom Juckreiz gepeinigt und von der Angst vor Raubtieren und *nyoka*-Schlangen, die menschliche Körperwärme suchten, verfolgt. Des Morgens schüttelten sie vorsichtig ihre Sachen aus, damit die Skorpione zu Boden fielen.

Tagsüber aßen sie irgend etwas, selten nur Fleisch, und wenn, dann ein paar Fetzen geräuchertes Büffelfleisch. Einmal war ein Bauer gekommen und hatte ihnen ein Stück Elefantenfleisch verkauft, faseriges Fleisch, das nur zur Zubereitung einer ziemlich widerwärtigen Sauce brauchbar gewesen war, in die sie ihre Maniokpaste stippten. An diesem Tag war Thomas angekommen.

Trotz der trübsinnigen Atmosphäre war ihm das Lagerleben nach seiner erzwungenen Einsamkeit beinahe in reizvollem Licht erschienen. Er war bei den Goldsuchern geblieben. Er fällte mit ihnen Bäume; sie bauten Staudämme und leiteten die Zuflüsse des Kongo kilometerweit um. Aus den stillgelegten Flußbetten holten sie eine Mischung aus Sand und Kieselsteinen, die sie durch Siebe schüttelten: Die schwersten Brocken enthielten Gold. Zusammen hatten sie einen behelfsmäßigen Steinzerkleinerer konstruiert. Unter seinen Hammerschlägen zerbrach das Gestein. Die Bruchstücke wurden auf einem Quecksilberbett ausgebreitet. Langsam löste sich das Gold vom Stein, verschmolz mit dem Quecksilber. Nach Monaten der Erschöpfung und des Fiebers wurden auf einer Lichtung oder am Ufer eines Flusses die Feuer entzündet. Für einen Augenblick erfüllte Freude die Männer. Aus dem Amalgam, das auf Rosten über dem Feuer erhitzt wurde, fiel Tropfen für Tropfen das Gold in die Bakelitschüsseln. Sein glitzernder Faden bäumte sich wie eine Schlange auf dem Grund der Behälter auf.

Ende Februar 1963 fiel Thomas den Aufsehern der Gesellschaft auf. Sein Ernst, sein Geschick im Umgang mit dem Zerkleinerer, sein Einfluß auf die Männer brachten ihm eine Veränderung seiner Stellung: Vom Goldwäscher im Busch wurde er zum Grubenarbeiter in einer Goldmine in Uvonia, wo die Gesellschaft ihm eine Stelle als Vorarbeiter anbot.

ZWEITER TEIL

## 1. Kapitel

Gamal Abd el-Nasser kam persönlich nach Juba, um die Delegierten der ersten Vollversammlung des Nationalen Befreiungsrates zu empfangen. Er war beunruhigt über die heftigen Richtungskämpfe, die die wichtigsten Fraktionen der Lumumba-Anhänger im Rat spalteten. Und er war ohnmächtig: Die schwarzen Führer begegneten jedem arabischen Staatschef, und sei es der angesehenste, mit blankem Mißtrauen. Er war nur gekommen, um deutlich zu machen, welche Bedeutung das afroasiatische Lager den strategischen Entscheidungen der Delegierten beimaß.

Mitten in der Savanne wartete er auf einem kleinen Podest, das durch eine graue Segeltuchplane der ägyptischen Armee vor der Sonne geschützt war. Wegen eines Sandsturms über der Nubischen Wüste hatte sich das Flugzeug der Air Algérie aus Brazzaville verspätet. Muskulöse junge Männer, die zu den gefürchteten Moukhabarat, den ägyptischen Geheimpolizisten, gehörten, beäugten mißtrauisch und nervös aus einigem Abstand das Podest und überwachten die Umgebung der Piste. Etwas entfernt davon in der Savanne hatten sudanesische Soldaten Stacheldrahtzäune errichtet und Flakgeschütze in Stellung gebracht.

Nasser war allein auf dem Podest. Massig, unbeweglich und steif stand er ohne Kopfbedeckung da, eingezwängt in einen braunen Zivilanzug einfachen Schnitts. Einige hundert Meter hinter ihm drängte sich die kleine Schar der Offiziere in Khakiuniform, der Berater, Journalisten, Diplomaten, Wachen sowie einige der Ehefrauen oder Geliebten arabischer Minister unter dem Vordach des Hangars. Manche trugen westliche Kostüme, andere einheimische Kleidung, deren Schleier im Wind flatterten.

Die drei Exekutivsekretäre des Vorbereitungskomitees der trikontinentalen Konferenz hielten sich von der Menge fern: Ernesto Che Guevara stand in Gedanken versunken, trotz der Hitze trug er seine olivgrüne Militärjacke und sein schwarzes Béret mit dem Kommandantenstern. Der kleine, nervöse El Mehdi Ben Barka mit seinen kohlschwarzen Augen ging ruhelos auf und ab, während Amilcar Cabral mit amüsierten Blicken durch seine riesige Brille ruhig das Treiben der Wachen beobachtete. Neben der Gruppe stand ein ganz junger Mann mit bleichem und hagerem Gesicht: Lakhdar Brahimi, Ben Bellas Vertrauter und sein Botschafter in Kairo.

Nasser wartete auf seinem Podest, eine furchtlose, seltsam zeitlose Gestalt. Die kleine Menschenschar beobachtete die Silhouette vor dem Horizont.

Plötzlich war ein Dröhnen zu vernehmen, und dann blitzte das algerische Flugzeug, eskortiert von drei sudanesischen Jägern, am weißen Himmel auf. Die Silhouette erwachte zu Leben. Nasser hob seine rechte Hand an die Schläfe. Salutierte. Ein alter militärischer Reflex. Die Erstarrung löste sich. Auf der Piste näherten sich Limousinen, Beamte begannen zu plaudern, ein verschlissener roter Teppich wurde entrollt, eine Militärfanfare stimmte kriegerische Melodien an. Mißtöne waren zu hören.

Das Flugzeug landete: Auf der Gangway erschien das runde und schweißüberströmte Gesicht Christophe Gbenyies, des Präsidenten des Nationalen Befreiungsrates.

## 2. Kapitel

Das Meer der verrosteten Wellblechdächer von Juba wurde von einigen wenigen gelben Gebäuden mit rissigen Wänden und eingestürzten Terrassen überragt, die durch die sintflutartigen Güsse der Regenzeit und die pausenlos vom «Bar el-Djebel», vom Weißen Nil, hochsteigende Feuchtigkeit stark gelitten hatten. Nasser fiel ein, daß dieser Name wörtlich «das weiße Meer» bedeutete, denn der Nil verschwand oberhalb von Juba unter Millionen weißer Seerosen.

Der Nationale Befreiungsrat tagte im British-Railway-Hotel, einem eleganten, langgestreckten, ockerfarbenen Backsteingebäude mit zwei Etagen. Sein großer Konferenzsaal im Erdgeschoß war durch eine mit Arkaden überdachte Veranda, auf der Korbtische und Korbsessel aufgestellt waren, vor der Sonne geschützt.

Christophe Gbenyie eröffnete die Konferenz bei Anbruch der Abenddämmerung, als eine kaum wahrnehmbare Brise eine schwache Hoffnung auf Frische aufkommen ließ.

Eine Stunde zuvor waren Nasser und sein Gefolge wieder Richtung Khartum und Kairo aufgebrochen und hatten die Mitglieder des Nationalen Befreiungsrates sich selbst überlassen.

Unmittelbar nach Christophe Gbenyie ergriff Thomas

Kanza das Wort. Er stammte aus einer einflußreichen Mukongo-Familie aus Léopoldville und gehörte zu den wenigen Universitätsabsolventen, die die Kolonie hervorgebracht hatte. Sein scharfer Geist war noch geprägt von den Jesuitenpatern der Lovanium-Universität. Lumumba hatte ihn zu seinem ersten Botschafter bei den Vereinten Nationen in New York ernannt. Nach Lumumbas Sturz hatte der amerikanische Geheimdienst geglaubt, er könnte ihn mühelos umdrehen. Zu Unrecht: Geld, Ehrenbezeugungen, Frauen, Erpressung, Druck auf seine in Léopoldville zurückgebliebenen Eltern, Brüder und Schwestern, all das hatte ihn nur in seiner Entschlossenheit bestärkt. «Patrice hat mich entsandt, Patrice muß ich dienen.» Die New Yorker Polizei hatte ihn aus den Räumen der kongolesischen Vertretung vertrieben, Kanza hatte in einer Studentenbude in Greenwich Village Zuflucht gefunden. Dag Hammarskjöld, voller Sympathie für den jungen Diplomaten, hatte ihm den Status eines «Beobachters bei den Vereinten Nationen» verliehen.

Kanza war kein Politiker. Doch als unverbrüchlicher Freund Lumumbas hielt er die Erinnerung an ihn hoch und verteidigte seine Politik mit hartnäckigem Mut und scharfer Intelligenz, wobei ihm seine mitreißende Stimme und sein präziser, nüchterner Stil zu Hilfe kamen.

«Verehrte Kollegen, ich habe lange mit dem Botschafter Anatoli Dobrynin diskutiert. Die Sowjets stehen auf unserer Seite. Dobrynin hat mir dies vorgestern abend, direkt vor meinem Abflug aus New York, noch einmal bestätigt. Sie werden uns rückhaltlos unterstützen. Auch sie halten die Erinnerung an Patrice in Ehren. Übrigens trägt die neue Universität in Moskau, an der junge Afrikaner ausgebildet werden sollen, seinen Namen.»

«Warum haben sie dann zugelassen, daß Lumumba ermordet wurde?» rief Antoine Gizenga aus.

Er hatte aus nächster Nähe mit angesehen, wie die Russen sich aus der Verantwortung gestohlen hatten. Als Präsident der Provinzregierung von Stanleyville, Geburtsort Lumumbas und Hauptbastion seiner kongolesischen Nationalbewegung, war Gizenga 1960 nach der Verhaftung des Premierministers unverzüglich ins sowjetische Konsulat geeilt. Der Konsul hatte ihm versprochen, daß der in Léopoldville massiv vertretene sowjetische Geheimdienst ohne zu zögern, notfalls mit Gewalt, den rechtmäßigen Premierminister des Kongo befreien würde. Statt dessen hatten die Sowjets tatenlos zugesehen. Kanza stimmte ihm zu.

«Es ist wahr, die Russen haben Patrice nicht befreit. Warum? Lag es an der Unfähigkeit des Konsuls? An Störungen in der Verbindung mit Moskau? Steckte amerikanische Sabotage dahinter? Waren Differenzen zwischen dem KGB und dem Außenministerium schuld? Die Rivalität zwischen der Lubjanka und der Arbatstraße? Ich weiß es nicht. Aber ich kann dir versichern, daß die Regierung in Moskau unseren Kampf heute bedingungslos unterstützt.»

Gizengas kurzsichtige Augen hinter den dicken Brillengläsern schauten ungläubig.

Kanza beharrte: «Doch, glaub mir. Wir können auf die Sowjets zählen. Ihre Strategie geht weit über unser Land hinaus. Sie macht aus dem Kongo den Dreh- und Angelpunkt eines zukünftigen Afrikas, wie es in ihren Visionen aussieht. Im übrigen genügt ein Blick auf unsere Grenzen: Im Südwesten und Süden liegt Angola unter dem Joch der Portugiesen, wo die NATO ihre modernsten Waffen gegen unsere Brüder der Kimbundu-, Bakongo- und Ovimbunduvölker testet. Im Osten und Südosten Nord- und Südrhodesien, britische Kolonien, die vor Kupfer überquellen. Und weiter im Süden Moçambique, Namibia, Südafrika, alles weiße Bastionen, die für die kapitalistische Herrschaft über unseren Kontinent von entscheidender Bedeutung sind. Sieh doch die Karte Afrikas an, Antoine! Für die Russen ist der Kongo ein strategischer Vorposten.»

Seine geopolitische Vorlesung ließ die Versammlung offenbar kalt. Kanza erhob seine Stimme: «Der Kongo ist das Tor zum südlichen Afrika, das jetzt noch von westlichen Mächten besetzt ist, er ist der Schlüssel für jede Revolution auf dem Kontinent. Ein unabhängiger, souveräner und freier Kongo bietet die unerläßliche Rückendeckung für alle bewaffneten Befreiungsbewegungen südlich des Äquators.»

«Sie haben ja Großes vor, deine russischen Brüder!» höhnte Pierre Mulélé, ein kultivierter und asketischer junger Mann, der soeben erst von einem Fortbildungskurs an der Militärakademie von Nanking in China zurückgekehrt war.

Kanza ignorierte den Einwurf des ehemaligen Erziehungsministers von Lumumba.

«Glaubt mir, liebe Freunde, unsere diplomatische Position ist ausgezeichnet. Die Staaten der afroasiatischen Gruppe kontrollieren zweiundachtzig der einhundertundeinunddreißig Stimmen in der Generalversammlung der Vereinten Nationen. Und die Russen konsultieren sie ständig. Ihr hättet dabeisein sollen, vor kurzem, im Sicherheitsrat! Claire Timberlake und Ian Scott, die Botschafter der Vereinigten Staaten und Großbritanniens, forderten eine Intervention der Vereinten Nationen im nördlichen Kongo. Anatoli Dobrynin rief aus: ‹Hände weg vom Nordkongo!› Alle applaudierten, selbst die Stenotypistinnen. Die UdSSR wird durch ihr Veto jede Aktion gegen unsere Stützpunkte im Norden verhindern. Den Westmächten sind die Hände gebunden. Sie toben, aber sie können gegen Dobrynin nichts ausrichten.»

Mulélé lachte lauthals.

«Warum lachst du?»

Plötzlich ernst geworden, musterte Mulélé die Runde mit bitterbösem Blick. «Erinnert ihr euch an Korea, Genossen? Und an das, was eines Morgens 1950 dort geschah? Auch dort hatten die Bolschewiken der afroasiatischen Gruppe versprochen, durch ihr Veto jede Intervention der Vereinten Nationen zu blockieren. Unglücklicherweise hatte der sowjetische Delegierte am Morgen vor der entscheidenden Sitzung des Sicherheitsrats seinen Wecker nicht ordentlich gestellt. Zum Zeitpunkt der Abstimmung war er jedenfalls nicht anwesend!»

Schweigen.

«Das Ergebnis kennt ihr. Moskau hat tatenlos der Vernichtung Nordkoreas durch das amerikanische Expeditionskorps unter der Fahne der Vereinten Nationen zugesehen. Und eines schönen Tages stand Mac Arthur an der chinesischen Grenze. Zwei Millionen chinesischer Freiwilliger waren notwendig, um die Yankees zurückzutreiben. Und um welchen Preis! Fünfhunderttausend junge Chinesen wurden getötet, verstümmelt, sind verschwunden!

Ich pfeife auf deine sowjetischen Versprechungen, Kanzas! Die Russen sind Lügner und Halunken. Ihre Hilfsversprechen sind gefährlicher als eine Kriegserklärung.»

Die Spannung im Saal war gestiegen. Mehrere Mitglieder des Rats blickten, unfähig, für eine Position Partei zu ergreifen, zu Boden. Andere wandten ihren Blick Gbenyie zu. Alle wußten, daß er Pierre Mulélé, den gefährlichen Intellektuellen, verabscheute, aber dem zu stark westlich geprägten Kanza gleichermaßen mißtraute. Nun bot sich ihm eine wunderbare Gelegenheit, sie beide abzukanzeln. Doch die massige Gestalt des Präsidenten wurde von Fieber geschüttelt. Sein pockennarbiges Gesicht war schweißüberströmt. Gegen einen beginnenden Malariaanfall ankämpfend und getrieben von seiner Angst vor Diskussionen, die seine Autorität in Frage stellen könnten, forderte er alle auf, die alten Streitigkeiten zu begraben. Als gewitzter Stammeshäuptling roch er jedoch, daß etwas faul war.

«Kanza, erzähl uns, deine Weißen da, in New York, deine Russen, sie haben doch bestimmt einen Preis von dir verlangt? Niemand unterstützt jemand anderen ohne Gegenleistung.»

Kanza antwortete nicht. Gbenyie ließ nicht locker: «Antworte, Kanza. Was verlangen sie, deine Russen?»

«Sie verlangen gar nichts. Sie schlagen eine Vereinbarung vor. Liebe Kollegen, ich möchte euch nun den Vertragsentwurf zwischen dem Nationalen Befreiungsrat und der Regierung der Sowjetunion vorlesen, den wir in New York ausgehandelt haben.»

Instinktiv verfiel er in seinen Diplomatenjargon.

«Zunächst die Präambel: Die beiden Vertragsparteien

schließen einen Freundschaftsvertrag und einen wechselseitigen militärischen Unterstützungspakt. Sie werden sich in Fragen ihrer Außenpolitik regelmäßig konsultieren, sich miteinander abstimmen.»

Gbenyie machte eine ungeduldige Handbewegung: «Weiter, weiter.»

Kanza fuhr fort: «Die Sowjetunion wird insbesondere den Freiheitskampf des kongolesischen Volkes unter der Führung des Nationalen Befreiungsrats unterstützen. Sie betrachtet den Rat als einzigen rechtmäßigen Repräsentanten des kongolesischen Volkes.»

Der junge Diplomat hielt einen Augenblick inne. Die Delegierten waren offensichtlich unbeeindruckt: Das war schließlich das mindeste. Kanza fuhr enttäuscht fort: «Die sowjetische Regierung verpflichtet sich, alle Waffen, Munition, Kommunikations- und Transportmittel, die der Rat benötigt, kostenlos zur Verfügung zu stellen sowie im Bedarfsfall integrierte Flugabwehrsysteme mit kombinierten Radaranlagen und automatischen Schnellfeuergeschützen zu liefern.

Die Regierung der Sowjetunion verpflichtet sich außerdem, die kostenlose Ausbildung der jungen Kongolesen im Bereich der militärischen Verteidigung, der Spionageabwehr und der Sicherheit zu gewährleisten.»

Endlich etwas Konkretes. Der Rat war zufrieden: Kanza hatte gute Arbeit geleistet. Selbst Pierre Mulélé schien beeindruckt.

Einzig der von Fieber geschüttelte, schweißgebadete Gbenyie blieb argwöhnisch.

«Was ist der Preis, Kanza, der Preis?»

«Ich komme gleich darauf, Herr Präsident. Ich fasse zusammen. Vom Zeitpunkt der endgültigen Befreiung unseres Territoriums an erhält die staatliche sowjetische Grubengesellschaft Gosmines für die Dauer von neunundzwanzig Jahren von uns eine erneuerbare Konzession für die Gesamtheit aller Erzlager, die heute noch im Besitz der Union Minière du Haut-Maniéma sind. Eine Konzession gleicher Art wird Gosmines unter denselben Bedingungen für die drei bedeutendsten Diamantenvorkommen des Kasai erteilt, die zusammen ein jährliches Volumen von etwa zwanzig Millionen Karat produzieren und gegenwärtig durch die Firma De Beers ausgebeutet werden. Schließlich verlangen die Russen eine zeitlich unbefristete Konzession für die Förderung in den Uranbergwerken von Kolwezi, die jetzt im Besitz der Société Générale de Belgique sind.»

Bestürztes Schweigen antwortete ihm.

Es war Gizenga, der Ideologe, der Vetter Lumumbas, der als erster zum Angriff schritt.

«Hast du den Verstand verloren, Kanza? Wie konntest du nur ein derartiges Abkommen aushandeln? Den Reichtum unseres Landes ein ganzes Jahrhundert lang an Fremde, an Weiße, verschleudern?»

Er blickte Kanza direkt in die Augen.

«Du hättest es verdient, auf der Stelle erschossen zu werden.»

Der junge Diplomat wankte. Mit grauem Gesicht wandte er sich an Gbenyie: «Herr Präsident, erklären Sie es ihm! Ich verschleudere gar nichts. Wir müssen realistisch sein. Wie die meisten anderen Länder der dritten Welt besitzen wir weder das Kapital noch die notwendigen Fachleute, um unsere Hunderte von Eisenbahnkilometern, unsere Erzverhüttungsanlagen und unsere Goldraffinerien instand zu halten. Allein können wir unsere Flugplätze und Elektrizitätswerke nicht betreiben. Und was ist mit Boma, Matadi, unseren beiden Atlantikhäfen? Haben wir die Kapitäne, um Ozeandampfer durch die Flußmündung bis zu den Kais zu steuern? Wir haben nicht einmal die Mechaniker, um unsere Kräne, die Rollbänder, die Transportwaggons am Hafen und die Kühlanlagen in den Depots zu reparieren.»

Aller Blicke senkten sich. Kanza setzte sein Plädoyer mit vehementem Elan fort.

«Und außerdem sind es die Europäer, die den Weltmarkt für Erze beherrschen. Sie kontrollieren die Spekulationen, die Manipulationen und die Bewegungen an der Metallbörse in London. Kein Schwarzer hat je seinen Fuß dorthin gesetzt.»

Er vergaß, daß kein Schwarzer es liebt, wenn man ihm seine Unzulänglichkeiten vor Augen hält. Kanza war nun in Fahrt gekommen.

«Meine Freunde, wir werden auf allen Ebenen gewinnen. Die Sowjets werden unsere Revolution finanzieren Wir werden an Reichtümer gelangen, die ohne Hilfe von außen an den Dschungel zurückfallen würden, und wir werden ein Vermögen daraus ziehen. Denn wir werden selbstverständlich Konzessionssteuern, Abgaben auf Fördermengen, Transportgebühren für jeden Waggon Uran, Kobalt, Mangan, Kupfer, Germanium, Platin erheben. An jedem Goldbarren, an jedem Lot Diamanten wird der befreite Kongo seinen Anteil verdienen. Mehr noch, der Kongo wird Minderheitsaktionär in den einheimischen Grubengesellschaften, er wird alljährlich mühelos, ohne jedes Risiko Dividenden daraus beziehen.»

In seiner Begeisterung hob er seine Stimme, ohne dessen gewahr zu werden.

«Das Abkommen ist in Ordnung, Herr Präsident. Es garantiert anständige Löhne für unsere Bergleute, unsere Arbeiter. Es dient unseren Interessen.»

Christophe Gbenyie gab keinen Ton von sich. Zornentbrannt richtete Gizenga sich auf.

«Kanza, du bist ein Idiot! Du hast nicht das geringste verstanden! Ich pfeife darauf, daß deine Gosmines alle Schätze unseres Bodens ausplündert. So oder so müssen wir nach dem Sieg unserer Sache und der Befreiung des Kongo mit einem ausländischen Kartell oder einer multinationalen Gesellschaft verhandeln. Ob das dann Russen, Amerikaner, Franzosen, Belgier oder Mongolen sind, ist mir egal! Du Schwachkopf! Die UdSSR ist doch nicht hinter unseren Mineralien her. Sie quillt über davon. Und zwar frei Haus. Die Sowjetunion steht weltweit an erster Stelle bei der Produktion von Gold, Platin, Nickel. An zweiter bei Mangan, Germanium, Kupfer und Uran. Und mit dem Kongo zusammen ist sie auch bei Kobalt führend: zehntausend Tonnen pro Jahr. Sie braucht den Kongo nicht. Sie verfolgt ein vollkommen anderes Ziel: Sie will die Kurse kontrollieren, die Börse manipulieren, der ganzen Welt ihre Bedingungen und Preise diktieren. Seit Jahrzehnten kämpft sie gegen die De Beers Diamond Company um das Monopol auf dem Diamantenmarkt. Moskau schert sich einen Dreck um unsere wirtschaftliche und soziale Entwicklung, um die Zukunft unseres Volkes.»

Gizengas Faust donnerte auf den Tisch: «Die Sowjets wollen die Kontrolle über den Weltmarkt für Erze. Sie wollen dem Westen ihre Preise diktieren, über die Verwendung strategisch bedeutsamer Erze entscheiden, nach Belieben Knappheit erzeugen und dem Feind ihr

Gesetz aufzwingen. Was für ein phantastisches Erpressungsmittel! Was für eine revolutionäre Waffe! Nicht einmal Lenin hätte sich ein wirksameres Mittel ausdenken können! Für die Weltrevolution stellt dein Abkommen ein unverhofftes Geschenk dar, Kanza. Für uns Kongolesen ist es eine Katastrophe.»

Eine Handvoll sorgfältig von den sudanesischen Sicherheitskräften ausgewählter Kellner schenkte beständig heißen schwarzen Tee in kleine Kristallgläser für die Delegierten nach. Es war zwei Uhr morgens. Die Ventilatoren reichten nicht aus, um den beißenden Geruch von Tee, Tabak und Schweiß zu vertreiben. Die Diskussion dauerte bereits mehr als sieben Stunden. Draußen näherte sich der Mond dem Horizont und tauchte Rasen, Gladiolen und den Nil in ein milchiges Licht. Trotz der aufgeladenen Atmosphäre kämpfte die Mehrheit der Teilnehmer gegen Benommenheit und Schlaf.

Beinahe jedes Mitglied des Rats hatte sich ausführlich, oft mehrmals zu Kanzas Plänen geäußert, doch das Kräfteverhältnis war noch immer unklar und die Führung tief gespalten.

Plötzlich erhob sich am Tischende ein magerer Mann in Tarnjacke, dessen hohle Wangen schwarz von Bartstoppeln waren. In seinen schmalen Augen glühte ein beunruhigendes Leuchten. Niemand wußte das geringste über diesen Gaston Soumialot, den Präsidenten des Militärkomitees des Nationalen Befreiungsrats. Philippe Decraene zufolge, dem Chefredakteur der Rubrik «Afrika» der Zeitung *Le Monde,* war er ein sowjetischer Agent, der höchstwahrscheinlich im Rang eines Obersts in den Spezialeinheiten des KGB diente. Mit Bestimmtheit wußte man nur, daß er lange Zeit in kubanischen Ausbildungslagern verbracht hatte. Seine hinter ihm sitzenden Leibwächter waren sämtlich athletische Afrokubaner.

Soumialot, der seit Beginn der Konferenz kein Wort von sich gegeben hatte, sprach in einem Ton, der keinen Widerspruch duldete.

«Genosse Präsident, Genossen, die große Offensive gegen Zentralmaniema soll spätestens in acht Monaten stattfinden. Wenn wir außerhalb des Dschungels, in offenem Gelände, in der Savanne überleben, die Offensive vorantreiben wollen, brauchen wir wirkungsvolle, moderne Waffen mit hoher Feuerkraft, schnelle Truppentransporter, Panzerfahrzeuge, verbesserte Funkverbindungen, Flugabwehrgeschütze.»

Er beeindruckte weniger durch seine metallische und unangenehme Stimme als durch die eiskalte Logik, die er sich in den Kaderschmieden in Moskau, Prag und Havanna angeeignet hatte. Lichtjahre trennten seinen Redestil von den aufgeregten, letztlich jedoch recht naiven Tiraden der anderen Ratsmitglieder. Die aus ihrer Lethargie gerissene Versammlung lauschte ihm mit einer Mischung aus Unbehagen und Faszination.

«Genossen, eine siegreiche Offensive ist Bedingung für die Etablierung und Ausrufung einer Revolutionsregierung. Ohne Revolutionsregierung keine internationale Anerkennung. Und ohne internationale Anerkennung werden wir unweigerlich in den Dschungel zurückgeworfen und weiter vor uns hin vegetieren. Und wenn die Bewegung durch ein Wunder Hunger und Krankheiten übersteht, dann wird sie an internen Auseinandersetzungen zugrunde gehen. Wie so viele Befreiungsbewegungen vor uns werden wir der Auflösung, dem Vergessen und dem Tod anheimfallen.»

Schweigen hatte sich über den Saal gelegt. Niemand wagte mehr, an seinem Tee zu nippen oder mit Papier zu rascheln.

«Wir können keine Niederlage riskieren. Diese Offensive muß siegreich sein. Unser aller Leben, die Zukunft, das Überleben unseres Volkes hängen davon ab.»

Unvermittelt beugte er seinen langen, mageren Körper vor, stützte sich mit beiden Händen auf den Tischrand und schleuderte seinen Kameraden entgegen: «Und nur die Sowjets können uns die Waffen des Siegers liefern.»

Plötzlich wandelte der Prophet sich zum Buchhalter.

«Gestern habe ich hier auf dem Flughafen von Juba die letzte Lieferung sowjetischer Waffen aus den Antonov-Transportern in Empfang genommen: zwanzig leichte Panzer vom Typ Moskwa, vierzehntausend Sturmgewehre, fünfhundert Munitionskisten mit zwei Millionen Kugeln, einige M-16, Minen vom Typ Ananas und sechstausend schwere russische Mag-Maschinengewehre. Weiterhin habe ich fünfzehntausend Kalaschnikows A-47 erhalten, Pistolen, israelische Maschinenpistolen vom Typ Uzi samt Munition, von den tschechischen Genossen für uns auf dem grauen Markt gekauft.»

Und mit schneidender, giftiger Stimme fuhr er fort: «Muß ich euch daran erinnern, daß ein einziger Panzer vom Typ Moskwa auf dem freien Markt mehr als drei Millionen Dollar kostet? Dabei habe ich nicht einmal Geld für das Notwendigste. Das vom Befreiungsrat bewilligte Budget des Militärkomitees ist absolut lächerlich.»

Dann wandte er sich direkt an Gizenga und fragte mit drohendem Unterton.

«Möchtest du aus unseren Bauern, unseren Geschäftsleuten, unseren Handwerkern in den befreiten Zonen noch höhere Steuern herauspressen? Unsere Geldeintreiber im Untergrund zu noch brutaleren Methoden anstacheln? Die Prostituierten und die Händler in den Städten noch mehr besteuern? Du weißt nur zu gut, daß das unmöglich ist.»

Soumialot musterte die Versammlung mit spöttischem Blick.

«Kann der Genosse Gizenga uns sagen, wie wir ohne Panzer, Maschinengewehre, Flakgeschütze kämpfen, unsere Offensive durchführen können? Wie wir siegen sollen, wenn wir als einzige Waffen die alten Gewehre haben, die wir den Regierungssoldaten abnehmen, und die in Handarbeit von den Bergleuten fabrizierten Granaten?»

Er richtete sich wieder auf.

«Es sei denn, der Genosse Gizenga nimmt es billigend in Kauf, daß unsere Sturmtruppen massakriert werden, damit er nach Léopoldville zurückkehren und dort das friedliche Leben eines reuigen Sünders führen kann.»

Die erstarrte Versammlung begriff, daß sie soeben dem Auseinanderbrechen der lumumbistischen Bewegung beigewohnt hatte, daß Haß von nun an ihre Führung spalten würde.

Trotz der Ventilatoren war die Luft im Saal unerträglich geworden. Christophe Gbenyie starrte, von Fieber geschüttelt, das Gesicht feucht von Schweiß, auf die Afrokubaner hinter Soumialot und auf die sudanesischen Wachen, die auf der anderen Seite der Glasfenster standen. Von plötzlicher Sorge um die physische Sicherheit der gemäßigten Mitglieder des Rates erfüllt, schloß er die Sitzung.

«Die Versammlung ist aufgehoben. Jeder kehrt an seinen Platz zurück, in sein Exil oder in seine befreite Zone. Jeder berät sich mit seinen Verbündeten, seinen Freunden. Der Nationale Befreiungsrat nimmt seine Arbeit zu einem späteren Zeitpunkt wieder auf.»

Auf einer schmalen roten Linie über den Palmen, jenseits des Nils, vertrieb die Morgendämmerung die Nebelschwaden und schluckte die Schatten.

## DRITTER TEIL

### 1. Kapitel

Auf Kisuaheli bedeutet Maniema wörtlich «das wildreiche Land». Dieses mehrere hunderttausend Quadratkilometer große Gebiet, das von etwa zehn Millionen Menschen beinahe aller großen Kulturen Zentral- und Ostafrikas bewohnt wird, besteht aus Regenwäldern, Savannen, Seen, Sümpfen, Vulkanmassiven und Flüssen und erstreckt sich von den Ufern des Tanganjikasees im Osten bis zum Mongo-Gebiet im Westen, vom Tal des Uele im Norden bis zu den Grenzen des Luba-Reiches im Süden. Ein Land von unglaublicher Schönheit, in dem der Himmel während der Trockenzeit unter einer farblosen Sonne von verwaschenem Blau in reines Weiß übergeht, wo die Luft trotz der Gewitter bei Sonnenaufgang und -untergang lau ist; wo sich des Abends eine Brise erhebt und der Mond die Vulkangipfel, die Wälder und Savannen in eine Zauberlandschaft verwandelt. In den mondlosen Nächten hüllt tintenschwarze Dunkelheit die Landschaft ein. Während der Regenzeit herrscht eine drückende Hitze unter dem aufgewühlten, düsteren Himmel, der manchmal von prächtigen Regenbogen erleuchtet wird; die Atmosphäre ist schwanger von Feuchtigkeit. Des Nachts ziehen Wolken wie weiße, wandernde Gebirge unermüdlich über den weiten Himmel.

Thomas Lusangi hatte sich in Uvonia niedergelassen. Mit seinen zweihunderttausend Einwohnern war es die weltoffenste, die lebhafteste, die reichste Stadt des Maniema. Uvonia, das seine Entstehung dem Gold verdankte und nur dafür lebte, war in einer bewaldeten Talsenke etwa zehn Kilometer östlich des Kongoflusses am Fundort der ersten Goldvorkommen erbaut worden, die Goldsucher in den zwanziger Jahren entdeckt hatten. Östlich davon erhoben sich Vulkanberge. Westlich erstreckten sich Savanne, Reisfelder und Sümpfe. Im Norden schoß der große Fluß, der hier auch Lualaba hieß, durch Stromschnellen, die jede Schiffahrt unmöglich machten.

Der See, zu dem der Fluß sich der Stadt gegenüber erweiterte, war so groß, daß Thomas selbst in der Trokkenzeit und bei klarer Sicht das andere Ufer nicht erkennen konnte. Der Alila, ein von den Vulkankegeln herabstürzender Bach, ergoß seine braunen Fluten in ein von Fieberbäumen und Mangroven bestandenes Delta.

Uvonia war vor allem die Hauptstadt eines Reiches: der Union Minière du Haut-Maniéma, die einige der wertvollsten Erze der Welt förderte. Doch in Uvonia blieben davon nur die Abraumhalden zurück, die manchen Stadtvierteln ein ödes, mondartiges Aussehen verliehen. Die für die USA und die europäischen Industrieländer bestimmten Minerale – Platin, Uran, Mangan, Germanium, Nickel, Kupfer und Kobalt – verließen Uvonia mit der Eisenbahn, welche die Union Minière der Stromschnellen wegen von Uvonia bis Stanleyville über Hunderte von Kilometern durch den Dschungel gelegt hatte. Im Erzhafen von Stanleyville, auch er Eigentum der Union Minière, wurde umgeladen. Flache Flußkähne – zu endlosen Zügen gekoppelt – brachten das Erz ins über tausend Kilometer entfernte Léopoldville. Dort wurde noch einmal umgeladen. Die staatliche Eisenbahn brachte die Ladung schließlich in die Atlantikhäfen von Matadi und Boma. Gold und Diamanten wurden per Flugzeug exportiert.

Die Minen bildeten den Mittelpunkt der ganzen Stadtanlage. In der Nähe der ersten Schächte lagen zu beiden Seiten von Hibiskusalleen die Villen der Techniker, der Ingenieure, der Händler, der weißen Offiziere und ihrer Familien, prunkvolle Besitztümer mit Schwimmbädern und Gärten, die von Baluba-Gärtnern gepflegt wurden. Zehntausende von alleinstehenden Bergleuten waren in langen, vierstöckigen Baracken mit Wellblechdächern, vergitterten Fenstern und schmutzigen Fassaden zusammengepfercht, die euphemistisch «Wohnheime» genannt wurden und rasterartig den gesamten Boden der Mulde bis zu den Füßen der ersten Vulkane bedeckten. Die Bergleute waren je nach ihrer ethnischen Zugehörigkeit in verschiedene Wohnviertel aufgeteilt. Die Quartiere erhielten von der Union Minière den in diesen Breiten befremdlich klingenden Namen: «Nation». Jede Nation hatte ihren eigenen, von der Gesellschaft ernannten Vorsteher. Allmorgendlich leerte sich die Stadt von ihren Männern, die nun ihrerseits die Erde ihrer Schätze beraubten.

Im Gegensatz zu fast allen Städten der Tropen hatte Uvonia keine Slums und praktisch keine Arbeitslosen.

Bevor Thomas seine Stelle im Untertagebau antrat, wollte er die Bergwerke im Tagebau sehen. Aus den in den Fels gehauenen «Strossen» wurde das Erz gewonnen, nachdem die Bergleute es vom darunterliegenden «tauben Gestein», wie die Geologen es nennen, getrennt hatten. Die Zugangswege beschränkten sich auf Pisten, auf denen die Löffelbagger, die Bohrmaschinen und vor allem die Lastwagen ihre Runden drehten. Letztere transportierten die erzhaltigen Blöcke in die Raffinerien und das taube Gestein auf die Abraumhalden.

Im Untertagebau wurde das Erz in Stollen, Kammern oder Galerien gefördert. Abhauen, Fördern, Stützbau und Versatzarbeiten verzögerten sich oft durch die starke Neigung der manchmal mehrere Kilometer unter der Erde liegenden Adern.

Jede Grube war mit mindestens vier Schächten für die Luftzirkulation und die Aufzüge versehen. Von den Schächten gingen mehrere «Galerien» in den Berg. In den davon abzweigenden Stollen schlugen die Bergarbeiter die erzhaltigen Blöcke aus dem Fels. Anschließend wurden sie von Jugendlichen in Waggons auf Schienen, die durch die Galerien verliefen, bis zum Schacht transportiert. Ein Lastenaufzug beförderte die Blöcke ins Freie.

Die Goldgewinnung durch Amalgamation hingegen oblag ausschließlich den weißen Technikern, die die in dünnen Plättchen ausgebreiteten Rückstände langsam über quecksilberbeschichtete Kupferplatten leiteten.

Thomas stellte sehr schnell fest, daß der allmächtige Herrscher über dieses Reich Stanislas Anthony Kvarner alias Ariel Grünfeld hieß. Er war Präsident der Gesellschaft und ihr Hauptaktionär und galt als einer der reichsten Männer des Kontinents. Allein in der Grube, in der Thomas arbeitete, wurden täglich etwa siebzehntausendfünfhundert Tonnen Gestein mit einem Gehalt von etwa sechs Komma sieben Gramm Gold pro Tonne gefördert.

Thomas kreuzte Kvarners Weg kurz nach seiner Ankunft in der Grube. Begleitet vom Oberingenieur und einem Leibwächter inspizierte der Präsident den eben installierten neuen Aufzug, in dem bei jedem Schichtwechsel über hundert Bergleute Platz fanden.

Ein dichter weißer Haarschopf umrahmte sein von tiefen Furchen durchzogenes Gesicht. Seine Haut war braungebrannt, sein Körper groß, knochig und hager. Wie immer, wenn er auf dem Grubengelände erschien – was fast jeden Tag der Fall war –, trug er den dunkelblauen Overall, den Helm mit der aufgepflanzten Lampe, den schweren Ledergurt eines gewöhnlichen Vorarbeiters. Er war über Siebzig und mußte wohl als attraktiv für sein Alter gelten, doch die Afrikaner sagten, seine tiefblauen Augen ähnelten dem Himmel der Trockenzeit in den Augenhöhlen eines Totenkopfs. Er sprach Suaheli mit einem harten, merkwürdigen Akzent, und das war gewiß der einzige Zug seiner Persönlichkeit, der den Schwarzen gelegentlich ein Lächeln entlockte. Sie nannten ihn den «Russen».

Seine Lungen waren zerfressen vom schwarzen Tabak, den er in Maisblätter gerollt rauchte, und er hustete unaufhörlich. Die Schwarzen amüsierten sich über die Höllenqualen, die ihm eine Harnvergiftung bereitete. Sie erzählten genüßlich, daß tausend Nadeln sein Geschlecht marterten, sobald er Wasser ließ, und kolportierten das Gerücht, daß er jedem, der ihm zu normalem Urinieren verhülfe, und sei es nur ein einziges Mal, die Hälfte seines Reiches versprochen habe.

Er hatte sich in der Ermitage niedergelassen, einer prachtvollen Villa riesigen Ausmaßes, in der er meist allein lebte, obwohl er sowohl im Kongo wie in Europa und New York zahlreiche Kinder von mehreren Frauen hatte. Er kümmerte sich kaum um sie und überließ es seinem Sekretär Valmont, auf ihre Geldforderungen,

Schmähbriefe und Glückwunschkarten zu antworten. Er hatte viele Gelegenheitsmätressen, aber keinen Freund. Glaubte man Hubert Mathews, einem Journalisten der *New York Times*, dessen Reportage von einer Zeitung in Léopoldville abgedruckt worden war, so hieß der einzige ihm nahestehende Mensch Julius Greenfield. Dieser war Kvarners jüngerer Bruder und lebte als Taxifahrer in Brooklyn. In einer Winternacht des Jahres 1905 waren sie zusammen aus dem jüdischen Waisenhaus von Minsk – das mehr einem Gefängnis für junge Delinquenten ähnelte – geflohen. Blind für die politischen Umwälzungen, die ihr Land erschütterten, waren sie in den Wäldern Weißrußlands umhergeirrt, bis sie schließlich nach Warschau kamen. Dort hatte ihre planlose Reise quer durch Europa ihren Anfang genommen. Julius hatte in Antwerpen als Matrose auf einem Amerikadampfer angeheuert, während Ariel sich auf den Weg nach Afrika gemacht hatte. Unmittelbar nach seiner Ankunft im Kongo hatte er seinen Namen geändert.

In Uvonia herrschte Ordnung, und Ibrahim Ben Moussa, Chef der lokalen Sicherheitspolizei, ein libanesischer Schiite mit kongolesischer Staatsangehörigkeit, den die Afrikaner den «Türken» nannten, hatte daran einen wesentlichen Anteil. Er hatte eine Schwäche für protzige Siegelringe aus Gold und Diamanten, Krawatten in leuchtenden Farben und rosafarbene Seidenanzüge, die zu leicht waren, als daß man das Halfter seines Colts hätte übersehen können. Ben Moussa empfing seine Freunde in «Aladins Wunderlampe», seinem Nachtklub, dem schicksten Etablissement der Stadt, das für seine Mulattinnen, seine asiatischen und weißen Tänzerinnen berühmt war. Er selbst rührte sie nie an.

Als «Pate» des Diamantenschmuggels zwischen dem Kasai, Bujumbura, Antwerpen und Tel Aviv zwang er fast jedem seinen Willen auf: Célestin Bomboko, General und Oberkommandierender der Garnison von Uvonia, war ihm ebenso ergeben wie Bonaventura Idi, der Befehlshaber der Gendarmerie, zu dessen zahlreichen Geliebten auch eine junge Mulattin gehörte, die Agentin der Sicherheitspolizei war und in die er heftig verliebt war. Den Gouverneur des Zentralmaniema hatte Ben Moussa ohnehin in der Hand. Dieser fettleibige Mann in den Dreißigern, Oberhaupt einer vielköpfigen Familie, verkaufte seine Dienste unter dem Vorwand, Léopoldville bezahle seine Beamten nur unregelmäßig, an den Meistbietenden. Zugleich aber schämte er sich dessen. Der Türke stattete ihm in regelmäßigen Abständen Besuche ab und sirrte ihm dann ins Ohr: «Verehrtester, beunruhigende Gerüchte sind über Sie im Umlauf. Die Korruption ist eine schlimme Geißel für unser Land! Zwingen Sie mich nicht zum Eingreifen!» Der Gouverneur beteuerte zwar seine Unschuld, wußte jedoch, daß es klüger war, seinem Untergebenen alle Vergünstigungen zuzugestehen, die dieser von ihm forderte.

Wegen seiner Hinterhältigkeit und Brutalität wurde Ben Moussa allseits verabscheut, ebenso wie seine zwei Adjutanten Paul Bécaud, ein junger Eurasier, Sohn eines französischen Senators und einer Vietnamesin, und Blaise Bamouni, genannt «der Hinkende», der bei einem fehlgeschlagenen Attentat gegen den Führer der Nationalisten von Albertville, Gaston Sendwé, ein Bein verloren hatte. Seine Schergen waren um so mehr gefürchtet, als sie sich ständig betranken. Als guter Muselmane trank Ben Moussa keinen Tropfen und ging mit glasklarem

Verstand in den Büros und Kerkern der Sicherheitspolizei zu Werke, die den ganzen Südflügel und einen Teil des Kellers der Gendarmeriekaserne am Ende der Avenue Minsk einnahmen. Für die wichtigsten Gefangenen reservierte der Türke die Villa «Sans Souci», die unpassender kaum heißen konnte, ein Gebäude im Kolonialstil, das hinter einem Bambusvorhang inmitten eines von duftendem Oleander bestandenen Parks im südlichen Teil Uvonias lag. Wenn der Wind aus Norden kam, wurden die Ingenieure und ihre Familien oft des Nachts durch die Schreie der Gefolterten geweckt. Sie hatten sich viele Male bei der Stadtverwaltung, bei der Leitung der Gendarmerie und sogar bei der Generaldirektion der Union Minière darüber beschwert. Vergebens.

Jedermann in Uvonia wußte, daß zwischen Ibrahim Ben Moussa und Oberst Cermier eine erbitterte Rivalität herrschte. Ben Moussa haßte die Arroganz und die Verachtung des Aristokraten, dessen häufige Anspielungen auf seine Studienzeit an der Offiziersschule von Saint-Cyr, seine intellektuelle Überheblichkeit und seine leidenschaftliche Begeisterung für klassische Musik. Cermier hingegen hielt Ben Moussa für einen Emporkömmling, einen Zuhälter, einen vulgären Schmuggler. Der Russe bediente sich ihrer Feindschaft, benutzte den einen, um den anderen zu kontrollieren, und schmeichelte dem zweiten, um sich über die Machenschaften des ersteren zu informieren.

## 2. Kapitel

Als Thomas Lusangi nach Uvonia versetzt wurde, hatte er sich geweigert, den Pavillon in der Nähe des Elektrizitätswerks zu beziehen, der ihm von der Verwaltung der Gesellschaft im Viertel der Vorarbeiter zur Verfügung gestellt worden war. Diese waren fast ausschließlich Weiße, und der Mischling wollte nicht mit ihnen zusammenleben.

Während eines Spaziergangs hatte er ganz am Westrand des Deltas, zwischen den Ufern des Sees und dem großen Teich, eine offenkundig verlassene, auf Pfählen gebaute Strohhütte entdeckt, die von Schilfrohr und Mangroven eingeschlossen war. Mit Hilfe eines Fischers besserte er die Wände aus Schilf und getrockneter Erde aus und erneuerte das Dach aus geflochtenen Palmwedeln. Vor der Strohhütte ragten die Wurzeln eines alten Mangrovenbaums aus der sumpfigen Erde und trennten sie vom Ufer.

Während seiner freien Tage und Nächte betrachtete Thomas stundenlang das Wechselspiel von Himmel und Wasser. Im Morgengrauen fuhren zahllose Fischer in ihren Einbäumen auf den See hinaus, warfen ihre Netze. Gegen Mittag, wenn die Sonne erbarmungslos, weißglühend im Zenit stand und die Hitze unerträglich wurde, kehrten sie zurück. Mit Einbruch der Nacht verwandelte sich der See in einen finsteren, gespenstigen Ort, der in nahezu undurchdringliches Dunkel getaucht war. Am Himmel ging das Feuerwerk der Gestirne hoch: Das Kreuz des Südens, der Orion-Nebel, der Große und der Kleine Bär, Venus, Jupiter mit Ganymed und Kallisto, zwei seiner vierzehn Monde, die Milchstraße und Myriaden anderer Sterne erleuchteten das Firmament. Zahllose kleine Lichtsignale stürzten wie goldene Regentropfen auf den dunklen See. Nach Mitternacht verschmolz das Firmament mit dem unbeständig funkelnden See. Nur der Vollmond warf einen trügerischen, silbernen Weg über das Wasser.

Während der Regenzeit wühlten gewaltige Stürme den See auf. Grelle Blitze durchzuckten den schwarzen Himmel. Sie fuhren mit apokalyptischem Getöse auf die Wellen nieder. Die Hütte hallte vom Brausen des Sturms wider, ihre Wände zitterten. Die Kormorane glichen Gauklern der Lüfte. Über dem Wasser führten sie tollkühne Todessprünge aus, richteten sich unter markerschütternden Schreien wieder auf und schossen pfeilschnell auf die wankenden Wipfel der Palmen zu.

Dicke Regentropfen prasselten, von Windböen gepeitscht, auf den See nieder, in den sie Tausende kleiner Löcher sprengten.

Jetzt brach das Chaos los: Das Wasser brodelte, wogte und überschlug sich. Riesige Wellen donnerten gegen das Ufer, wo sie Einbäume und schlecht vertäute Barken losrissen. Die Palmen beugten sich unter der Wucht des Sturmes manchmal fast bis zur Erde. Der Spiegel zerbrach. Es wurde dunkel. Abgründe rissen auf. Der Sturm pflügte den See. Von unsichtbaren Peitschen geschlagen, bäumten sich die Fluten auf.

Dann, ganz plötzlich, ging ihr Martyrium zu Ende. Der Wind legte sich, die Palmen richteten sich wieder auf, und die Seerosen fielen in ihren vieltausendjährigen Schlaf zurück, Trümmer von Barken und entwurzelte Bäume trieben auf dem Wasser.

Neue Wolkenberge bildeten sich, die noch eine Weile über dem See schwebten, bevor sie nach Westen, Richtung Atlantik, davonzogen. Über den Vulkanen im Osten stieg die Sonne auf.

Thomas führte ein ermüdendes Dasein. Sein Dienst begann um sechs Uhr morgens, so daß er im Morgengrauen aufstehen mußte, um nach einem eineinhalbstündigen Marsch durch Reisfelder und Sümpfe auf Wegen, die während der Regenzeit von Schlangen verseucht und im Winter von Flußpferden überquert wurden, in Uvonia einzutreffen. Diese langen Fußmärsche trugen zu seiner körperlichen Erschöpfung bei, taten ihm aber dennoch gut. Er fand wieder Zugang zu den Landschaften seiner Kindheit, zur Einsamkeit. Er liebte das karge Leben. Sein einziger Luxus bestand darin, daß er von den Händlerinnen der Holoholo Maniokpasteten und Krabbenküchlein kaufte, nach denen er süchtig war. Er aß sie vor seiner Hütte, in die Betrachtung des immer wiederkehrenden Schauspiels von Wasser, Vögeln und Wolken versunken.

Der Einstieg in den Schacht der Grube, in der Thomas arbeitete, befand sich mitten in der Stadt gegenüber dem Postamt, neben dem Gebäude mit der Glasfront, in dem die Hauptverwaltung der Union Minière untergebracht war. Es war ein öder, baumloser Platz, der in der Regenzeit schlammbedeckt und in der Trockenzeit von Schlaglöchern übersät war wie mit Pockennarben. Das ganze Jahr über herrschte ohrenbetäubender Lärm: Das Knirschen der Aufzüge, das Kreischen der Bohrmaschinen, das Rattern der Muldenkipper und Schaufellader, der ferne Donner des Dynamits. Die von den wenigen weißen Vorarbeitern gebellten Anweisungen an das Heer der abgestumpften, erschöpften schwarzen Arbeiter in ihrer zerrissenen Kleidung, die grau vor Staub war, hallten über den Platz. Die Goldvorkommen befanden sich in viertausend Meter Tiefe und auch dort nur in geringer Menge. Einzig die unerbittlich ausgebeuteten Arbeiter machten die Adern rentabel.

Thomas leitete einen Trupp von Kumpeln in der tiefsten, ältesten Grube des Imperiums, deren Förderschacht, Halden, Waschkauen und Raffinerien das ursprüngliche Zentrum Uvonias bildeten. Er kannte nicht nur die etwa fünfzig Bergleute seines Trupps, sondern auch alle Arbeiter über Tage, denen die Belüftung, das Abpumpen des Wassers, die Versorgung der Baustellen, die Wartung der Maschinen, die Vorbereitung der Sprengkörper, die Reparatur der Werkzeuge oblag. Thomas hatte festgestellt, daß auf einen Kumpel drei Arbeiter über Tage kamen, egal, um welche Art Erz es sich handelte. Die Arbeiter trafen in der Trockenzeit ein, manche von ihnen noch keine fünfzehn Jahre alt. Die Anwerber der Gesellschaft rekrutierten sie dorfweise, in Kiwu, in Kasai, in Katanga und sogar im fernen Angola. In der Hölle der Schächte litten die Baluba mit den Lunda, die Bashi mit den Bufalero und die Holoholo aus der Savanne mit den Balese des Dschungels.

Alle vierzehn Tage erhielten sie einen Hungerlohn, für den sie tägliche Demütigungen erdulden mußten, wovon die Durchsuchung bis in den Intimbereich die schlimmste war. Bei jeder Auffahrt zu Tage mußten alle – mit Ausnahme der Vorarbeiter – sich nackt in einer Reihe vor dem Maschinenraum aufstellen und den mächtigen Strahl der Feuerlöschspritzen auf sich niederprasseln lassen. Vom Schmutz der Tiefe befreit, wurde anschließend jeder Mann von den behandschuhten Händen eines weißen Aufsehers visitiert, der ihn nach einem im After, unter der Zunge oder in den Falten des Geschlechts verborgenen Diamantsplitter oder Goldkörnchen durchsuchte. Das Mißtrauen war allgegenwärtig und zog ständige Entwürdigung nach sich.

Ein Teil von Thomas' Mannschaft trieb mit Dynamit die großen Querstollen vor, doch in den engen Seitenstrekken arbeiteten die Kumpel mit Pickel, Hammer und Eisenstangen. Ausgerüstet mit einer Öllampe und einem Megaphon, mit einem Metallhelm auf dem Kopf und bekleidet mit nichts als einer kurzen Hose, wachte der Mulatte über seine Männer, die auf dem Rücken oder auf dem Bauch durch die Gänge robbten, während andere liegend, kniend oder hockend Blöcke von mehr als hundert Kilogramm aus der Felswand schlugen. Arbeiter türmten sie in den Eisenloren auf, die von Jugendlichen in den Querstrecken bis zu den Aufzügen gezogen wurden. Acht Stunden blieben sie ohne Unterbrechung unter Tage. Sie fügten sich darin wie in ein unabänderliches Schicksal, einen Fluch, gegen den sie nichts ausrichten konnten. Todesfälle, Verstümmelungen und Unfälle waren so sehr an der Tagesordnung, daß sie nur von einem einzigen Ziel beseelt waren: zu überleben. Ein einziges Streben trieb sie an: ihre mageren Ersparnisse in ihr Dorf mitzubringen, um eine Not, noch größer als die ihre, zu lindern.

Schon kurz nach seinem Eintritt ins Bergwerk war Thomas wie durch ein Wunder einer Schlagwetterexplosion entkommen. Thomas' Mannschaft hatte in vorschriftsmäßigem Abstand in der Hauptgalerie gewartet, während ein Vortrupp sternförmige Löcher bohrte, in denen die Sprengmeister ihre Ladungen anbrachten, um einen neuen Stollen aufzubrechen. Als die Ladung explodierte, hatte Grundwasser die Wand zum Einsturz gebracht. Ein wahrer Sturzbach war in den Stollen geschossen, gefolgt von einer Methangaswolke. Noch bevor die Sirenen aufheulten, war das Gas explodiert. Von den hundertsiebzig Kumpeln unter Tage wurden vierundfünfzig auf der Stelle getötet, siebzehn schwer verletzt, und zwanzig blieben vermißt. Thomas gehörte zu denen, die die Rettungstrupps unverletzt an die Oberfläche bringen konnten.

Die Bergleute, die unter Tage diesem gefährlichen und aufreibenden Beruf nachgingen, führten oben ein trostloses Leben in ihren tristen «Wohnheimen» aus Beton, deren Mauern aufgrund des tropischen Klimas von Rissen durchzogen waren. Zu zwölft in ein Zimmer gepfercht, schliefen sie in Stockbetten in Räumen, in die durch ein einziges, vergittertes Fenster kaum Luft drang. Es ging auf einen Innenhof, der vollgepfropft war mit Kochstellen – schlichten Kesseln, die auf der Glut standen –, Waschbottichen und einer Reihe von Löchern, die als Latrinen dienten. Stechmücken und Läuse marterten die Bewohner.

In jedem Wohnheim gab es eine, zwei oder mehrere «Fiancées», «Bräute», die ebenfalls von der Union Minière rekrutiert waren. Sie dienten der sexuellen Befriedigung der Bergleute. Die meisten unter ihnen waren armselige, unterwürfige Geschöpfe, mit abgezehrtem Körper, traurigen Augen und schäbigen Röcken. Einige «Bräute» jedoch genossen großen Respekt. Sie wußten um das Geheimnis der Pflanzen und der Gifte. Sie pflegten kranke oder verletzte Bergleute. Es ging das Gerücht, besonders grausame Vorarbeiter kämen zuweilen durch das Gift um, das sie mischten und in die Kantinen der Weißen schmuggelten. Keiner rührte diese «Bräute» an.

In der Enge der von Kerzen erhellten Zimmer wurden die meisten Bergleute von Frustration und Haß zerfressen. Eine Initiationszeremonie der Bafulero, eine Trauertrommel der Baluba, die in einem benachbarten Gästehaus ertönte, eine Schlägerei unter Betrunkenen in einer Kantine, die beleidigende Geste eines Jugendlichen, der geringste Anlaß genügte, um die Lunte zu entzünden und den Haß zur Explosion zu bringen. Bewaffnet mit ihren «xac-xac», diesen aus rostigen Konservendosen herausgeschnittenen Dolchen, mit Nägeln besetzten Keulen, Messern mit vergifteten Spitzen und Macheten fielen die Männer der verschiedenen «Nationen» übereinander her, stachen einander nieder, erwürgten, verstümmelten sich gegenseitig.

Anfänglich war Thomas entsetzt über dieses Klima der Gewalt, der gegenseitigen Feindschaft und Verachtung. Doch er begriff schnell. Es waren weniger die entsetzlichen Lebens- und Arbeitsbedingungen, die die Bergleute aushöhlten, als das Fehlen jeglicher Hoffnung. Bewußt oder unbewußt war ihnen klar, daß ihr aktives Leben, oft genug ihr Leben überhaupt, mit Vierzig zu Ende sein würde: Dann nämlich wurden die «abgelösten» Kumpel, wie der offizielle Terminus der Gesellschaft lautete, mit einer erbärmlichen Abfindung in ihr Dorf zurückbefördert. Und in welchem Zustand! Abgemagert, Blut spukkend, mit Lungen, die von Silikose durchlöchert, von Tuberkulose verwüstet waren.

Nur wenige Privilegierte wurden als Wachleute, Milizangehörige oder Angestellte des Sicherheitsdienstes weiterbeschäftigt. Diese erhielten einen mehr oder weniger anständigen Lohn, konnten ihre Familien nachkommen lassen und ein einigermaßen passables Leben führen. Voll der Dankbarkeit für die Gesellschaft verwandelten sie sich beinahe schlagartig in Gegner ihrer ehemaligen Kameraden.

Dieses zynische System, dieser programmierte Brudermord steigerten noch Thomas' Mitleid mit den Schwarzen und seine Verachtung für die Weißen.

## 3. Kapitel

In diesem Klima der Gewalt und der Unsicherheit, das dem Zusammenbruch der alten Kolonialordnung und dem Aufkommen des Bürgerkriegs entsprang, erlebte der Zentralmaniema eine Wiedergeburt fiebriger Religiosität. Einzig die Mysterien, Riten und Versprechungen des Glaubens schienen Zuflucht gegen Angst und Verzweiflung zu bieten. Selbst unter den Jugendlichen mit Schulbildung, unter Männern und Frauen, die ihr Dorf vor langer Zeit verlassen hatten, versuchte eine immer weiter wachsende Zahl von Afrikanern im Glauben Erklärung und Trost für die Umwälzungen einer Welt zu finden, die sie nicht mehr verstand. Die Angst vor dem Morgen quälte sie; manche von ihnen wähnten, das Ende der Welt sei nahe. Auf der Suche nach einer Identität klammerten sie sich an die Lehren ihrer Väter, die in ihrer Erinnerung verschüttet waren. Besonders der Islam erlebte einen erstaunlichen Aufschwung in Uvonia.

Unter allen muslimischen Brüderschaften, deren Prediger durch die Stadt und ihre Umgebung zogen und ihre vor Begeisterung glühenden Zuhörer aufpeitschten, hatten sich die Mahdisten schnell zur einflußreichsten entwickelt. Sie beriefen sich auf die Prophezeiung Ibn Chalduns: «Am Ende der Welt wird ein Mann aus der Familie Mohammeds erscheinen, um die Religion zu stärken und die Gerechtigkeit triumphieren zu lassen. Die Muslime werden ihm folgen, und er wird herrschen auf Erden. Man wird ihn den Mahdi nennen.» Seit dem vierzehnten Jahrhundert warteten die Sektierer auf ihn. Doch diese Lehre war nicht unumstritten. In den Wäldern, Savannen und Bergen des Ostens bekämpften sich die Prediger und säten Zwietracht unter die Menge. Insbesondere die «Orthodoxen» warteten nicht länger. Sie führten ihre Abstammung auf einen Arabo-Nubier zurück, den Scheich Ahmed Ben Abdallah. Dieser hatte 1872 mit der Behauptung, der Prophet und der Erzengel Gabriel hätten ihm befohlen, die Eindringlinge aus Afrika zu verjagen, im Sudan den Namen El Mahdi angenommen. Eines Morgens im April des Jahres 1885 hatte er mit seinen Anhängern die englisch-ägyptische Armee vernichtet, ihren Befehlshaber General Gordon getötet und Khartum in Flammen aufgehen lassen. In Maniema wurde sein Andenken verehrt. In gesamt Ost- und Zentralafrika hatten sich während des ganzen Jahrhunderts im Rhythmus von Naturkatastrophen, Kriegen und Hungersnöten zahlreiche andere Mahdis erhoben. Jeder hatte seine eigene Sekte gegründet, deren Prediger nun ihre Verheißungen verkündeten.

Der aggressive Missionseifer oder gar Bannfluch, mit dem die unter sich verfeindeten mahdistischen Brüderschaften und Sekten die Ungläubigen überzogen, löste bei den animistischen Schwarzen oder den getauften Christen in Uvonia brutale Reaktionen aus. Als Thomas an einem Spätnachmittag im März 1963, umgeben vom Geknatter und Gestank unzähliger Mopeds, die auf der Straße entlang der großen Moschee fuhren, auf dem Heimweg von der Grube war, hörte er einen Tumult, Schüsse und Schreie. Vom offenen Hof der zur Moschee gehörigen Medrese aus, wo die Kinder gewöhnlich zwischen Ziegen und Hühnern den Koran auswendig lernten, erblickte er eine gestikulierende, lärmende Menschenmenge in höchster Erregung. Ein Schaulustiger erklärte ihm, daß junge Christen an diesem Tag des Aïd al-Fitr, der den Fastenmonat Ramadan beendet, ein schwarzes Schwein in die dichtgedrängte Menge der Gläubigen geworfen hätten. Die Mehrzahl der Schänder war eiligst im Labyrinth der Gassen verschwunden, abgesehen von dreien, die die Muslime eingeholt hatten. In panischer Angst preßten sie sich nun an die Mauer der Medrese und hatten ihre «xac-xac» hervorgeholt. Die wütende Menge umringte sie. Mückenschwärme schwirrten. Plötzlich erkannte Thomas die Gotteslästerer. Es waren Lazare, ein junger Sonye, Hatima, ein etwa zwanzigjähriger Tutsi-Flüchtling, und Boniface, ein Muluba, die alle drei zu seiner Mannschaft gehörten.

Der Mischling schob sich durch die Belagerer, stürzte sich in den Kreis und stellte sich zwischen die entfesselten Muslime und die jungen Bergarbeiter. Das Geknatter der Mopeds draußen war verstummt, der Verkehr war zum Erliegen gekommen. Die Straße war schwarz von

Menschen, die Leute drängten in den staubigen Hof. Thomas, dem der Geruch von Benzin, Schweiß und Rauch, den der Westwind herbeitrug, den Atem verschlug, stand aufrecht und breitbeinig, mit ausgebreiteten Armen vor den zu Tode erschrockenen jungen Männern. Die Gläubigen in der vordersten Reihe in ihren weiten weißen Djellabas waren durch das Erscheinen des Mischlings wie vor den Kopf geschlagen. Sie alle kannten den «Bula Matari», den, der «die Steine zerbricht», wie er bewundernd genannt wurde, weil er soviel Geschick in der Handhabung des Dynamits bewies, wenn es galt, durch einen Geröllrutsch oder den Einsturz einer Stützmauer eingeschlossene Bergleute zu befreien. Doch so sehr man ihn sonst auch respektierte, an diesem Ort war er nichts weiter als ein Ungläubiger.

Ein großer bärtiger Mann, dessen kahlen Schädel die kleine weiße Kappe zierte, näherte sich ihm mit seinem Krummdolch.

«Was mischt du dich da ein, du Hund?»

Thomas antwortete nicht, schützte mit seinem Körper den winzigen Raum, der die drei jungen Männer von der Menge trennte.

«Geh aus dem Weg, wenn du nicht auch sterben willst! Verschwinde!»

Thomas spürte den Atem des Bärtigen im Gesicht. Mit unsicherer Stimme rief er: «Diese Männer sind Bergleute aus meiner Mannschaft. Welches Verbrechen auch immer du ihnen vorwirfst, sie verdienen ein unparteiisches Urteil. Ich werde nicht verschwinden.»

Der Bärtige lachte schallend, ein Lachen, das einer Verurteilung gleichkam. Die Menge gierte nach einem Opfer. Unvermittelt bahnte sich ein gebrechlicher alter

Mann einen Weg durch die Reihen, schob den Bärtigen mit einer Handbewegung beiseite. Thomas erkannte den Imam. Die heftige Stimme des Bärtigen drang zu ihm durch.

«Diese Verbrecher sind Gotteslästerer. Sie haben das Haus Abrahams beschmutzt und den heiligen Namen des Propheten geschändet. Sie haben den Tod verdient.»

Thomas fixierte die grauen Augen des Imam. Die Stimme des alten Mannes ließ ihn aus seiner Erstarrung erwachen.

«Heute ist das Fest des Aïd al-Fitr, das Fest der Vergebung. Und dieser Mann ist der Bula Matari. Ich segne ihn. Er hat viele der Unseren gerettet. Möge er nun die Seinen retten. Möge er diese Verbrecher mitnehmen und sie nach seinem Gesetz bestrafen!»

Als die Menge begriff, daß die Gotteslästerer ihrer Bestrafung entgehen sollten, begehrte sie auf. Unnachgiebig erzwang der Imam Schweigen und rezitierte mit einer für einen so gebrechlichen Greis erstaunlich kraftvollen Stimme die Suren der Vergebung. Als er verstummte, hatte sich die Spannung gelöst.

Thomas sah den Imam fragend an, und dieser forderte ihn mit einem Wimpernschlag zum Aufbruch auf. Die Menge teilte sich. Gefolgt von den immer noch vor Angst zitternden Kumpeln trat er auf die Straße, hielt ein Taxi an und brachte jeden in seine Unterkunft zurück.

## 4. Kapitel

Da der Aufstand, der sich im Norden und Osten ausbreitete, die Eisenbahn nach Stanleyville gefährdete und die Transporte am unteren Flußlauf unsicher machte, versuchte die Grubengesellschaft, den Großteil ihrer Produktion über den Süden, das Tal des Benguela und die Häfen Angolas auszuführen. So kam es, daß in Uvonia Techniker und Eisenbahner der portugiesischen Eisenbahngesellschaft von Benguela eintrafen. Fast alle waren sie Opfer Salazars, die nach langjährigen Kerkerstrafen wegen ihrer demokratischen und antikolonialistischen Aktivitäten aus Portugal verbannt worden waren. Zur allgemeinen Verblüffung begegneten sie den Schwarzen mit Achtung und Sympathie. Manche sprachen Suaheli und verbrachten ihre Nächte damit, mit den Bergarbeitern in den Wohnheimen zu diskutieren. Nie zuvor hatten Weiße einen Fuß in diese Quartiere gesetzt oder von gleich zu gleich mit den schwarzen Arbeitern gesprochen. Nach anfänglichem Mißtrauen begriff Thomas, daß nicht jeder weiße Angestellte der Gesellschaft notwendigerweise ein Feind war. Er freundete sich mit einem Eisenbahner seines Alters an, der mit seiner gedrungenen Gestalt, seinem schwarzen Haarschopf und seinen dunklen Augen ein typischer Abkömmling des Douro war, wo er in der kommunistischen Partei gekämpft hatte. Joaquim de Moura hatte dafür mit acht Jahren Kerker in der Seefestung Caxias bezahlt, wo ihm mit jeder Flut fauliges Wasser bis zur Brust gestiegen war. Joaquim machte ihn mit José Vasconcelos bekannt, einem Fernmeldeingenieur, der jahrelang im Gefängnis gesessen hatte, weil er versucht hatte, bei der Post in Lissabon eine illegale Gewerkschaft ins Leben zu rufen.

Für Thomas blätterte jede Begegnung eine neue Episode im Buch der portugiesischen Diktatur auf. Er las sie auf dem entstellten Gesicht des Straßenbauingenieurs Pedro Mariano und auf dem seines Vetters Justinho de Farias, beide Mitglieder der IV. Internationalen, die zusammen die Verhöre der PIDE, des portugiesischen Geheimdienstes, erlitten hatten. Ihr von Narben entstelltes Gesicht ließ sie mit fünfzig Jahren wie siebzig aussehen. Als Thomas Luis Carlos Perreira kennenlernte, begriff er auch, daß die Folterer einen Mann zerstören können, ohne die geringste Narbe zu hinterlassen. Dieser junge Mann aus dem Alentejo, der kaum der Kindheit entwachsen war, hatte nie wieder richtig Schlaf gefunden, seitdem Salazars Polizei ihn beinahe sechs Wochen lang am Schlafen gehindert hatte. Die Schlaflosigkeit hatte ihn in eine Art Zombie verwandelt, und mit seinem glasigen Blick, seinem wächsernen, aufgedunsenen Gesicht, seinem schleppenden Gang bildete er einen tragikomischen Gegensatz zu dem kräftigen Itamar de Oliveira, der ihn unter seine Fittiche genommen hatte, als ob er eine Schuld zu begleichen hätte: Der ehemalige Kranführer an der Werft von Setubal schätzte sich glücklich, wegen eines Streiks mit kaum drei Jahren Gefängnis davongekommen zu sein.

Alle Portugiesen verehrten Luis da Costa-Lima. Thomas hatte ihn an seiner hochgewachsenen und ausgemergelten Gestalt erkannt und fragte sich, warum er die wenigen gelblichen Strähnen auf seinem Schädel nicht opferte, die in auffallendem Gegensatz zu seinem dichten weißen Bart standen. Als er dem gütigen Blick seiner tiefblauen Augen begegnete, empfand er sofort Zuneigung für den alten Herrn.

Im Lauf ihrer Begegnungen erfuhr Thomas, daß Costa-Lima der Sproß einer alten Familie marranischer Juden aus Coimbra war. Da der Begriff ihm nichts sagte, erzählte ihm Luis mit einem Engagement, das Thomas verblüffte, von der Vertreibung der spanischen Juden im Jahr 1493. Costa-Lima entschuldigte sich beinahe dafür und vertraute ihm an, daß er Professor für Philosophie und Spezialist für Spinoza an der Universität von Coimbra gewesen war, bevor er 1945 als regionaler Verantwortlicher des antifaschistischen Widerstands verhaftet wurde. Zehn Jahre lang hatte er in Caxias die Zelle mit Alvaro Cunhal geteilt, dem legendären Generalsekretär der Kommunistischen Partei Portugals.

Die einzige Frau der Gruppe, Sarah Ferreira, war seit dreißig Jahren mit Don Luis verheiratet. Wenn man sie ansah, konnte man sich kaum vorstellen, daß sie so viele Prüfungen erduldet hatte: Sie trug den Kopf mit königlicher Grandezza, hatte schelmische Augen und war, was durchaus kein Nachteil war, als würdige Tochter der jüdischen Diaspora aus Ägypten zweifelsohne die beste Köchin ganz Uvonias.

Ganz beiläufig lehrten die Portugiesen Thomas und seine Freunde, die von der Union Minière veröffentlichten Statistiken zu entschlüsseln, erklärten ihnen die Mechanismen der Metallbörse in London, an der Sekunde für Sekunde der Preis für Kauf und Verkauf aller Erze der Welt bestimmt wird. Bald war jeder in der Lage, die verschlungenen politischen, militärischen und finanziellen Strategien der Gesellschaft, ihrer Verbündeten und ihrer Feinde zu analysieren.

Angeregt und neugierig geworden, las Thomas die Bücher von José Martí, Kwameh N'Krumah, Mehdi Ben Barka, Jomo Kenyatta, Agostinho Neto und Frantz Fanon, aber auch von Baruch Spinoza, abgenutzte, mit handschriftlichen Anmerkungen übersäte Bände, die Don Luis und Sarah ihm liehen. Ihm war, als würde er ein zweites Mal geboren. Es las unaufhörlich, bei jeder Gelegenheit, mit der Gier eines Verhungernden. Das ockerfarbene Gebäude im Zentrum, in dem die Portugiesen lebten, war seine Bibliothek, seine Schule, sein Zuhause geworden. Oft ging er direkt von der Arbeit in den ersten Stock, in die karge kleine Wohnung, die Don Luis und seine Frau bewohnten. Der ehemalige Professor aus Coimbra führte einen beständigen Kampf gegen den konfusen Idealismus des jungen Mannes, leitete ihn mit Strenge, jedoch ohne die Demagogie, die seine Beziehung zu Pater Grégoire vergiftet hatte, bei seiner Lektüre an. Oft saß er noch spät abends auf dem grünen Sofa Doña Sarah und ihrem Mann in ihren Sesseln gegenüber und diskutierte leidenschaftlich mit ihnen. Für Don Luis empfand Thomas die Zuneigung eines Sohnes.

Eines Abends gab Don Luis, der um seine Überwachung durch die Sicherheitspolizei wußte und jeden Augenblick seine Verhaftung fürchtete, eine Art feierliche Erklärung ab.

«Thomas, es gibt kein klares Bewußtsein, keine objektive Vernunft, keinen Sinn der Geschichte, die du mit deiner bloßen Hand vom Himmel herabholen, dir ein für allemal aneignen könntest. Wir bewegen uns unaufhörlich zwischen Nacht und Tag, Dunkel und Hell voran.»

Er merkte, daß er ins Predigen geraten war. Leicht verlegen unterbrach er seinen Vortrag.

«Sarah, deine *kobeba* kann den besten libanesischen Restaurants das Wasser reichen. Du bist die Weltmeisterin der Kobeba!»

«Und du bist der Weltmeister der Philosophie. Laß hören, sprich weiter.»

«Mach dich nicht über mich lustig. Thomas muß wissen, daß die Nacht ein Irrweg ist, daß die Wahrheit das Licht ist. Daß zwischen beiden ein unüberbrückbarer Gegensatz besteht. Daß unser Leben in der Dämmerung angesiedelt ist, die auch der wahrhaftigste Moment des Tages ist. Auch wenn jede Geburt ein zufälliges, beliebiges, scheinbar von Willkür diktiertes Ereignis ist, auch wenn der Mensch zunächst Objekt der Notwendigkeit ist, so wird er durch Bewußtsein und Glück zum Subjekt. Das ist es, was Spinoza uns lehrt.»

Don Luis erzählte ihm von Rembrandts *Nachtwache*. Thomas kannte das Gemälde nicht.

«Vielleicht wirst du es eines Tages sehen. Du wirst sehen, daß Rembrandt eine vollkommene Darstellung dieses Umherirrens geschaffen hat. Wir bleiben immer der Unzulänglichkeit, der Unvollkommenheit verhaftet. Doch wie in seinem Gemälde drängt die Suche nach Klarheit die Ungewißheit zurück. Wir sind die Wächter der Hoffnung, die zwischen Licht und Dunkel voranschreiten.»

Don Luis verfiel in ein langes Schweigen und lauschte dem Gewitter, das über der Stadt niederprasselte.

«Wir haben die Unendlichkeit der Liebe, weil wir daran teilhaben. Festigkeit, Beharrlichkeit sind die höchsten Tugenden, die ein Mensch erlangen kann.»

Doña Sarah spürte Thomas' Ratlosigkeit.

«Don Luis hat recht, oder besser, Spinoza hat recht,

wenn er sagt, daß jeder, der in der Selbsterkenntnis voranschreitet, aus seinen Irrtümern nur Nutzen ziehen kann. Sie helfen ihm, auf der Leiter des Wissens emporzuklimmen. Wie könnte man die unendliche Substanz, das vollkommene Sein, die nahe und doch immer verborgene Sonne anders nennen denn Gott?»

Thomas fuhr hoch: Seit seinen Jahren in der Missionsstation von Niangala hatte er gelernt, den Glauben, der zur Religion, zur Unterdrückung der Vernunft verkommt, zu verabscheuen. Und nun war er unversehens, dank dem marranischen Juden und seiner Frau, bereit zuzugeben, daß eine geheimnisvolle Vorsehung sein Leben lenkte.

Verwirrter denn je verabschiedete sich Thomas. Er ging geradewegs durch die schlafende Stadt, in der nur noch die gelben Kastenwagen der Sicherheitspolizei und die Jeeps der Miliz unterwegs waren.

Seine Sicht der Welt, seine Persönlichkeit und sein Verhalten hatten sich seit der Ankunft der Portugiesen verändert. Auch wenn er nicht glücklich war, so fühlte er sich doch menschlicher, bewußter. Wachgerüttelt.

Im Laufe seiner Lektüre und der Diskussionen waren die Begriffe Solidarität, Organisation und Kampf an die Stelle der alten christlichen Werte von Mitleid und Güte getreten, deren enge Grenzen er von nun an kannte: Anstatt nach einer zweifelhaften Nächstenliebe zu streben, forderte er nun Gerechtigkeit.

Seine Bergarbeiterkameraden hatten ihn aus der Einsamkeit des Urwalds befreit. Die Achtung der Portugiesen befreite ihn nun aus der Unwissenheit, aber auch von seinen Selbstzweifeln. Er entdeckte, welchen Einfluß er auf die Männer seiner Mannschaft ausübte, welche kollektiven Kräfte er freisetzen konnte. Dieses neue Gefühl erfüllte ihn mit Stolz und Unruhe. Von nun an nahm er die Verantwortung als Vorarbeiter aus ganzem Herzen auf sich, weil er seine reale Befähigung dafür entdeckt hatte. Der tägliche Umgang mit den weißen Ingenieuren und Verwaltern hatte ihn gestählt. Mit einer Spur Zynismus stellte er fest, daß sein neues Selbstbewußtsein, seine Standhaftigkeit ihnen gegenüber ihm die Achtung der Weißen und die Bewunderung der Schwarzen eintrugen. Sein Ansehen wuchs. Er war nicht wenig stolz darauf.

Als die Portugiesen vorsichtig damit begannen, die ersten einheimischen Mitglieder für die illegale Gewerkschaft anzuwerben, die sie zu organisieren beabsichtigten, meldete Thomas Lusangi sich freiwillig, bald gefolgt von Lazare, Boniface und Hatima, die seit dem Vorfall an der Medrese nicht mehr von seiner Seite wichen. Zusammen mit ihnen organisierten die Portugiesen Alphabetisierungskampagnen in den «Wohnheimen». Sie wandten dabei die neue Methode des Brasilianers Paulo Freire an, eine «Pädagogik der Unterdrückten», die den Schüler über das Erlernen von Sprache und Schrift zur Bewußtwerdung seiner eigenen Abhängigkeit führt. Mit Erfolg: Die Alphabetisierungskurse verwandelten sich schon bald in Lektionen politischer Erziehung. Die Mitglieder der illegalen Gewerkschaft erklärten den Bergarbeitern die Mechanismen und Ursachen ihrer Ausbeutung. Alles übrige folgte wie von selbst: Aus Wissen wurde Bewußtsein. Aus Bewußtsein Solidarität.

Langsam, unmerklich vollzog sich in Uvonia und den Bergwerken der Umgebung ein Wunder. Die von den

Portugiesen geschaffenen geheimen Netze weiteten sich aus, erfaßten die Unterkünfte und Kantinen beinahe aller «Nationen». Ihrer geduldigen Unterweisung gelang es, den Vulkan zu ersticken, den Haß zu zähmen. Strafexpeditionen, Racheakte und Bruderzwiste in den Baracken, Kantinen und Schächten wurden seltener. Ein beinahe brüderliches Gefühl einte, was noch kurz zuvor eine in sich gefangene Welt von untereinander verfeindeten Sklaven gewesen war.

Der Gründungskongreß der illegalen Bergarbeitergewerkschaft des Zentralmaniema fand an einem Sonntag im Juni 1963 statt, mitten in der Trockenzeit, in einer geräumigen Lagerhalle, die einsam inmitten der Reisfelder stand, die die westlichen Vororte vom Delta trennten Fast sechshundert Delegierte aus allen wichtigen Ethnien, aus beinahe allen Berufsgruppen und den meisten Gruben des Zentralmaniema nahmen teil.

Die Portugiesen, die von Thomas' Einsatzbereitschaft wie von seiner Intelligenz überzeugt waren, schmeichelten seinem persönlichen Ehrgeiz und seinem Machtgespür und überredeten ihn, für den Posten des Generalsekretärs zu kandidieren.

Nachdem Thomas mit großer Mehrheit gewählt worden war, nahm er den Tarnnamen «Kasongo» an, zu Ehren Simon Kasongos, des Führers der aufständischen Sklaven, die 1876 bei Kalemil das Lager von Tipo-Tip in Brand gesetzt und die arabischen Sklavenjäger ermordet hatten.

## 5. Kapitel

Bekleidet mit einem Mantel aus Affenfell, mit leeren Augenhöhlen, am abgezehrten Rücken eine schwärende offene Wunde, von Lepra zerfressen, so ging Kagamé, der blinde Zauberer Uvonias, dessen rechter Arm in einem Stumpf endete, auf seinen verkrüppelten Füßen schwankend durch die Straßen. Er umklammerte mit den beiden letzten Fingern seiner linken Hand einen dicken Mahagonistock, der mit Löwenzähnen und Papageienfedern geschmückt war. Trotz seiner Krankheit und seines Elends strahlte er Würde, Hoheit, unbeugsame Autorität aus. Trotz des Schepperns der Konservendosen an seinem Gürtel, die er auf Anweisung der Gesellschaft tragen mußte, damit die Passanten ihm aus dem Weg gingen, wäre niemand auf den Gedanken verfallen, sich über ihn lustig zu machen. Anstatt ihn zu meiden, blieben die Kinder, die Frauen, die Bergleute, die Wächter und sogar manche weiße Ingenieure neben ihm stehen und grüßten ihn: Die Männer neigten den Kopf, manche Frauen knieten nieder, die Ängstlichsten warfen sich zu Boden und berührten dreimal mit der Stirn die Erde. Er verharrte einen Augenblick und setzte dann schwankend seinen Weg fort. Er sprach nur nachts, mit gebrochener Stimme, zu den Menschen, die seinen Rat suchten. Seine sparsamen Worte kamen Prophezeiungen gleich.

Als Thomas eines Abends halbtot vor Erschöpfung aus der Mine kam und auf dem schmalen Pfad zu seiner Strohhütte voranschritt, tauchte Kagamé plötzlich aus dem Schilf auf. Er legte seinen Stumpf auf Thomas' Schulter, richtete seine toten Augen auf ihn und sprach.

«Lumumba hat gesagt: ‹Ein Größerer als ich wird nach mir kommen. Geboren wie ich aus dem Schoß einer Frau der Batetela. Ein junger Mann voller Kraft und Leben. Er wird das *dawa* verleihen. Er wird mein Werk vollenden. Sein Name ist gesegnet. Und sein Sieg wird gekrönt sein von Freiheit und Ruhm.› Dieser Mann bist du.»

Mehr noch als die Erscheinung des Zauberers überraschte Thomas die Erwähnung Lumumbas. Kagamé war in seinen Augen ein zeitloses Wesen. Er hörte Vogelschreie und sah die Kormorane, die nah am Himmel des Deltas ihre eleganten Kreise zogen. Als er seinen Blick wieder senkte, war Kagamé verschwunden.

In der letzten Nacht eines jeden Mondzyklus führten die Stammesfürsten aller «Nationen» ihre kräftigsten und aufgewecktesten Heranwachsenden zu Thomas, der sie unter dem Fieberbaum am äußersten Rand des Deltas erwartete. Sie hatten einen gefährlichen Weg zurückzulegen. Sie mußten die Militärsperren umgehen, anschließend die Piste nehmen, die die Stadt mit den Reisfeldern verband, und sich zwischen Dorngestrüpp auf dem schmalen Pfad, der zum Baum führte, durchschlagen. Waren viele Patrouillen unterwegs, trafen die Bewerber erst bei Sonnenaufgang ein. Unter dem aufflammenden Himmel nahm Thomas ihre Geschenke entgegen: mit feuchten Blättern umwickelte Kalebassen mit Bananenbier, wilden Honig, Leopardenfelle, Grigris, Amulette aus menschlichen Knochen. In der Höhlung unter den Baumwurzeln stand der Kessel des Dawa, eine stinkende Brühe aus seltenen Kräutern, Löwenhaaren, Antilopen- und Büffelblut, der die Völker des Maniema, unabhängig von ihrer Abkunft, seit Anbeginn der Zeit magische Eigenschaften zusprachen. Einige Tropfen davon auf die Stirn geträufelt, schützten vor dem bösen Blick und vor feindlichen Kugeln. Neben dem Kessel wachte der blinde Zauberer über die Glut und rührte, magische Formeln murmelnd, in der Flüssigkeit.

Von ihrem Stammesoberhaupt geschoben, traten die jungen Männer der Reihe nach vor.

«*Iko Wangu?* (Ist er mein?)» fragte Thomas.

«*Iko Wajo* (Er ist dein)», antwortete der Stammesfürst.

Gemäß dem Ritus der Vorväter kniete der Heranwachsende nieder. Kagamé reichte Thomas die schwärzliche und ekelerregende Flüssigkeit, der drei Finger seiner rechten Hand eintauchte und damit einen Kreis auf die Stirn des Bewerbers zeichnete. Damit war die Initiation vollzogen. Kein feindliches Geschoß, kein Dolch, kein Gift konnte ihm von nun an etwas antun. Auf seiner Stirn würde Blei zu Wasser, an seinem Körper feindliche Kugeln wirkungslos abprallen. Das Dawa machte ihn unverletzlich. Der von nun an *simba* (Löwe auf Suaheli) genannte Initiierte würde die Nahrungs- und Sexualverbote seines neuen Standes respektieren und jeden Kontakt mit Frauen und Nichtinitiierten vermeiden: Mit seinen vom Dawa gezeichneten Kameraden würde der Simba eine eigene, unzerstörbare Kriegerkaste bilden.

Die Portugiesen standen zwar dem neuen Wirkungskreis ihres Schützlings kritisch gegenüber, hatten jedoch schnell begriffen, welchen Vorteil sie aus dieser Magie ziehen konnten: Die Initiierten würden den bewaffneten Arm der Gewerkschaft bilden. Doch bewaffnet womit? Traditionsgemäß erhielten die Simba unmittelbar nach ihrer Ölung mit dem Dawa die Insignien ihrer neuen

Würde. Da die Gewerkschaft nicht über genügend Waffen verfügte, mußte Thomas den stolzgeschwellten Jünglingen oft schlichte bemalte Stöcke oder unförmige Speere überreichen, die aus alten Verstecken Kagamés stammten.

## 6. Kapitel

Zu Beginn der Regenzeit 1963 war der kongolesische Subkontinent nur noch ein einziges blutiges Chaos. Thomas und seine Freunde hörten die Nachrichten des BBC World Service, von Radio France Internationale oder Sendungen in portugiesischer Sprache von Radio Moskau. José Vasconcelas gelang es, einen Empfänger mit ausreichender Reichweite zu basteln, um die Bekanntmachungen des Rebellensenders von Juba aufzufangen. Dadurch erfuhren sie, daß auf dem Interkontinentalflughafen von Ndjili, in der Nähe von Léopoldville, Tag und Nacht gewaltige Transportflugzeuge vom Typ Hercules der amerikanischen Luftwaffe sowie französische und belgische Galaxys landeten und Panzer, Kanonen, Panzerspähwagen, tonnenweise Granaten, aber auch afroamerikanische sogenannte Spezialisten für «die Konter-Guerilla» ausspuckten, französische Offiziere, als Entwicklungshelfer getarnt, sowie weiße, schwarze und gelbe Söldner und Geheimagenten.

Alle wußten, daß die kongolesische Regierung, die nach der Ermordung Patrice Lumumbas von Washington, Paris und Brüssel eingesetzt worden war, zu diesem Zeitpunkt nur noch die Großstädte, die Hauptverkehrsachsen und -flüsse, die Atlantikküste, die Bergbaugebiete in Katanga, Kasai und Maniema sowie die Militärstützpunkte Kamina und Goma kontrollierte. Hungerrevolten, Bauernaufstände und Bürgerkriege verwüsteten den Rest des Landes. In der Region Katanga wurde Godfroy Munongo, der Urenkel von M'Siri, dem Kaiser der Bayeke, der mit den westlichen Mächten gemeinsame Sache gemacht hatte, in seiner Hochburg von Zehntausenden von Baluba-Kriegern aus dem Kasai belagert. Gleichzeitig war in den Dschungeln des Nordens und den Bergen des Nordostens eine regelrechte Armee auf dem Vormarsch, mit Kanonen und modernen Transport- und Kommunikationsmitteln ausgerüstet und von einem Neger aus der Karibik kommandiert.

In der Provinz Kwilu, nur wenige hundert Kilometer südöstlich von Léopoldville, hatten die Rebellen unter Führung von Pierre Mulélé mittlerweile Hunderte von Städten, Marktflecken und Dörfern und die gesamte Savanne, die sich zwischen den Flüssen Kwango und Kwilu erstreckt, in ihre Gewalt gebracht. Seit Jahresbeginn bereiteten sie den Regierungstruppen eine Niederlage nach der anderen. Über Radio Juba erfuhr Thomas, daß die deportierten Zwangsarbeiter auf den Tee-, Kautschuk-, Kaffee- und Bananenplantagen im Oberkiwu, am Albert- und am Eduardsee die Ernten verbrannt, die Piste blockiert und die weißen Verwalter samt ihrer Familien ermordet hatten. Andernorts, in den abgelegenen ländlichen Gebieten des Westens und des Zentrums schien totale Anarchie ausgebrochen, viele Dorfhäuptlinge herrschten mit uneingeschränkter Willkür.

Die Unruhen begünstigten das Erscheinen seltsamer Erlösergestalten: In Masisi hatte ein Mischling, ein ehemaliger Angestellter der belgischen Kolonialverwaltung, sich zuerst unter dem Titel «Bwana Kitoko» (großer Weißer auf Suaheli) krönen und sodann die europäischen Geschäftsleute und Goldsucher der Region gefangennehmen lassen. Nur mit Lendenschürzen bekleidet und einem Strick um den Hals ließ er sie durch die Stadt treiben, um sie schließlich auf großen Scheiterhaufen, die an den Kreuzungen aufgeschichtet worden waren, bei lebendigem Leibe zu verbrennen. In einer benachbarten Region riß ein gewisser Bushiri, der sich selbst zum «Jesus Mugombzi», zum «Stellvertreter Jesu», ausgerufen hatte, die Massen durch die Verkündung eines herannahenden Gottesreiches mit sich, das ausschließlich von Schwarzen bevölkert sein sollte.

Seit ihrem Gründungskongreß im Juni 1963 bemühte sich die illegale Gewerkschaft der Bergarbeiter des Maniema, in den Gruben und den Wohnheimen eine schlagkräftige, strukturierte, vor Spitzeln geschützte Organisation aufzubauen. Vergeblich. Der Fehler lag in erster Linie bei ihrem Generalsekretär.

Thomas war sich seiner Qualitäten als Theoretiker und begabter Redner ebenso bewußt wie seiner gefährlichen Schwäche als Organisator und Verwalter. So delegierte er auf Anraten von Don Luis ohne Zögern an Hatima die Aufgabe, die Gewerkschaft im Bereich der Minen zu verankern. Der Tutsi erledigte diese Aufgabe, unterstützt von Lazare, Boniface und den Portugiesen, mit Bravour. Er schuf eine pyramidale Struktur von bemerkenswerter Geschlossenheit, die ein Höchstmaß an Sicherheit für ihre Mitglieder und eine äußerst effektive Mobilisierungsfähigkeit garantierte. Die Zellen an der Basis bestanden aus sieben bis elf Kumpeln aus der gleichen Strecke oder dem gleichen «Wohnheim» und wurden von einem Verantwortlichen geleitet. Über ihnen stand das Grubenkomitee, das die Zellen desselben Schachts zusammenfaßte. Anschließend folgte das Regionalkomitee, das die Komitees von Uvonia, Shabunda, Pangi, Kalima und anderer Provinzorte kontrollierte, aber auch die Komitees der Reparaturwerkstätten, der Wasserkraftwerke, der Pumpstationen, der Eisenbahn und der Raffinerien. An der Spitze der Pyramide tagte die geheime Leitung der Gewerkschaft, die aus elf vom Kongreß gewählten Männern bestand.

Auf allen Ebenen galten drakonische Sicherheitsbestimmungen: Die Aktivisten an der Basis kannten nur die Genossen ihrer Zelle und das Pseudonym des Verbindungsmanns zur nächsthöheren Instanz. Der Geheimcode zwischen den Komitees und der obersten Führung wechselte jede Woche. Jede Führungsperson verbarg sich hinter einem Tarnnamen. Dennoch und trotz all dieser Vorsichtsmaßnahmen und der beispielhaften Disziplin machte das Gerücht von der Entstehung einer Geheimorganisation unter den Bergarbeitern schnell die Runde. So beunruhigend das für die einen war, so sehr ermutigte es die anderen, insbesondere den mysteriösen Kommandanten der fernen «Befreiungsarmee», der mehrmals versuchte, über seinen Mittelsmann Carlo Siniscaldi, einen etwa vierzig Jahre alten italienischen Kommunisten, der, angetan mit der weißen Soutane der Salesianerpater, durch die Lande reiste, mit der Gewerkschaft Verbindung aufzunehmen. Siniscaldi hatte Thomas, den er nur als Vorarbeiter der Mine mit einem gewissen Einfluß auf die Bergarbeiter kannte, eines

Abends auf dem Weg durch die Reisfelder angesprochen. Ohne etwas von ihren jeweiligen geheimen Funktionen zu wissen, hatten sie nur einige Worte gewechselt.

Mit dem Einsetzen der Regenzeit 1963 begann der in Brazzaville sitzende Präsident des Nationalen Befreiungsrates über den kubanischen Geheimdienst, der die Außenkommunikation des Rats gewährleistete, heftigen Druck auf die illegale Führung der Gewerkschaft auszuüben. Der Agent der Kubaner in Uvonia war José Vasconcelos. Bei fast jeder Zusammenkunft der Führung übermittelte José der Gewerkschaft die decodierten Botschaften aus Brazzaville, in denen sie gedrängt wurde, sich schnellstens in den Dienst der gemeinsamen Sache zu stellen. Doch die hitzigen Diskussionen, die zahlreichen Auseinandersetzungen konnten Thomas nie ins Wanken bringen. Da er um die tiefen Risse wußte, die den Befreiungsrat spalteten, legte er immer wieder sein Veto ein und weigerte sich hartnäckig, sich der lumumbistischen Revolution anzuschließen.

## 7. Kapitel

Wie alle zwei Wochen stand Thomas inmitten einer Menge, die allein schon durch das endlose Warten gedemütigt wurde, am Schalter der Weißen an, um seinen Lohn abzuholen. An diesem Tag herrschte drückende Hitze. Schweiß lief in Strömen an den Männern herab, denen die Erschöpfung und die Sonne die letzte Kraft raubten. Plötzlich richteten sie sich auf wie elektrisiert. Thomas erblickte Isabel.

Ohne sich um die Blicke all dieser Männer zu kümmern, überquerte sie mit wiegenden Hüften und ruhigen, majestätischen Schritten, die ihr weites rotes Kleid und ihre von goldenen Reflexen durchzogenen braunen Haare tanzen ließen, den Platz. Zerstreut strich sie die losen Strähnen zurück, die in ihr Gesicht mit den leuchtenden grünen Augen fielen. Eine feine Goldkette umschloß ihren schlanken Hals. Faszinierend, sinnlich und unverfälscht zugleich, wirkte sie auf diesem häßlichen, baumlosen, vor Hitze vibrierenden Platz, der von einem ausgeblichenen Palisadenzaun umgeben war, wie ein Traumbild.

Thomas hatte sie nie außerhalb der Kantine der Baluba gesehen, wo sie als Kellnerin arbeitete. Er sprach kaum mit ihr, selbst wenn sie – was häufig geschah – ein wenig an seinem Tisch verweilte. Als er sah, mit welcher Ungezwungenheit sie diesen Platz überquerte, fühlte er, daß er es nie wieder wagen würde, sie anzusprechen. Ihm kam es vor, als würde er die wandelnde Göttin der Freiheit sehen.

Abgesehen von den ganz Jungen senkten alle Schwarzen schamhaft den Blick. Ein paar weiße Vorarbeiter pfiffen, als eine leichte Brise ihr Kleid an den Körper preßte. In diesem Moment erinnerte sich Thomas, daß Isabel eine der Mätressen des Russen war und daß sie zwei Kinder von ihm hatte. Die Vorstellung, daß dieser sie mit seinen Händen berührt hatte, ließ ihn die Augen von ihren Brüsten, dem Bauch, den plötzlich vom Wind enthüllten Schenkeln abwenden.

Nach diesem Vorfall hörte er auf, in die Kantine der Baluba zu gehen.

Als Thomas eines Spätnachmittags nach Hause kam, fand er Isabel in der Nähe des Mangrovenbaums, wo sich ein Waffenlager der Gewerkschaft befand. Sie saß auf der Sandbank, hatte ihre Arme um die Knie geschlungen. Licht und Schatten spielten in ihren Haaren, die Reflexe des Wassers auf ihrer goldbraunen Haut.

Als sie ihn kommen hörte, schreckte sie hoch. Ihr unruhiger Blick durchstreifte die Umgebung des Pfads mit einem Ausdruck solcher Verletzlichkeit, daß Thomas sie schon von weitem grüßte.

«Guten Tag, Isabel. Was machst du hier?»

Beruhigt lächelte sie und wartete, bis er bei ihr war, ihre Augen ruhten mit Selbstvertrauen auf ihm. Das Goldkettchen um ihren Hals glitzerte in der Abendsonne.

«Du kommst nicht mehr in die Kantine. Ich möchte wissen, warum. Deshalb bin ich gekommen.»

«Deshalb bist du den ganzen Weg gegangen!»

«Ja. Ich habe mich an den Dornen gekratzt. Sieh nur.»

Sie streckte ihm ihren Arm entgegen. Eine unbändige Lust, das Blut abzulecken, das noch aus den Kratzern quoll, packte ihn. Bestürzt senkte er die Augen.

Ein seltsames Lächeln erschien auf ihrem Gesicht, provozierend und ängstlich zugleich.

«Egal, auch schon früher, in der Kantine, bist du mir aus dem Weg gegangen. Warum?»

«Auch andere Männer haben schon mal die Kantine gewechselt, nehme ich an. Oder sprechen nicht mit dir.»

«Männer kommen und gehen. Alle reden mit mir. Aber das ist etwas anderes.»

«Wirklich! Und warum?»

«Weil ... Weil du ein Mischling bist, wie ich. Thomas,

die Männer begehren mich. Aber die Schwarzen trauen mir nicht. Und die Weißen verachten mich.»

«Was sie nicht daran hindert, mit dir zu schlafen! Jedenfalls hat es dich nicht daran gehindert, mit dem Russen zu schlafen.»

Isabel schnellte hoch.

«Er hat mich vergewaltigt, als ich vierzehn war.»

«Hältst du mich für einen Idioten? Er hat dir zwei Kinder gemacht. Du hast jahrelang mit ihm zusammengelebt. Kein Mensch hat dich dazu gezwungen.»

Isabel sah ihn voller Verachtung an.

«Weißt du, wie mein Leben vor Kvarner war? Nein, du hast keine Ahnung! Kvarner hat mich aufgenommen, er hat mich beschützt. An seiner Seite habe ich zum erstenmal in weißen Laken geschlafen, den Duft von Parfüm kennengelernt. Die Ingenieure, die Offiziere, sie alle respektierten mich. Es blieb ihnen nichts anderes übrig. Sie grüßten mich auf der Straße. Cermier küßte mir die Hand. Wenn ich zum Klub kam, stürzten die Kellner herbei, um mir die Tür zu öffnen. Drei Jahre lang war Kvarner gut zu mir, er hat mich geliebt.»

«Er hat dich geliebt! Er liebt dich also nicht mehr? Er liebt nur die kleinen Jungfrauen, das stimmt. Und er brüstet sich damit! Die Offiziere im Kasino wissen vielleicht ein paar pikante Details über dich? Der Russe ist so gut! Wenn er so gut ist, dann geh doch zu ihm zurück! Geh doch zu diesem Schuft!»

Isabel ereiferte sich: «Aber Thomas, ich lebe doch schon ein Jahr lang nicht mehr mit ihm zusammen.»

«Du suchst wohl einen Nachfolger für ihn? Auf mich brauchst du nicht zu spekulieren. Man vögelt nicht nach Kvarner.»

«Du bist ein Scheusal. Kvarner mag ein Schuft sein, aber er ist weniger vulgär als du. Adieu, Thomas.»

Sie wandte sich mit einer heftigen Bewegung ab, ihre Haare streiften sein Gesicht. Thomas ergriff ihren Arm. Bleich, mit zitternden Lippen und funkelnden Augen sah sie ihm ins Gesicht. Alle Anmut war von ihr abgefallen. Ihr Zustand rührte ihn.

«Bitte verzeih mir.»

Verstört sah sie ihn an.

«Verzeih mir, Isabel.»

«Niemals, hörst du. Niemals.»

Ihre Brust hob sich. Ein Weinkrampf schüttelte sie. Er packte sie an der Schulter.

«Isabel, es tut mir so leid. Der größte Schuft bin ich.»

Schluchzend beugte sie sich zu ihm und lehnte, von Kummer überwältigt, ihre Stirn an seinen Hals. Er schloß sie in die Arme und streichelte ihre Wange.

«Thomas, wenn du wüßtest.»

«Ich weiß, ich weiß, verzeih mir.»

«Ich verzeihe dir, aber du weißt nichts über mich. Nichts als Klatsch. Du weißt nichts, nichts über meine Demütigungen. Ich bin Waise wie du, Mischling wie du. Aber ich habe mein Leben nicht selbst gewählt. Ich bin immer nur davor geflohen.»

Ihr Körper zitterte. Sie löste sich von ihm. Thomas nahm sie am Arm und führte sie zum Fuß des Mangrovenbaums.

«Hör auf zu weinen, Isabel. Beruhige dich. Erzähl mir davon.»

Sie setzte sich neben ihn. An den Baum gelehnt hörte Thomas Isabel zu, deren Kopf auf seinen Knien ruhte, und strich ihr sanft über die Haare.

Sie war am Ufer des Kiwusees geboren worden. Ihr Vater war dem Elend als Tagelöhner in seiner Heimat Portugal entflohen und hatte sein Glück zuerst als Elfenbeinschmuggler in Angola, dann als fliegender Händler auf den Kaffeeplantagen am Ufer des Kiwusees versucht.

In der Missionsstation von Kaléhé hatte er ein junges Bateke-Mädchen geheiratet, das ihm einen Sohn und zwei Mädchen geschenkt hatte. Wenige Tage nach ihrer Geburt war er an Malaria gestorben. Die Mutter war mit ihren Kindern nach Uvonia gezogen, in der Hoffnung, dort leichter Arbeit zu finden. Eine vergebliche Hoffnung.

Geblendet von ihrer Schönheit hatte ein derber, ungebildeter Lebensmittelhändler aus Kalabrien sie bei sich aufgenommen. Kein ganz übler Mann, aber ein Trinker, den der Zuckerrohrschnaps gewalttätig machte. Wenn er getrunken hatte, lebte die ganze Familie in panischer Angst vor seinen unberechenbaren Ausbrüchen. Isabel fürchtete und verabscheute ihn. Nach einer besonders gewalttätigen Szene war sie aus dem Laden geflohen und hatte eine Stelle im Stadtzentrum angenommen, in der Pizzeria «Roma». Dort hatte der Präsident sie eines Abends angesprochen. Sie war damals vierzehn Jahre alt gewesen.

Geschmeichelt darüber, daß sie ihm aufgefallen war, hatte sie seine Einladung zum Abendessen im Klub der Söldneroffiziere angenommen. Zwei Tage später hatte er sie nach ihrer Schicht unter dem Vorwand, er erwarte einen dringenden Anruf aus New York, zum Abendessen in die Ermitage mitgenommen. Geblendet von dieser prachtvollen Villa, dem Tisch voller Blumen, Silber und Kristall und berauscht vom Wein, hatte sie nicht begriffen, was Kvarner im Sinn hatte, als er ihr das Haus zeigte. Als sie in seinem Schlafzimmer angekommen waren, hatte er sie aufs Bett geworfen.

Isabel verstummte, als würde sie alles von neuem durchleben.

«Du hättest ihn anzeigen können, am nächsten Tag.»

«Wie naiv du bist. Bei wem hätte ich ihn anzeigen sollen? Die Stadt gehört ihm. Kvarner zeigt man nicht an, schon gar nicht als kleine Mulattin, als kleine Ausreißerin, als kleines Mädchen mit vierzehn Jahren. Du siehst das zu einfach. Ich wußte nichts über die Männer, ich war starr vor Angst. Ich habe gekämpft, aber er war stärker. Anfangs habe ich mich gewehrt. Aber am Morgen, nach dieser Nacht, wußte ich, daß er mir nur zu Beginn Gewalt antun mußte.»

Thomas verschloß ihr mit der Hand den Mund.

«Sei still.»

Schweigend verharrten sie lange Zeit. Es war Nacht geworden. Aus dem Schilf stiegen flüchtige Geräusche. Das Kreuz des Südens stand über dem See.

«Du hättest ihn nicht wiedersehen müssen.»

«Ich habe ihn nicht wiedergesehen. Aber einige Wochen später wußte ich, daß ich schwanger war. Ich bin zu ihm gegangen. Kvarner ist ein Zyniker. Er hätte schmutzige Verdächtigungen äußern, mich davonjagen können. Statt dessen hat er mich in der Ermitage aufgenommen. Dort wurde Julius geboren und später Rachel.»

«Du hast dich so gut mit ihm verstanden?»

Sie richtete sich auf und sah ihm ins Gesicht. Ihre Umrisse zeichneten sich vor dem Blau der Nacht ab, aber er konnte ihr Gesicht nicht erkennen. Flüsternd und unterbrochen von Augenblicken des Schweigens gestand sie ihm ihre zwiespältigen Gefühle für Kvarner. Er war nicht nur der Vater ihrer Kinder. Bei ihm hatte sie gefunden, was sie nie gekannt hatte: Sicherheit, Luxus, Achtung. Kvarner hatte dafür gesorgt. Er wußte, was Armut war, und konnte deshalb wirklich großzügig sein. Er hatte ihr vorbehaltlos gewährt, was er selbst erst nach harten Kämpfen errungen hatte: Rache für Demütigungen. Und das war ein nobles Geschenk von einem Mann, der so hart zu einem so jungen Mädchen gewesen war. Trotz ihrer Jugend behandelte er sie, als sei sie die Herrin des Hauses, ließ sie Geld ausgeben, ohne Rechenschaft darüber zu verlangen. Und wenn er sie in der Wohnung aufsuchte, die er in der Ermitage für sie eingerichtet hatte, dann suchte er nicht nur nach seiner Befriedigung. Er machte ihr den Hof.

Nicht nur ihr gegenüber zeigte er sich großzügig. Als Isabels Mutter von ihrer Affäre mit dem Präsidenten erfahren hatte, hatte sie ihrer Tochter eine schreckliche Szene gemacht, sie beschimpft und geschlagen. Isabel hatte der Raserei ihrer Mutter das trotzige Schweigen der Jugend entgegengesetzt. Bei ihrer Rückkehr in die Ermitage hatte sie kein Wort darüber verloren. Doch Kvarner hatte von dem Vorfall erfahren. Er war in den Lebensmittelladen gegangen. Diese einfache Geste hatte Isabels Mutter davon überzeugt, daß ihre Tochter einen wirklichen Beschützer gefunden hatte. Das Geld hatte ein übriges getan. Jeden ersten Samstag im Monat überreichte sein Sekretär Valmont ihr einen Scheck. Da Kvarner wußte, wie demütigend diese monatlichen Zahlungen sein konnten, ließ er in dem Geschäft einen Teil seiner Einkäufe erledigen. Dieses Geld ermöglichte der Familie nicht nur, die Wechsel, den Zuckerrohrschnaps und alles übrige zu bezahlen, es gab ihr auch ein wenig Würde zurück.

Isabel verstummte. Thomas war verstört. Er hätte es vorgezogen, in Kvarner weiterhin einen hundertprozentigen Schuft zu sehen. Er begriff nichts mehr.

«Warum hast du ihn dann verlassen?»

Isabel stand auf, wandte ihm den Rücken zu, betrachtete unbeweglich den Sumpf. Nur ihre Haare bewegten sich im Wind. Mit dumpfer Stimme erzählte sie ihm von ihrem Zerwürfnis.

Sie und die Kinder erwarteten Kvarners Rückkehr von einer Reise nach Paris. Mit einem Berg von Gepäck als Vorhut traf er schließlich in Begleitung einer Italienerin ein. Isabel begriff, daß sie einziehen sollte. Sie machte eine heftige Szene. Kvarner verfiel in eine beispiellose Wut und prügelte sie vor den Augen der Kinder und der Frau windelweich.

Noch in dieser Nacht verließ ihn Isabel mit Julius und Rachel. Sie nahm ein Zimmer in der Stadt. Sie ließ all ihren Schmuck und die meisten Kleider zurück. Nur die kleine Goldkette, die Kvarner ihr nach der Geburt von Julius geschenkt hatte, nahm sie mit.

Kvarner bedrängte sie mehrmals, wieder in die Ermitage zurückzukehren. Als seine Worte nichts fruchteten, drohte er, ihr die Kinder wegzunehmen und sie nach Europa zu schicken. Diese Erpressung war um so bösartiger, da sie ihm ebensowenig bedeuteten wie seine anderen Kinder. Er hatte nur ein Ziel im Sinn: sie zu terrorisieren. Er ertrug es nicht, daß jemand ihm nicht zu Willen war, und noch weniger, daß er verlassen wurde. Monatelang lebte sie in der Angst vor einer Entführung oder vor seiner Rache.

Bald schon strich er die Unterhaltszahlungen für sie und ihre Mutter. Er glaubte, er könne ihren Widerstand brechen, indem er sie ins Elend stürzte. Als sie eine Stelle als Kellnerin in der Kantine gefunden hatte, kam er, um ihr erneut zuzusetzen. Jeder seiner Besuche ließ Isabels Ängste wieder aufleben und entfachte von neuem ihren Zorn.

Mit einer unvermittelten Bewegung kniete sie vor Thomas nieder und packte ihn an der Schulter.

«Heute hasse ich ihn. Hörst du, ich hasse ihn. Ich hasse seine Gleichgültigkeit gegenüber seinen Kindern, die für ihn nur ein Mittel zur Erpressung sind. Ich hasse seine Eifersucht, die aus seiner Überheblichkeit kommt. Ich hasse die Arroganz, mit der er die ganze Stadt als sein Eigentum betrachtet. Ich hasse seine Verachtung den Schwarzen gegenüber. Er behandelt sie schlimmer als Tiere. Ich hasse seine Schergen, die zu allem fähig und bereit sind.»

Von Schluchzen geschüttelt fiel sie auf Thomas' Knie. Thomas stieß sie zurück. Er glaubte, Isabel weinte aus Wut, weil sie auf das Geld, die Sicherheit, das Ansehen hatte verzichten müssen, die Kvarner ihr geboten hatte.

«Hör auf, Isabel. Du liebst ihn vielleicht nicht mehr, aber du bedauerst es, ihn verlassen zu haben.»

«Aber verstehst du denn nicht, was für eine Befreiung das für mich bedeutet? Eine Offenbarung! Ich habe zwei Kinder, Thomas, aber mir ist endlich wieder bewußt geworden, daß ich erst achtzehn Jahre alt bin. Ich bin weder weiß noch schwarz, aber ich habe endlich entschieden, auf welcher Seite ich stehe. Und es ist nicht diejenige Kvarners.»

Thomas hörte nicht mehr zu. Er sah nur noch das

achtzehnjährige Mädchen vor sich, ihre zerzausten Haare, ihren vor Entrüstung bebenden Körper, der sich ihm entgegenstreckte. Er schloß sie in die Arme. Er fühlte ihre festen Brüste, ihre Schenkel, ihren Mund. Er umklammerte sie wie ein Verdurstender, seine Hände wanderten über ihren Rücken, ihr Gesäß und versuchten ungeschickt, ihr Kleid hochzuziehen. Sanft löste sie sich von ihm. «Nicht hier.»

In der Hütte bemerkte er im Schein der Petroleumlampe ihren spöttischen Blick auf das schmale Feldbett.

«Das ist nicht die Ermitage.»

«Idiot.»

Er sah, wie sie in dem diffusen Licht mit einem leichten Schwung der Taille ihre Arme vor den Hüften kreuzte und in einer geschmeidigen, sehr langsamen Bewegung, begleitet von einem Rascheln von Stoff, das auf Thomas wie ein Stromstoß wirkte, ihr Kleid über den Kopf zog. Dann stand sie vor ihm, nackt, üppig, mit nach oben gestreckten Armen, ihr Kopf umgeben vom Glorienschein ihrer Haare, und bot ihm ihren Körper dar.

Als der Tag graute, flüsterten sie sich noch immer Liebesworte zu.

«Ich habe lange auf diesen Tag gewartet, Thomas. Ich liebe dich, seit ich dich zum erstenmal gesehen habe.»

«Ich liebe dich, seit ich dich am Zahltag über den Platz gehen sah.»

«Hast du mich in der Kantine gar nicht bemerkt?»

«Nicht richtig. Nur einen Teil von dir. Nur ein bißchen. Da waren all die Tische, all die Leute. Dort aber hattest du den ganzen Platz für dich allein. Es gab nur noch dich. Ich sah, wie dein Körper sich frei bewegte. Es war so schön.»

«Warum bist du dann nicht mehr gekommen?»

«Ich dachte an Kvarner. Und das stieß mich ab. Sag nichts. Ich hätte begreifen müssen, daß ich einfach eifersüchtig war.»

«Ich dachte nachts an deine kupferfarbene Haut, an deine schwarzen Haare. An deine glänzenden Augen. Und danach hatte ich ziemlich unanständige Träume.»

Sie lachten.

«Ich interessierte mich für alles, was man in der Kantine über dich erzählte. Genaugenommen weiß ich sehr viel über dich. Daß du der ‹Bula Matari› bist, daß du drei Bergarbeiter vor dem Tod in der Medrese gerettet hast. Ich weiß sogar, daß du das Dawa gibst.»

Thomas sprang auf.

«Wer hat dir das erzählt?»

«Niemand. Ich habe es ganz alleine herausgefunden. Eines Tages, als ich es nicht mehr aushielt, beschloß ich, dich im Morgengrauen, noch vor Arbeitsbeginn, aufzusuchen. Auf dem Pfad waren sehr viele Menschen unterwegs. Nur Männer. Ich bekam Angst. Ich versteckte mich. Ich bewegte mich nur, wenn gerade niemand in der Nähe war. Als ich beim Fieberbaum ankam, sah ich Kagamé, und ich sah, was du tatest. Es hat mir Angst eingejagt. Ich fühlte, daß es schlimm wäre, wenn man mich entdeckte. Ich ging zurück. Und ich habe noch mehr herausgefunden.»

«Was zum Beispiel?»

«Ich habe aus verschiedenen Beobachtungen geschlossen, daß du Simon Kasongo bist, der Generalsekretär der geheimen Gewerkschaft.»

Thomas wurde bleich. «Wie hast du das entdeckt?»

«Es ist nicht schwierig, das herauszufinden, wenn man verliebt ist. Ich sah, mit welchem Respekt die Kumpel von dir sprachen und mit wieviel Hochachtung die Portugiesen dir begegneten. Ich verstand, daß du etwas Besonderes bist. Und ich überlegte, warum. Und Zug um Zug begriff ich. Das brachte mich zum Nachdenken. Ich sah die Dinge mit anderen Augen. Ich sah die Erschöpfung der Bergarbeiter, die Grausamkeit der Weißen, die Härte der Arbeit. Jeden Tag sah ich in der Kantine einen neuen Verkrüppelten. Ich begann, die Verletzten, die Toten zu zählen. Und die Selbstmorde. Und du weißt, es muß viel passieren, bis ein Schwarzer Selbstmord begeht. Es gibt so viele Menschen, die im Dorf auf seinen Lohn warten ... Thomas, ich will euch helfen.»

«Am besten kannst du uns helfen, indem du schweigst. Wenn du all das über die Gewerkschaft weißt, bedeutet das, daß auch Cermier und der Türke es in Erfahrung bringen können.»

«Aber Cermier und der Türke sind nicht in dich verliebt, soweit ich weiß?»

«Nein, aber Cermier und der Türke hassen die Gewerkschaft. Das kommt auf das gleiche heraus, wenn man etwas herausfinden will.»

Isabel ließ ihre Kinder in der Obhut ihrer Mutter und zog in der Hütte im Delta ein. Thomas strahlte vor Glück. Ein ungeheurer Stolz auf diese mutige und willensstarke Frau erfüllte ihn, die mitten in der Stadt der Weißen, wo Trägheit, Bestechung, Intrigen und Feigheit regierten, ihre Unabhängigkeit vom mächtigsten Mann der Region ertrotzt hatte und ihre Würde leidenschaftlich verteidigte.

Isabel war mit der brutalen Klarheit des Lichts in sein Leben getreten. Sie hatte etwas in ihm wieder entfacht, das seit dem Tag, an dem seine Mutter ihn sterbend allein gelassen hatte und sein Leben erschüttert wurde, erloschen war. Die junge Frau ließ ihn seine Ängste und Hemmungen verlieren. Er fühlte sich nun stark genug, Berge zu versetzen. Gleichzeitig konnte er keine Pläne mehr schmieden, die nicht mit Isabel verbunden waren. Thomas zitterte jedesmal vor Glück, wenn er sah, wie sie sich schnellen Schrittes auf dem schmalen Pfad des Deltas näherte, der zur Hütte führte. Er fühlte sich wie am ersten Tag der Schöpfung.

Ineinander verschlungen saßen die Liebenden auf dem Steg, der die Hütte mit der Erde verband, und beobachteten das komplizierte Spiel der Fische, die sich zur Abenddämmerung nahe am Ufer tummelten. Der Mischling zeigte Isabel die «Kapitäne» mit ihren neununddreißig braunen Schuppen, ihren riesigen Flossen, die von silbrigen Streifen durchzogen waren; die *ngolo* mit den stumpfen Augen, deren langer, beängstigender Kopf in einem gekrümmten Schnabel wie dem eines Raubvogels endet; die dunkelhäutigen, phosphoreszierenden *binga* mit der spitzen Brustflosse und den nachtfarbenen Flossen; die blitzschnellen, gefährlichen Tigerfische mit ihren zehn quer über den Rücken verlaufenden Streifen, die die Netze der Fischer zerreißen und ihre Einbäume angreifen, vom Kurs abdrängen und manchmal in die Stromschnellen treiben; die «Bärtigen» mit ihren merkwürdigen Spitzbärten und ihren sieben – manchmal auch neun – kleinen Flügeln zu beiden Seiten des Kopfes; die *djombo* mit den zwei leuchtendgelben Kreisen auf dem Rücken, die zwei Augen ähneln. Thomas erzählte Isabel die Sage von den zwei Kuru-Mädchen, die sich, gebannt vom falschen Blick des Djombo und unfähig, seiner goldenen

Pracht zu widerstehen, aus der Barke gebeugt hatten, über Bord gegangen und in die Schatten eingetaucht waren, aus denen sie nie wieder zurückkehrten.

## 8. Kapitel

Mitte Januar 1964 erreichte eine unglaubliche Nachricht Uvonia: Niangala, der strategisch bedeutsamste Kreuzungspunkt für die Pisten aus dem Sudan, dem nördlichen Kongo und Uganda, war von der mysteriösen «Befreiungsarmee» erobert worden.

In den neun Tage andauernden Kämpfen war es mit Hilfe der von Oberst Cermier angeforderten rückstoßfreien 75-Millimeter-Geschütze, den 81-Millimeter-Mörsern und den Jagdbombern vom Typ T-28 zwar gelungen, schreckliche Verheerungen in den Reihen der Angreifer anzurichten. Doch die Rebellen hatten, inspiriert von der Taktik der Vietnamesen, nachts unterirdische Tunnel vorwärtsgetrieben und sich langsam, aber sicher zu den Schützengräben und Bunkern der Regierungstruppen vorgearbeitet. Bewaffnet mit Molotowcocktails, Beilen, Knüppeln und Kalaschnikows hatten sie eine befestigte Stellung der Verteidiger nach der anderen überrannt.

Cermier war nur noch ein letzter Trumpf geblieben: sieben Leichtpanzer vom Typ Panhard, die Frankreich geliefert hatte und die eben dort versteckt waren, wo die Söldner zwei Jahre zuvor die Männer und Jugendlichen des Dorfes gefoltert hatten.

In der achten Nacht waren etwa dreißig junge Wagenia

beiderlei Geschlechts, in Erinnerung an das Opfer Maranduras und seiner Kameraden, auf allen vieren kriechend in den Palmenhain eingedrungen. Unter Anwendung der traditionellen Methode von Feuer und Gegenfeuer, die die Bauern zur Brandrodung benutzten, hatten sie das trockene Gras in der Umgebung in Brand gesetzt. Die aus dem Flammenring entkommenen Besatzungen aus jungen Bashi-Soldaten, die auf der Flucht vor dem Feuer ihre Panzer verlassen hatten, erwartete ein schreckliches Los, die «Weste»: Mit Machetenhieben hackten die Jugendlichen den Regierungssoldaten die Arme an der Schulter und die Beine an den Oberschenkeln ab. Am nächsten Tag fand man die blutüberströmten Rümpfe im versengten Palmenhain verstreut.

Als Cermier, Branco und die anderen überlebenden Söldner sich bei Anbruch des neunten Tages ihrer strategischen Reserve beraubt sahen und die Schlacht verloren gaben, verlangten sie, per Hubschrauber evakuiert zu werden. Die Missionare, die ihrer Schäfchen sicher waren, weigerten sich unvorsichtigerweise, ihnen zu folgen: Drei Tage nach dem Fall des Orts hatte die versammelte Einwohnerschaft über sie gerichtet, sie verurteilt und wegen «Kollaboration mit den Söldnern und Pflanzern» hingerichtet. Die Nachricht vom Tod Pater Grégoires stürzte Thomas in tiefe Gewissenskonflikte.

In der illegalen Bergarbeitergewerkschaft prallten die Meinungen aufeinander. Die Nachrichten aus dem Norden spalteten die Führung. An einem regnerischen Sonntag brach die Krise im geräumigen Haus eines ismaelischen Sympathisanten, der die Portugiesen und Thomas zur Beschneidungsfeier seines Sohnes eingeladen hatte, offen aus. Nachdem die Frauen am späten Nachmittag die Überreste des Taboulés, der mit Reis gefüllten Weinblätter, der gebratenen Tauben und des Pistaziengebäcks entfernt hatten, nahmen die Illegalen im Salon Platz. Dampfender Kaffee stand auf dem Tisch.

Ohne weitere Vorreden ging Itamar de Oliveira zum Angriff auf Thomas über.

«Hast du den Verstand verloren, Kasongo? Mit einem Abgesandten dieser sogenannten Befreiungsarmee Kontakt aufzunehmen! Du bist entweder übergeschnappt, kriminell oder hirnlos. Noch dazu ein Pfaffe!»

«Ich habe ihn wirklich für einen Salesianerpater gehalten. Ich habe ihn zufällig getroffen, und wir haben nur ein paar Worte miteinander gewechselt.»

«Zufällig, wirklich! Du armer Narr! Diese Typen aus dem Norden mögen reaktionäre Volksverdummer sein, aber gerissen sind sie. Gott allein weiß, wozu sie den Bericht dieses Pfaffen verwenden werden! Weißt du überhaupt, was diese berühmte Befreiungsarmee ist? Ein Haufen aufständischer Stämme, Narbengesichter, die sich gegenseitig abknallen. Eine konfuse Bauernrevolte unter Führung des Mani der Zande, diesem polygamen Großgrundbesitzer, diesem Sklavenhalter! Das nennst du fortschrittlichen Geist?»

Itamar beruhigte sich noch immer nicht.

«Und die Prinzen, diese berüchtigten Avongara mit ihren weißen Masken, ihren langgezogenen Schädeln, ihren Kriegstrommeln, was glaubst du, machen sie mit den Bauern? Sie terrorisieren sie, vernebeln ihnen das Hirn, werfen sie skrupellos den Söldnern in den Rachen, indem sie die Wellentaktik anwenden. Ach, die kennst du nicht? Das ist die einfachste Sache der Welt. Sie schicken die Jugendlichen vor, Welle auf Welle, direkt in das Maschinengewehrfeuer der Söldner. Und was passiert? Tausende von Toten, damit einige Überlebende die Sperre überwinden. Sind das etwa Revolutionäre? Du machst wohl Witze!»

Thomas antwortete, rot vor Zorn: «Ich dachte, der Kommandeur der Befreiungsarmee sei ein Marxist, ein Freund der Kubaner aus der Karibik. Du willst mir doch wohl nicht erzählen, er sei ein reaktionärer Volksverdummer.»

«Du solltest ein bißchen mehr Radio Juba hören. Dort ist pausenlos vom Mani der Zande die Rede, von den Dorfhäuptlingen der Wagenia, von den aufständischen Königen im Osten, den Messiasgestalten, die wahnwitzige Prophezeiungen in die Welt setzen!»

«Aber der Neger aus der Karibik . . .»

«Selbst wenn dein Diaspora-Neger ein echtes militärisches Kommando hätte, weißt du ebensogut wie ich, daß er ein Militarist von Gott weiß woher ist, der von Gott weiß wem in den Kongo geschickt worden ist. Wahrscheinlich ein Abenteurer schlimmster Sorte.»

«Abenteurer oder nicht, er rückt jedenfalls vor.»

«Na schön, er kann beeindruckende militärische Erfolge vorweisen. Aber du glaubst doch nicht im Ernst, Kasongo, daß man sich mit Fetischpriestern, Hexern, Wahrsagern, Verrückten dieser Sorte verbünden kann?»

Kagamé schnaubte; Lazare, Hatima, Boniface und Thomas mußten miterleben, wie sich ein Abgrund zwischen ihnen und Itamar auftat. Wo die einen sich über die bündnisstiftende Macht des Dawa freuten, sah Itamar nichts als wirren, gefährlichen Aberglauben.

Pedro Mariano unterbrach Itamar.

«Hör zu, Itamar, hier im Kongo ist die Revolution auf dem Vormarsch, ob es dir gefällt oder nicht. Vom Kwilu bis Katanga, von Sankuru bis zu den Bergen des Kiwu kämpfen die Bauern gegen den Hunger, den Rassismus der Unterdrücker, das Monopol der Plantagenbesitzer auf das Land. Was auch immer sie antreibt, mit welchen Mitteln sie auch vorgehen mögen, die Menschen erheben sich und kämpfen. Was zählt, ist der Aufstand.»

Justinho Farias unterstützte seinen Vetter:

«Die einzigen erfolgreichen Revolutionen in der Geschichte wurden von Koalitionen aus Bauern und Arbeitern getragen. Das ist es, was wir tun müssen: Wir müssen uns verbünden, unsere Aktionen mit allen revolutionären Kräften im Kongo abstimmen. Wir müssen Kontakte zu ihren Anführern knüpfen und mit ihnen auf einer klaren ideologischen Basis Bündnisse eingehen. Wenn unsere Gewerkschaft darauf beharrt, alleine zu kämpfen, alleine für den Umsturz zu streiken, wird sie schnurgerade auf ihre Vernichtung zusteuern. Und wir werden das gleiche Schicksal erleiden wie die Pariser Kommune. So einfach ist das, Itamar.»

«Jedem seine historischen Bezüge! Erinnere dich lieber an 1945, Justinho! An den Generalstreik der Arbeiter bei uns in Portugal! Was passierte damals? Die Bewegung griff nicht auf das Land über, und die Arbeiterbewegung wurde in Blut ertränkt; Tausende von Menschen wurden zu Tode gefoltert, hingerichtet, in die Kolonien deportiert. Und dabei führten und führen die Landarbeiter im Alentejo, viele unter ihnen Kommunisten wie wir, noch immer ein elenderes, erniedrigenderes Leben als die Arbeiter in den Städten. Auch das ist eine historische Lektion!»

Itamar hielt inne, drückte seine Zigarette in der Kaffeetasse aus. Dann hob er seine Stimme: «Genossen, wir müssen uns hier, im Maniema, organisieren, uns bewaffnen. Wir müssen die Gruben beschützen. Sie sind unser Reichtum, unsere Waffe. Sie sind Garanten unserer zukünftigen Freiheit. Laßt uns diese Stadt in eine uneinnehmbare Bastion der Arbeiterschaft verwandeln. Wenn der Generalstreik erst einmal ausgerufen ist, die Gruben besetzt, die Stadt und die Siedlungen in ihrer Umgebung lahmgelegt sind, werden weder Kvarner noch irgendeine Macht der Welt es noch wagen, uns zu vernichten. Denn mit uns würden sie die Minen zerstören.» Itamar blickte in die Gesichter und wußte, daß er die Zuhörer, auch Thomas, auf seine Seite gebracht hatte.

## 9. Kapitel

Nach einigen paradiesischen Monaten am Ufer des Deltas verschlechterte sich die Beziehung zwischen Isabel und ihrem Geliebten allmählich. Isabel, die unter der Abgeschiedenheit und Kargheit der Hütte litt, bestürmte Thomas, er solle eine Wohnung in der Stadt mieten. Vergeblich. Nicht nur liebte er das Leben in freier Natur, sondern er hegte auch seit der Zeit in der Mission von Niangala ein tiefes Mißtrauen gegenüber allem Komfort, den er mit einer Art Verweichlichung, einer sittlichen Verderbtheit assoziierte. Die Lustfeindlichkeit der Marxisten, wie sie viele seiner Freunde von der illegalen Bergarbeitergewerkschaft predigten, hatte ihn noch in seinen merkwürdigen Ansichten bestärkt.

Isabel beschuldigte ihn der Knausrigkeit. Doch kreisten ihre Träume weniger um Möbel, Vorhänge oder ein Ehebett, als um gesellschaftliche Anerkennung. Seit ihrer Kindheit fürchtete sie die Ausgrenzung. Nun, da sie quasi im Untergrund lebte, von ihren Kindern getrennt, sehnte sie sich nach Geborgenheit, nach Ehe, nach einem halbwegs normalen Familienleben. Ihre Existenz erschien ihr wie ein verstecktes Einsiedlerdasein, und das kränkte sie. Nachdem die ersten Monate verliebter Zweisamkeit vorüber waren, brannte sie darauf, ihre Liebe auch öffentlich zu zeigen.

Nichts lag Thomas ferner. Der Untergrund, das Dämmerlicht, Zweideutigkeit waren seine Elemente; der Verschwörer, der Guerillero seine Vorbilder. Er sah sich als asketischen und einsamen Helden. Vor dem Hintergrund dieses Ideals war das Zusammenleben mit Isabel schon zuviel. Es ging nicht an, daß sie noch mehr forderte. Er sah nicht die Eitelkeit seines eigenen Verhaltens, die naive Überheblichkeit, mit der er ihr Dasein beherrschen, sie zwingen wollte, in seinem Schatten zu leben. Unter dem Einfluß uralter Vorstellungen der Wagenia glaubte er außerdem, daß man den geliebten Menschen dem bösen Blick aussetzt, wenn man seine Liebe öffentlich bekennt. Er redete sich ein, er müsse seine Liebe zu Isabel geheimhalten, um ihre Verbindung zu schützen, die in Uvonia zur Zielscheibe von Intrigen, Verleumdungen, bösen Gerüchten werden würde.

Isabel beschuldigte ihn, seine Beziehungen zu Frauen glichen jenen eines Stammeshäuptlings mitten im Busch. Und Isabel hatte Angst in eben diesem Busch. Nach dem ersten Mal, als die Liebe ihr Flügel verliehen hatte, fürchtete sie die endlosen Fußmärsche auf dem Pfad. Ihre

Kinderängste, denen sie mit kläglichen kindlichen Taktiken zu begegnen suchte, brachen wieder auf: Sie sang aus vollem Halse, schwenkte wie besessen einen Stock vor sich, um die Schlangen zu vertreiben, suchte mit argwöhnischem Blick das Laubdach ab. Hinter jedem Baum glaubte sie Löwen oder Warzenschweine zu sehen. Einmal hatte der friedliche Atemstoß eines verirrten Büffels genügt, um sie in Tränen ausbrechen zu lassen; ein andermal meinte sie zu sterben, als ein kleiner Affe ihr auf die Schulter gesprungen war. In der Hütte war es fast noch schlimmer. Unter den Pfählen strichen die Krokodile umher, widerwärtige Tiere krochen auf dem Boden, geisterten in den dunklen Winkeln herum, krabbelten in den Palmwedeln des Daches. Wenn ein herabpurzelnder Gecko sie nachts aus dem Schlaf hochschrecken ließ, lag sie stundenlang wach, aufgewühlt von all diesem Hin und Her unsichtbarer Tiere im Dunkel.

Sie litt unter diesem Leben an diesem Ort der Wildnis. Noch mehr jedoch litt sie darunter, daß sie von Thomas' Untergrundaktivitäten, seinen politischen Plänen ausgeschlossen war. Sie empfand sein Schweigen nicht als Vorsichtsmaßnahme, sondern als Zeichen von Mißtrauen ihr gegenüber, während sie selbst sich seit ihrer Trennung von Kvarner wieder würdig und kraftvoll fühlte. Thomas unterdrückte ihre Persönlichkeit, indem er ihr jedes großherzige Streben verweigerte. Don Luis hatte geglaubt, Doña Sarahs Beispiel zeige zur Genüge, daß auch Frauen nach dem Absoluten dürsten konnten, und vergessen, ihn dies zu lehren. In Thomas' Augen war Doña Sarah ohnehin ein Einzelfall, ein zeitloses Wesen. Eine Art weltliche Heilige, ein asexuelles Geschöpf, das nichts mit Isabel gemein hatte.

Als Thomas eines Nachts nach harten Auseinandersetzungen mit Oliveira und seiner Fraktion zurückkehrte, fand er Isabel noch wach. Auf dem Herd kochte der Tee. Die Petroleumlampe verströmte ein fahles Licht. Die Arme im Nacken verschränkt, lag sie im Halbdunkel. Er näherte sich ihr, um sie zu küssen. Sie zog ihn an sich.

«Thomas, hör mir zu: Ich kenne die Position jeder Straßensperre in den weißen Quartieren der Stadt. Ich weiß, wo die Söldner ihre schweren Waffen versteckt halten. Ich kenne die Kombination für die gepanzerte Tür zum Arsenal und den Funkcode. Ich kann euch helfen. Ich will euch helfen.»

Thomas wich brüsk vor ihr zurück.

«Isabel, du glaubst, ich mißtraue dir. Du irrst dich. Ich habe einfach Angst. Angst um dich.»

Und das war die Wahrheit. Er hatte soeben begriffen, daß Isabel nützlich, womöglich unentbehrlich sein könnte und daß sie, um ihm dies zu beweisen, vermutlich höchst unvorsichtig Nachforschungen angestellt hatte. Gegen seinen Willen hatte sie sich in Gefahr gebracht.

Isabel beharrte: «Thomas, nimm meine Hilfe an. Ich bin mutig, das weißt du.»

«Ich weiß. Viel zu mutig sogar. Aber du weißt nichts über deine Feinde, ausgenommen Kvarner. Ich aber schon.»

Er erinnerte sich daran, welches Schicksal der Türke, der Eurasier und der Hinkende für die jungen Frauen bereithielten, die ihnen in die Hände fielen. Er stellte sich Isabel vor, nackt, an Händen und Füßen gefesselt, auf dem Boden eines modrigen Verlieses, dessen Tür sich für den feixenden Türken, den sturzbetrunkenen Eurasier oder den Hinkenden öffnete.

«Isabel, das ist unmöglich. Bald wird es zu Verhaftungen kommen. Das bedeutet Folter, Tod. Ich will nicht, daß du dich in Gefahr bringst. Ich will nicht, daß du uns hilfst. Du bist eine Frau und hast zwei Kinder.»

«Aber du bist ja schlimmer als Kvarner. Ich bin nur eine Puppe für dich.»

«Aber selbst wenn du nichts tust, schon die bloße Tatsache, daß du mit mir lebst, kompromittiert dich und bringt dein Leben in Gefahr. Du verstehst das nicht. Aber ich habe es soeben begriffen.»

Isabel glaubte einen Augenblick, er würde sie davonjagen, um sie zu schützen. Sie schluckte vor Verzweiflung, verrannt in einer Sackgasse, aus der es kein Zurück zu geben schien.

Thomas kam nicht einmal auf den Gedanken, sie zu trösten. Die Welt der Frauen war ihm, der von Priestern erzogen worden war, bislang nur flüchtige Liebeleien gekannt hatte und von Junggesellen umgeben war, entschieden fremd. Erschöpft und ohne ein weiteres Wort schlief er neben ihr ein.

## 10. Kapitel

Wenn Isabel sich bei ihren Kinder verspätet hatte und nicht mehr zur Hütte im Delta kommen konnte, steckte sie gewöhnlich eine Nachricht in einen Mauerschlitz in der Maschinenhalle. Obwohl Thomas dies ungern sah, entzückte ihn ihre sorgfältige runde Handschrift, die die ehemalige Nonnenschülerin verriet, jedesmal von neuem. Doch an diesem Tag versagten ihm seine Beine fast den Dienst. Was er in seinen Händen hielt, war keine schlichte kleine Botschaft, sondern ein Trennungsbrief. Isabel hatte geschrieben: «Empfindsame Seelen voller Hoffnung können sich nicht mit verächtlichen und zynischen Seelen vereinen, ohne krank zu werden. Ich ziehe den einsamen Schmerz dem Leiden mit dir vor.» «Schmerz» war unterstrichen. Wie betäubt las er den Brief mehrmals. Dann kehrte er in die Hütte zurück und skandierte dabei fortwährend wie eine Beschwörungsformel: «Seelen voller Hoffnung, Seelen voller Hoffnung». Und dann schlug die Verzweiflung wieder über ihm zusammen.

Am nächsten Tag erfuhr er in der Kantine der Baluba, daß Isabel ihre Stelle am Vortag aufgegeben hatte. Isabels Mutter ließ ihn nicht in den Gemischtwarenladen. Er wagte es nicht, seinen Zutritt zu erzwingen.

Es war, als hätte eine Machete die Wurzel durchtrennt, die ihn mit dem Leben verband. Wochenlang schlief er praktisch nicht mehr, fiel erst gegen Morgen in einen Zustand schwerer, klebriger Bewußtlosigkeit. Er arbeitete wie ein Roboter. Wenn er nach der Arbeit in der Grube unter der Dusche stand, schämte er sich seines Körpers, der ihm seit Isabels Verschwinden nutzlos erschien.

In seinen Augen stand ein ungeheures Mißverständnis zwischen ihnen. Sie liebten sich. Sie hatten einander gefunden wie zwei Schiffbrüchige, die endlich das sichere Ufer erreicht hatten. Und aus purer Liebe hatte er es am Ende abgelehnt, daß sie für die Gewerkschaft kämpfte. Sie aber wollte sein Leben, nicht nur sein Bett teilen. Zu spät begriff er, daß er ihr schlichtweg diese Teilnahme an seinem Leben verweigert hatte, an seinem ganzen Leben. Daß er ihre Sehnsucht nach Gleichheit und Gegenseitigkeit abgewiesen hatte. Daß er seiner eigenen Gefährtin verweigert hatte, was er für die Bergarbeiter forderte.

Er kehrte in den Laden zurück, um eine Aussprache herbeizuführen. Dort traf er auf den völlig betrunkenen Kalabrier, der einen Auflauf der erheiterten Kunden auslöste, als er Thomas als impotenten Ladenhüter beschimpfte. Da Isabel sich nicht blicken ließ, floh er unter dem Gelächter der Kunden.

Die Flut des Schmerzes schlug über Thomas zusammen. Die Welt erschien ihm wie ein Leichenhaus voll toter Lieben, er ertrug seine Hütte im Delta nicht mehr, so wenig wie seine Arbeit in der Grube oder die endlosen und fruchtlosen politischen Diskussionen. Er beschloß, Uvonia bei der ersten Gelegenheit zu verlassen.

Kurz danach fand in einer Lagerhalle in der Nähe der Reisfelder eine außerordentliche Versammlung der Führung über die immer gleiche Frage der Beziehungen zwischen der Gewerkschaft und der Befreiungsarmee statt. Dieses Mal sprach Thomas sich für eine enge Zusammenarbeit aus, und Itamar de Oliveira, Vasconcelos und Joaquim plädierten für das Gegenteil. Die Debatte schien wieder den gleichen altbekannten Verlauf zu nehmen, bis Pedro Mariano und sein Vetter Farias forderten, daß Thomas persönlich mit dem Hauptquartier der Befreiungsarmee Kontakt aufnehmen solle.

Die Diskussion dauerte die ganze Nacht. Im Morgengrauen schritt man zur Abstimmung. Mit einer Stimme Mehrheit wurde der Generalsekretär beauftragt, sich in das Oberkommando zu begeben.

Zehn Tage später verließ Thomas, begleitet von einer Truppe junger Simbas, von Lazare, Boniface und Kagamé, ausgerüstet mit leichten Waffen, Vorräten, Medikamenten und Karten, Uvonia, um das Hauptquartier der Befreiungsarmee aufzusuchen, das Radio Juba zufolge seinen Sitz in der Nähe des letzten Regierungsstützpunkts im Osten, bei Goma, hatte. Sie marschierten nachts und rasteten tagsüber.

VIERTER TEIL

## 1. Kapitel

Die Hütten und Zelte der Rebellen lagen einige Dutzend Kilometer nördlich von Goma an den Flanken des aus acht Vulkanen bestehenden Virungagebirges verstreut.

Der Nyiragongo und der Nyamuriaga überragten das Massiv mit ihren schneebedeckten Gipfeln, die von einem geheimnisvollen gelben Nebel eingehüllt waren. An ihren Hängen führten die letzten Familien von Berggorillas in dem undurchdringlichen Wald aus Tamarinden, Akazien, riesigen Kapokbäumen und Prosépis ein gefahrvolles Leben, ständig bedroht von den vergifteten Pfeilen der Pygmäen, die ihnen ihre Wasserlöcher, ihre Quellen und ihre Nahrung streitig machten.

Anfang März 1964 erreichten Thomas und seine Begleiter schließlich nach vielen Gewaltmärschen die Lagerplätze der Rebellen. Nachts sah Thomas, wie auf dem Gipfel des Nyiragongo die Flammen tanzten. Tagsüber betrachtete er die weißen Rauchschwaden, die aus seinen Flanken entwichen. Er hörte ihn deutlich rumoren. Der Lavasee, aus dem Geysire ihren Ascheregen emporschleuderten, war weniger als zweihundert Meter vom Kraterrand entfernt.

Die ununterbrochene Aktivität des Nyiragongo bot nahezu vollkommenen Schutz: Die gelben Nebelschwaden, die fortwährend über den Wipfeln der Bäume schwebten, machten jeden Luftangriff unmöglich. Und keine Regierungspatrouille wagte es, bis zu seinen Hängen vorzustoßen. Selbst die Kommandotrupps der Söldner schreckten davor zurück: Denn für alle Völker des nördlichen Kiwu war der Nyiragongo das Reich Imanas. Mit Ausnahme der Gorillas, der ursprünglichen Söhne des Gottes, hatte niemand das Recht, sich dem Krater zu nähern. Imana sprach durch seinen Feuermund zu den Sterblichen. Die Schwarzen waren nicht von der Überzeugung abzubringen, daß er in jenem Januar des Jahres 1961 seinem Zorn Ausdruck verliehen hatte, um die Ermordung Lumumbas zu rächen. Damals hatten sich in den Wänden des Vulkans Risse aufgetan, das Donnergrollen der Explosionen hatte zwei Tage und zwei Nächte über den Tälern, dem See und der Stadt gehallt, Flammensäulen waren zum Himmel hochgeschossen. An der Westflanke war eine riesige Wunde aufgebrochen, durch die sich die Lava aus dem Krater ergossen hatte: Mehr als sechzig Millionen Kubikmeter Magma waren daraus entströmt, hatten die Hütten der Jäger verschlungen, die Dörfer und dann die östlichen Vororte Gomas erreicht. Schließlich war der Strom weniger als fünfzig Meter vor dem Flughafen, in den sich die Überlebenden geflüchtet hatten, zum Stillstand gekommen. Eine gewaltige Schwefelwolke hatte mehr als zwei Wochen lang der ganzen Region das Atmen erschwert. Tausende von Frauen, Männern und Kindern waren umgekommen, Zehntausende von Familien waren ihrer Häuser beraubt.

Das Hauptlager der Bergarbeiterkolonne, genannt «Maniema-Brigade», wurde auf einem felsigen Vorsprung oberhalb des Kiwusees, einige hundert Meter von einer von amerikanischen und französischen Jesuiten unterhaltenen Leprastation entfernt, errichtet. Thomas freundete sich dort mit dem aus Lille gebürtigen Claude Pirenne an, der von den Simba aufgrund seiner gedrungenen Gestalt, seiner buschigen Augenbrauen, seiner grauen und borstigen Haare den Spitznamen «das Wildschwein» erhalten hatte.

Oft ging Thomas im Morgengrauen den Pfad zur Leprastation hinab. Der Ort weckte auf seltsame Weise Erinnerungen an die Missionsstation von Niangala mit ihrem Krankenhaus, ihren Mustergärten, ihrer Schule und ihrer kleinen steinernen Kirche. Vor den Mauern begegneten ihm gelegentlich furchtsame Geschöpfe, die ihre Klappern schüttelten und ihre entstellten Gesichter hinter Tüchern verbargen. Für die Afrikaner ist die Lepra Zeichen eines göttlichen Fluchs. Aus ihren Dörfern vertrieben und ausgegrenzt, fanden sich beinahe alle Kranken aus dem Gebiet der Großen Seen schließlich hier unter dem Schutz einer Handvoll ausländischer Jesuiten ein. Warum ging die Initiative zum Helfen immer von den Weißen aus? Oder genauer, von den weißen Priestern? Warum waren die Afrikaner, die innerhalb ihrer Familien oft so große Solidarität bewiesen, unfähig, die Verantwortung für ihre eigenen Übel, ihre eigenen Ängste zu übernehmen? War Afrika wirklich zu arm, zu sehr mit dem Kampf ums nackte Überleben beschäftigt, zu abergläubisch?

Thomas liebte es, mit Pirenne über diese Dinge zu sprechen, wie früher mit Pater Grégoire. Doch er war sich der Differenz zwischen beiden Männern bewußt. Er fand bei Pirenne mehr Uneigennützigkeit, weniger Bekehrungseifer; mehr wahre Güte, weniger Gewißheiten;

mehr Fragen als Antworten. Einen festen, aber sorgenvollen Glauben.

Thomas traf gewöhnlich im Morgengrauen vor der ersten Messe ein, der er auf der hintersten Bank der Kirche beiwohnte. Er mußte unwillkürlich lächeln, wenn er sah, wie Pater Pirenne resolut dem Altar entgegenschritt, mit der gleichen Vitalität und Entschlossenheit, die er bei jeder Tätigkeit an den Tag legte. Die Messe war ihm kein abgezirkeltes, erstarrtes Ritual, sondern ein immer neuer, immer bewegender Akt lebendiger Liebe.

Nach dem Gottesdienst folgte Thomas den Jesuiten ins Refektorium, um mit ihnen zu diskutieren und Informationen über die politische, militärische und soziale Situation in Goma auszutauschen, wohin sie sich zuweilen begaben. Trotz ihrer Zurückhaltung verhehlten sie ihre Sympathien für die Aufständischen kaum. Sie kannten das Elend dieser Region nur zu gut. Thomas fühlte sich vor allem Claude Pirenne nahe. Weniger in politischer als in menschlicher Hinsicht. Seit seiner Flucht aus Niangala und seinem Bruch mit Pater Grégoire hatte er nie wieder gebetet, eine Kirche aufgesucht oder einer Messe beigewohnt, nicht einmal der flüchtigste Gedanke an Glaubensfragen hatte ihn gestreift. Nun aber, an den heißen Hängen dieses Vulkans, drängten plötzlich die alten Fragen nach dem Glauben, nach dem Sinn des Lebens wieder heran. Der Tod ließ ihn nicht los. Seine Diskussionen mit Pirenne kreisten um Themen, über die er mit seinen Kampfgefährten nicht sprechen konnte, wenn er bei Einbruch der Nacht mit ihnen im Kreise saß und aus der gemeinsamen Schale den Hirsebrei löffelte. Er fühlte sich nicht berechtigt, sie mit seinen Zweifeln zu demoralisieren.

Thomas stellte fest, daß Pirenne trotz seines Glaubens von den gleichen Zweifeln gequält wurde, über den gleichen Rätseln grübelte. Und er ging dabei nicht sehr orthodox vor. Er suchte weniger Rat in der Bibel als bei den großen Schriftstellern, in denen er Botschafter Gottes sah, den Propheten ebenbürtig. Für ihn war die Literatur das gemurmelte Wort Gottes, ein ebenso mächtiges und erleuchtendes Vermächtnis wie das Alte Testament. In seinen Augen war alle Literatur universell. Jeder einzelne Schriftsteller legte, unabhängig von seiner Herkunft und seinem Talent, Zeugnis von der Situation der Menschheit ab, indem er Bekenntnis von seiner eigenen Angst, seinem eigenen Schmerz, seiner eigenen Hoffnung ablegte.

Thomas provozierte ihn: «Ich will dir gerne glauben, aber ich habe nicht genügend gelesen, um zu wissen, ob du recht hast. Ich weiß nur eines: leben, um zu sterben, das ist empörend, absurd, absolut unannehmbar.»

«Es war immer schon unannehmbar. ‹Eitelkeit der Eitelkeiten und Jagd nach dem Wind›, sagte der Prediger Salomo. Wer kann sich mit einer solchen Absurdität abfinden! Aber stell dir eine Welt ohne Tod vor. Bossuet hat, diesmal mit Humor, geschrieben, ‹daß das Leben nicht immer in denselben Händen liegen kann, daß es ewig im Handel sein muß›. Andernfalls wäre die Welt mit Unsterblichen übervölkert, es gäbe kein Schicksal, keine Geschichte, keine Generation würde sich je gegen eine andere erheben, ihre Irrtümer aufzeigen und ihren Weg berichtigen.»

«Aber was ist mit mir, Claude? Was ist mit meinen Taten, meinen Träumen, meinen Zweifeln, welchen Sinn haben sie, wenn sie am Ende doch bloß im Nichts verschwinden?»

«Nichts geht verloren, tröste dich. Die Erde wird fruchtbar durch deine Knochen. Und deine Gedanken oder deine Taten werden anderen Gedanken Nahrung geben, und diese werden wieder andere nähren. So verbindet die Kette die Jahrhunderte. Die Toten bringen mich hervor, und ich nähre die, die morgen über meinen Leichnam gehen werden. Vielleicht ist das der Sinn unseres Lebens: ein Bruchstück der Erinnerung zu sein, ein Korn im Speicher der Geschichte, eine flüchtige Parzelle Licht.»

«Das ist nicht mein Problem. Ich will ganz einfach nicht verenden wie ein Hund am Rand der Piste.»

Pirenne kniff listig die Augen zusammen.

«Du möchtest vielleicht, daß jemand sich an dich erinnert, dein Andenken in Ehren hält? Alle Welt ist von dieser Idee besessen. Und das ist einer der Gründe, weshalb die Menschheit wächst und sich vermehrt.»

«Nein, es ist nicht diese Art von Stolz, die mich plagt. Ich muß wissen, warum ich auf der Welt bin. Warum jetzt. Warum heute. Was nach meinem Tod aus meinem Leben wird.»

«Als ich in Frankreich aufs Gymnasium ging, faßte man die Frage so zusammen: Wer bin ich? Wo gehe ich? Wohin strebe ich?»

«Mach keine Scherze. Wo ist Marandura in diesem Moment? Welchen Sinn hat sein Opfer?»

«Du selbst bist die Antwort auf deine Frage. Deinen Erzählungen zufolge war es Marandura, der dir zu Bewußtsein gebracht hat, in welche Sackgasse dein Leben geraten war, und dich zum Handeln getrieben hat. Er ist nicht umsonst gestorben. Er lebt in dir weiter.»

Thomas lächelte, um sogleich wieder in Düsternis zu

versinken. Im Grunde war seine Angst elementarer, fundamentaler. Auch komplizierter und beladen mit Schuldgefühlen.

Der Tod war nichts Abstraktes für ihn. Sowenig wie für Pirenne. Der Tod hatte ein Gesicht für sie, einen Körper, einen Geruch. Doch für Pirennes Leprakranke, die vor kurzem noch gelitten hatten und ausgeschlossen waren, war der Tod eine Befreiung. Sie starben befreit von einem langen Leben voller Qualen und Demütigungen. Alt manchmal. Thomas' Tote waren jung. Ob Freund oder Feind, zumeist waren es Jugendliche. Der Tod brüllte ihm in die Ohren, schrie vor Schmerz und Ungerechtigkeit. Glücklich die, die wie vom Blitz getroffen fielen. Andere hauchten ihr Leben nach stundenlangen Todesqualen aus, sofern ihnen nicht jemand mit der Machete einen wohlgesetzten Hieb verabreichte. Die Barbarei war hier eine Spielart des Mitleids. Weder auf der einen noch auf der anderen Seite konnte man die Opfer immer bergen oder begraben. Und dieses Bild eines anonymen, im Gelände zurückgelassenen Toten hatte er für sich selbst vor Augen: ein stinkender Kadaver, den man nur noch an seiner Kleidung erkannte, sofern niemand sie gestohlen hatte. Ein Feind weniger, ein Gefährte weniger, das war je nach Lage die einzige Grabinschrift. Bald schon würde ein neuer Toter die Erinnerung an den anderen auslöschen. Für Thomas noch mehr. Und nicht nur, weil er sich damit identifizierte. Er sah vom Leben nur noch den Tod. In seiner Existenz als Guerillero führte ihm keine Geburt, kein Kind die Erneuerung der Generationen vor Augen. Sie saßen jetzt schweigend am Refektoriumstisch, jeder hing seinen Gedanken nach. Sie verabschiedeten sich brüderlich. Wie immer nach einem seiner Gespräche mit Pirenne machte sich Thomas in Frieden mit sich selbst auf den Heimweg. Es tat ihm gut zu reden. Es tat ihm gut, schweigend neben Pirenne seinen Gedanken nachzuhängen.

Eines Abends hörte er auf dem Rückweg von der Leprastation, der er auf der Suche nach einem Medikament einen kurzen Besuch abgestattet hatte, den Ruf des Muezzin. Er hörte kaum hin: Der Lebensrhythmus der Kolonne aus dem Maniema war bestimmt von der Glocke der Leprastation und dem Ruf zum Gebet vom Minarett des kleinen Holoholo-Fischerdorfs, das direkt unterhalb des Felsvorsprungs auf der schmalen Landzunge lag, welches die Steilwand vom See trennte. Plötzlich spitzte Thomas die Ohren. Der Muezzin sang nicht das normale Abendgebet, sondern die Totenklage. Das Krakeelen eines Papageis im Bambusgehölz und die Windstöße machten es ihm unmöglich, den Text zu verstehen, doch war er sicher, daß es sich um das Totenlied der osmanischen Mahdisten handelte. Da begriff er, daß die Cholera das Dorf erreicht hatte. Sein erster Reflex bestand darin, sich zu beglückwünschen, daß er die Epidemie in seinen eigenen Reihen zum Stillstand hatte bringen können. Die Zivilisten gingen ihn nichts an. Was zählte, waren seine Krieger.

Anfänglich waren die Verluste schrecklich gewesen. Die Kämpfer glühten vor Fieber, bevor sie in einen grauenhaften Todeskampf fielen. Da es niemanden gab, um sie zu beerdigen, zersetzten sich ihre Leichen im Schlamm. Mit Beginn der Belagerung Gomas hatte das Oberkommando der Rebellen schnellstens drakonische Maßnahmen ergriffen: Kein Simba, kein Zande, kein Späher durfte Wasser aus dem See oder den Sümpfen trinken, ohne es zuvor abzukochen. Da in der Nähe der Regierungsstellungen Feuer verboten waren, wären die Vorposten ohne die Hilfe junger Tutsi-Mädchen gestorben. Sie stiegen von den Hängen der Berge herab und transportierten auf ihrem Kopf die Kanister mit Quellwasser zu den Rebellenposten. Viele fielen unterwegs, an der Biegung eines Pfades, niedergemäht von den Regierungssoldaten, die von ihren mit Infrarotzielfernrohren ausgestatteten Gewehren Gebrauch machten. Doch allen Opfern zum Trotz hatte die anmutige Kolonne der Wasserträgerinnen ihren Pendelverkehr nie eingestellt.

Die Holoholo im Dorf kamen nicht in den Genuß dieser Solidarität. Sie konnten selbst Wasser abkochen, aber sie waren zu unwissend oder zu nachlässig, um das zu tun. Ohne Hygiene, ohne Disziplin, ohne Medikamente würden sie zu Hunderten sterben. Thomas ermaß ihre Schwäche und seine Überlegenheit. Er warf sich vor, ein Verbrecher zu sein. Er kämpfte für ihre zukünftige Befreiung, aber heute ließ er sie krepieren. Er indoktrinierte sie, rekrutierte seine Kämpfer unter ihnen, doch er scherte sich nicht darum, ihnen das beizubringen, was ihnen jetzt helfen konnte.

Noch ein Widerspruch, noch eine Sackgasse. Noch mehr Tote, aus Unterlassung.

## 2. Kapitel

Mehrmals in der Woche versammelte sich im Hauptquartier der Befreiungsarmee, einer Ansammlung von Lehmhütten in einer Senke an der Nordflanke des Nyiragongo, das Oberkommando der Rebellenstreitmacht, die an der Belagerung Gomas teilnahm. Auch Thomas begab sich, begleitet von seiner Garde, Kagamé und Lazare, dorthin.

Der Oberkommandierende der Nordfront des lumumbistischen Aufstands war Malcolm Santos, der berühmte Mann aus der Karibik, dessen bloße Erwähnung bereits die Bergarbeiter aus dem Maniema so entzweit hatte. Sein kahler Schädel betonte noch seine hünenhafte Gestalt, die mit ihren ein Meter neunzig alle anderen überragte. Auf seinem runden Gesicht mit den kleinen, sehr lebhaften Augen, das eine außerordentlich platte Nase verunstaltete, leuchtete bisweilen ein kurzes Lächeln auf, das trotz der Zigarren, auf denen er immerzu kaute, weiße Zähne aufblitzen ließ. Er zog seine Zigarre nur aus dem Mund, um zu sprechen. Er sprach ein unbeholfenes Suaheli mit einem englischen Akzent, der die Kämpfer zum Lachen brachte. Er konnte noch so viele Kurse in Suaheli machen, Pflichtveranstaltungen für all diejenigen, die es nicht sprachen, es half nichts. Der beschränkteste seiner Männer lernte es. Er nicht.

Die verschiedensten Legenden und Geschichten waren über ihn in Umlauf. Es hieß, er sei der Sohn eines schwerreichen schwarzen Anwalts aus Barbados, der mit den weißen Herrschern der Insel gemeinsame Sache gemacht hatte. Als Heranwachsender habe er sich terroristischen Gruppen in Harlem angeschlossen, bevor er dem Schwarzenbüro der Komintern beigetreten war, in dessen Auftrag er in Schanghai gekämpft habe, illegale Gewerkschaften in den Minen Südafrikas gegründet, an der Schlacht um Stalingrad teilgenommen habe und in das brennende Berlin einmarschiert sei. Man munkelte auch, er hätte als ganz junger Mann bei einem Sprung auf eine Mine seine Männlichkeit verloren, ein Unfall, auf den man auch seine seltsame Stimmlage zurückführte, eine Kopfstimme mit spitzen, aber gebieterischen Tönen.

Niemand wagte es, seine Stellvertreter nach der Vergangenheit ihres Kommandanten zu befragen. Der erste, Kim, ein sympathischer junger Chinese von ungefähr fünfundzwanzig Jahren, mit einem hellen, befreienden Lachen, stammte aus Südafrika; der zweite war ein etwa vierzigjähriger italienischer Kommunist, dogmatisch und schweigsam. Thomas erkannte in ihm den falschen Priester wieder, dem er «zufällig» begegnet war. Carlo Siniscaldi tat, als kenne er ihn nicht.

Als Mann des Krieges hielt Santos Mitleid für einen Ausdruck von Schwäche. Als militanter Kommunist war er ein Gerechtigkeitsfanatiker und vertrat die Ansicht, daß alle Kämpfer gleich behandelt werden müßten: Und da die Zande barfuß auf den steilen Graten der Vulkane marschierten und sich ebenso ihren Weg durch die mit Krokodilen verseuchten Flüsse und den Urwald voller Dornenruten und Schlangen bahnten, mußten alle Kämpfer der Befreiungsarmee das gleiche tun und auf Stiefel oder Sandalen verzichten. Trotz der Krusten und entzündeten Wunden, mit denen seine eigenen Füße übersät waren, hielt er an diesem Entschluß fest.

Da man ihn gewarnt hatte, daß ein militärischer Befehl

für die Völker der Mangbetu nur dann bindend sei, wenn der Führer auf seinem Audienzthron säße, ließ Santos zu jeder Sitzung den *lehuana* herbeischaffen, auf dem die wichtigsten Gottheiten der Zande und ihre Symbole in schwarzes Mahagoniholz geschnitzt waren. Mit gespreizten Beinen und dem rituellen Fliegenwedel in der linken Hand saß er auf die Sessellehnen gestützt da, beugte seine riesenhafte Gestalt leicht nach vorne, erläuterte seine Pläne und gab seine Befehle den Zande-Prinzen, die beinahe vollständig zum Clan der Avongara gehörten, wie man an ihrem in die Länge gezogenen Schädel erkennen konnte. Thomas hatte gehört, daß die Mütter der Avongara diese rituelle Deformation bewerkstelligten, indem sie den Kopf ihres Neugeborenen von Geburt an mit Binden zusammenpreßten. Er wußte außerdem, daß die Avongara unter allen initiierten Kriegern als diejenigen galten, die am meisten über die Götter des Waldes wußten.

Eines Morgens ergriff der älteste Avongara das Wort, nachdem Santos seine Befehle für die Organisation des Hinterhalts in der folgenden Nacht gegeben und den duftenden, schwarzen türkischen Mokka hatte herumgehen lassen, auf den die Zande so versessen waren. «Kommandant, wir können hier nicht übersetzen. Diese Furt wird von einem Aruna bewohnt. Kein Mensch darf in seine Wohnstatt eindringen. Der Aruna würde uns das nicht verzeihen.» Malcolm versuchte es mit Zureden. Vergeblich: Der Prinz hatte die taktischen Erfordernisse wohl begriffen, doch er widersetzte sich hartnäckig. «Kommandant, wir lieben dich, wir respektieren dich, du kämpfst für uns, für unsere Familien. Stürze uns nicht ins Unglück.»

Der Oberbefehlshaber änderte den Plan. Er wußte, daß nichts diese Männer zum Nachgeben bewegen konnte. Selbst die jüngsten Kämpfer, die perfekt lesen und schreiben konnten, mit den raffiniertesten Waffen umzugehen wußten und aus der algerischen Unteroffiziersschule von Cherchell oder den Ausbildungslagern im Wadi Halfa hervorgegangen waren, würden sich hartnäckig weigern, den Zorn eines Aruna auf sich zu ziehen.

Thomas, den Santos' Toleranz religiösen Traditionen gegenüber zunächst verblüffte, begriff schnell, daß er sich der afrikanischen Kosmogonie geschickt bediente. Er respektierte sie, weil er daraus Nutzen zog: Bei den Völkern Äquatorialafrikas bestimmen lange, komplizierte und schmerzhafte Rituale den Übergang ins Erwachsenenalter.

Vier bis sieben Jugendliche werden zu einer Gruppe zusammengefaßt, deren erstes Treueritual darin besteht, sich die Adern aufzuschneiden und ihr Blut zu vermischen, bevor ihr Mut und ihre Ausdauer verschiedenen Härtetests unterzogen werden. Einen weißen Stein zwischen die Hörner eines schlafenden Nashorns zu legen und wieder zu entfernen, wochenlang mitten im Dschungel in der Nähe einer Wasserstelle zu überleben, an der die Raubtiere ihren Durst löschten, ohne mit der Wimper zu zucken den Biß eines Skorpions zu ertragen und anschließend das Gegenmittel für sein tödliches Gift zu schlucken – all das war Bestandteil dieser wirkungsvollen Riten. Die Initiation band die, die diese Hölle gemeinsam gemeistert hatten, auf ewig aneinander. Und diese unverbrüchliche Treue stellte für Santos einen Trumpf von unschätzbarem Wert dar.

Er wußte in jedem neuen Dorf, das sich der Sache der

Rebellen angeschlossen hatte, die Gruppen der Initiierten ausfindig zu machen, und versprach ihnen eine Ausrüstung. Im Laufe einer feierlichen Zeremonie erhielten diese jungen Leute, nachdem sie durch die Priester des Aruna mit dem Zeichen des Dawa versehen worden waren, Kalaschnikoffs, Handgranaten, Munition, ein tragbares Funkgerät, Hängematten aus Nylon, Medikamente und Lebensmittel. Aus den Initiationsgruppen wurden so Basiseinheiten der Guerilla, die eine Solidarität zusammenschweißte, welche ihnen bei Hinterhalten oder Angriffen gegen die Söldner eine gefürchtete Schlagkraft verlieh.

Santos hütete sich davor, sie von ihren Wurzeln abzuschneiden. Im Gegenteil. Er ordnete an, daß jede Religion im Lager respektiert, jedes rituelle Fest begangen wurde. Zugleich jedoch war es Pflicht, lesen und schreiben zu lernen. Der gemeinsame Unterricht, der auf Suaheli erteilt wurde, verband die einzelnen Ethnien und schwächte allmählich die Einzelinteressen. Der Einfluß der Fetischpriester, Wahrsager und Hüter des Aruna schwand ebenso dahin wie jener der Verkünder des Islam. Die Loyalität der Krieger galt immer deutlicher der Befreiungsfront, der Volksarmee, Santos. Langsam wurden die Eliteeinheiten für das «Klassenbewußtsein» empfänglich. Santos ließ sein ganzes Charisma spielen, um es bei seinen Männern zu wecken. Er verfügte über suggestive Kräfte. Doch er wußte, daß er jeden Tag wieder von vorne anfangen mußte.

In regelmäßigen Abständen verfiel der kahle Riese abrupt in Depressionen. Hinter seinem Schweigen und dem blauen Rauch seiner Zigarren verschanzt, verweigerte er dann, unbeweglich in seiner Hängematte liegend, mehrere Tage lang jede Nahrung, jeden Kontakt. Und was er mit unendlichem Geschick bekämpft hatte, breitete sich in Windeseile wieder aus: Angstgeschüttelt erinnerten sich die Menschen im Lager wieder ihrer archaischen Traditionen; die Wahrsager schlachteten Hühner und studierten ihre Eingeweide, suchten dort nach der Antwort ihrer Vorfahren; sie schütteten Kaurimuscheln auf den Boden und lasen aus ihrer Verteilung das Wort ihrer Vorfahren ab; die Priester des Aruna pflückten Kräuter im Dschungel und kochten sie in Blechnäpfen inmitten des stummen Kreises der Gläubigen. Vergeblich: Kein Ahne antwortete auf die Fragen der Wahrsager, kein Kraut hatte auf Santos' Verstörung die mindeste Wirkung.

Nach einigen Tagen spürte Kim, der Chinese – weshalb, wußte er selbst nicht genau –, daß es Zeit zum Eingreifen war. Er benahm sich, als wolle er ein wildes Tier zähmen, reinigte Santos' Waffen, flickte an seinem Sack herum und kam so dem verstörten Kommandanten allmählich näher. Er pfiff eine seltsame, immer wieder unterbrochene Melodie vor sich hin. Nach stundenlanger Annäherung begann er in aller Ruhe, Palmöl zuzubereiten. Das war seine persönliche Zauberei. Sein einziges Problem bestand darin, genug Wasser aufzutreiben, aber die Männer wären verdurstet, um Santos aus seinem Abgrund zu erretten. Immerfort pfeifend begann Kim eine Kokosnuß zu kochen. Dann holte er sie heraus, um sie abkühlen zu lassen, entfernte die Schale und legte das Innere in den Topf zurück. Beim ersten Aufkochen schlug er mit dem Löffel an den Topfrand. Es war wie ein Signal. Santos schwang sich aus seiner Hängematte und kam herbei, um zuzusehen, wie das Öl an die Oberfläche stieg, so wie er selbst wieder ins Leben zurückgekehrt war. Er sah darin ein Abbild seines dem Wahnsinn entrissenen Verstands. Die Krise war vorbei. Das Leben im Lager nahm wieder seinen normalen Lauf. Kim kehrte auf seinen Posten zurück, als wäre nichts geschehen, aber man spürte, daß das stillschweigende, aber starke Einverständnis zwischen den beiden Männern sich noch vertieft hatte.

Eines Abends hörte Thomas sie im Dunkeln flüstern. Kim sagte, daß er der Enkel eines dieser von den englischen Zuckerbaronen nach Natal in Südafrika «importierten» chinesischen Kuli sei. Eine Art von verdeckter Sklaverei. Eine zermürbende, ungesunde Arbeit. Gestank, den ganzen Tag. Ein Menschenpferch, in dem keine Pause gestattet war. Eine Entwurzelung, die selbst den Wunsch nach einer Rückkehr in die Heimat, nach China, hatte verkümmern lassen. Sein Vater war seßhaft geworden und hatte die Tochter eines chinesischen Händlers geheiratet. Kim aber fühlte sich weder als Afrikaner noch als Asiate.

Thomas hörte erneut Santos' Stimme.

«Mir geht es ebenso, aber aus anderen Gründen. Die dubiosen Geschäfte meines Vaters mit den Weißen hatten nur eine Folge: Die Schwarzen auf Barbados haßten uns, während die Weißen uns verachteten. Für sie waren wir nur Lakaien. Ich brannte vor Scham und Wut über die Weißen, die meinen Vater gekauft hatten; und über meinen Vater, der den Weißen gegenüber seine Würde verloren hatte. Ich bin nicht weggegangen: Ich bin geflohen. Seitdem hasse ich die Weißen. Aber wo ich auch hinging, letztlich war ich immer nur ein Neger. Und nicht einmal das. Ein Diaspora-Neger. Ein Fremder eben. Selbst hier, in Afrika, bin ich nicht einer von ihnen. Alle Schwarzen Amerikas kennen das. Die Yankees setzen Weiße als Berater ein. Dabei könnten sie ebensogut Schwarze schicken, aber das würde nicht so gut funktionieren. Für die Leute hier sind wir nur die Nachfahren von Sklaven. Typen, die zu arm, zu dumm, zu feige oder zu schwach waren, um den Razzien der Sklavenfänger zu entkommen. Die afrikanischen Schwarzen stehen zwar unter der Knute der Weißen, aber sie sind hier zu Hause. In ihren Augen bin ich ein Fremdling, ein Sklavenabkömmling von jenseits des Ozeans. Im Grunde hat nur Guevara mir das Gefühl vermittelt, daß wir ...»

Thomas verstand das folgende nicht mehr. Ein Wachposten kam zur Berichterstattung. Santos und Kim senkten ihre Stimme noch mehr. Als der Wachposten weg war, fuhr Santos leise fort.

«Ist dir schon aufgefallen, daß beinahe alle Kader der Guerilla keine Afrikaner, sondern Mischlinge oder Diaspora-Neger sind?»

«Ja, das ist merkwürdig. Was hältst du davon?»

«Ich? Nichts. Über solche Dinge zerbreche ich mir nicht den Kopf. Ich sehe mich als Werkzeug. Als Schwert im Dienste der Revolution. Man fragt ein Schwert nicht, woraus es gemacht ist. Wenn es nur scharf ist. Ich kämpfe. Mein ganzes Leben lang habe ich nichts anderes gemacht. Aber mit der Zeit habe ich gelernt. Ich war jung. Zu Zeiten Stalingrads ...»

«Wie war das, Stalingrad?»

Unter dem von Sternen glitzernden Firmament, dem Kreuz des Südens, den wandernden Wolken, begann Santos, vom Ende der Schlacht im tiefen Winter zu erzählen. Er hatte als junger Mann in der Fabrik «Roter Oktober» in einer Abteilung mit Ausländern und Russen gekämpft.

«Die Deutschen griffen an, seit September, ihre Flammenwerfer setzten die Nacht in Brand; in den Werkstätten wehrten die Frauen die Angreifer mit bloßen Händen ab. Dennoch erhielt die Fabrik ihre Produktion aufrecht. Die T-34-Panzer fuhren von den Montagebändern direkt in die Schlacht. Panzer ohne optische Instrumente, ohne Tarnanstrich, ohne Funk. Panzer, die sofort zu rauchenden, blutbesudelten Gräbern wurden. Aber die Fabrik produzierte weiter! Haufen von Schrott, Berge von Balken, das ganze Eisen der Erde, von Bomben verbogen und durch Feuer gespalten, versperrten den Zugang zu den Maschinenwerkstätten. Schukow hatte gesagt: ‹Jeder Soldat muß eine Festung werden.› Und jeder Mann, jede Frau war zur Festung geworden. Die Deutschen starben zu Tausenden.

Sechs Monate lang kamen sie jeden Morgen und jede Nacht. Mit der Präzision einer Uhr. Aber am 29. Januar meldete ein Kurier: ‹Die Sibirer überqueren die Wolga. Haltet noch einen Tag durch. Und Stalingrad wird frei sein.› Die Botschaft in seiner Hand zitterte. In der Nacht des 30. Januar eroberte meine Abteilung den Hof der Fabrik zurück. Bei Morgengrauen waren wir auf der Straße. In der Werkstatt hatte es fünfunddreißig Grad unter Null, aber für die Arbeiter war der Frühling zurückgekehrt. Die Sibirer waren durch den Hof gerannt, und am Abend waren Pilommili, dann Stalingrad frei.»

«Und nach Stalingrad?»

«Jahrelang habe ich von dieser Erinnerung gezehrt. Wir waren am Leben, frei. Wir hatten gesiegt. Und dank der Sowjetunion würden wir weiter siegen. Überall auf der Welt. Ich war naiv. Erst Guevara hat mir die Augen geöffnet. Ich habe ihn zwar kaum gekannt. Aber er hat mich geprägt. Auch was das Zigarrenrauchen angeht! Und die Kubaner versorgen mich damit. Das fällt wohl unter technische Zusammenarbeit!»

Er lachte.

«Und abgesehen von den Zigarren?»

«Dank Guevara habe ich begriffen, daß auch die Sowjetunion eine imperialistische Macht ist. Und daß sie uns nur so lange hilft, wie es ihr in den Kram paßt. Daß wir unser Schicksal selbst in die Hand nehmen müssen. Daß wir die Revolution bis ans Ende der Welt tragen müssen. Überall *focos* schaffen müssen, revolutionäre Herde. Er zitierte oft ein Gedicht von José Marti:

*Es la hora de los hornos*
*Y solo hay que ver la luz.*»

«Was bedeutet das?»

«Es ist die Stunde der Flammenmeere, ihr Licht allein soll man betrachten. Aber genug der Erinnerungen. Ich gehe schlafen. Gute Nacht, Kim.»

«Bis morgen, Santos.»

Ihre Schritte entfernten sich. Thomas verstand nun besser, warum die Portugiesen so wenig über Guevara gesprochen hatten. Sie waren orthodoxe Kommunisten, die keinen Platz für Zweifel, für einen Guevara hatten. Er verstand auch die brüderliche Freundschaft besser, die Kim und Santos verband. Sie stellten die gleichen Fragen, teilten die Begeisterung für die gleichen Dinge und hatten in gewisser Weise die gleiche Vergangenheit. Entwurzelte. Sehr persönliche Dinge, die die Dämonen der Einsamkeit vertrieben.

Und er, Thomas, fühlte sich einsam. Ihre Bemerkung über die Kader der Revolution fiel ihm wieder ein, die Mischlinge oder gar keine Afrikaner waren. Kim, Santos und er befanden sich in der Tat in der gleichen Situation. Sie hatten die gleichen Probleme, das gleiche Schicksal. Das hätte sie einander näherbringen sollen. Doch das Gegenteil war der Fall. Santos setzte seiner grenzenlosen Bewunderung eisige Kälte entgegen. Schon bei ihrer ersten Begegnung hatte Thomas dieses Mißtrauen gefühlt, diese Antipathie, die an Haß grenzte. Er litt darunter, ohne ihre Ursachen zu verstehen.

Viel später erfuhr er, daß Santos von Isabel gehört hatte. Er wußte, daß sie Kvarners Geliebte gewesen war, bevor sie mit Thomas zusammenlebte. In Santos' Augen war die junge Frau eine von Ben Moussa oder Cermier eingeschleuste Spionin, und aus diesem Grund traute er Thomas nicht.

Zur Stunde, wenn von den Flanken der Berge die Schatten herunterkrochen, fühlte Thomas oft eine Art von Panik in sich aufsteigen. Er fürchtete die Zeit des Zwielichts, in der die Sicherheit, welche die Taten des Tages geben, sich auflöste und innerer Verzweiflung wich.

Es gelang ihm nicht, Isabels Verlust zu verwinden. Er aß wenig, schlief kaum. Das Herannahen der Nacht stürzte ihn in kaum erträgliche Angst. Er zählte die Schritte des Wachpostens vor dem Eingang zum Lager, stellte sich Isabel vor, wie sie einen anderen Mann umarmte, sich an dessen Körper schmiegte. Mit fotografischer Genauigkeit erinnerte er sich an die Textur ihrer matten Haut, an die Lichtreflexe in ihren Haaren, an die Bewegung, mit der sie sie hochschob, an den Glanz ihrer grünen, braungesprenkelten Augen, an ihren langen

Hals mit dem Goldkettchen, ihre Brüste, ihren geschmeidigen Gang, das Wiegen ihrer Hüften. Er hörte ihr Lachen. Es war unerträglich.

Ein junges Tutsi-Mädchen, das mit seiner Familie in die Berge geflüchtet war, kam manchmal ins Lager herab, um Maniokpaste, Colanüsse, Bananen, Holzkohle und *niébés* zu verkaufen, rote Bohnen, aus denen man eine dicke Suppe bereiten konnte. Ihre anmutige Erscheinung elektrisierte das Lager. Wenn sie sich auf der Suche nach einem Gemüse oder einer Frucht über ihren Korb beugte, konnte man ihre spitzen Brüste sehen. Oft suchte sie bei Einbruch der Nacht Thomas in seiner Hängematte auf. Vergeblich: Ihre Zärtlichkeit, ihre Sanftmut konnten Isabel nicht vertreiben.

## 3. Kapitel

Viele Mitglieder der Brigade blickten auf eine Familiengeschichte voller Greuel und Leid zurück. Als Kinder und Heranwachsende hatten sie die Plünderungszüge der Schwarzen Pfeile miterlebt, die ihre Hütten verbrannten, das Vieh niedermetzelten und die Ernten beschlagnahmten. Sie hatten mitansehen müssen, wie ihre Väter mit der Machete verstümmelt, ihre Mütter und Schwestern mißhandelt, in die Büsche gezerrt und vergewaltigt wurden. Ohnmächtig hatten sie die Folterung ihrer älteren Brüder, ihrer Großeltern miterlebt. Seitdem trieb Rachsucht sie weit stärker an als abstrakte Ideale. Inzwischen befand sich das Rebellenlager mitten im nördlichen Kiwu, im Gebiet der Bashi und Bafulero, der beiden

Volksgruppen, unter denen die Schwarzen Pfeile das Gros ihrer Folterer rekrutierten.

Getrieben von Rachedurst, schlichen sich die jungen Simba nachts unter Mißachtung jeglicher Disziplin aus dem Lager, fielen in die Dörfer der Umgebung ein, schnitten den schlafenden Clanältesten die Kehle durch, vergewaltigten Frauen und beschlossen ihren Überfall oft damit, daß sie die Hütten mit Benzin übergossen und in Brand steckten, bevor sie den Rückzug antraten.

Wenn Thomas von diesen Strafexpeditionen hörte, ordnete er Untersuchungen an, ließ die Verantwortlichen verhaften. Sie wurden unverzüglich vor ein Kriegsgericht gestellt. Starr vor Kummer wohnte er der Hinrichtung seiner Gefährten bei. Auf dem Appellplatz des Lagers wurden sie von einem Kommando ihrer eigenen Kameraden füsiliert. Er litt um so mehr darunter, als er seinen Kampfgefährten große Opfer bei gewissen Operationen abverlangte, die dem Oberkommando Hochachtung abnötigten und der Brigade besonderes Ansehen eintrugen. Nur Kagamé, Santos, Kim, Siniscaldi und er waren in diese Geheimoperationen eingeweiht. Thomas hatte vorgeschlagen, den Feind zu unterwandern, und war nicht wenig überrascht gewesen, als Santos ihm mitteilte, daß das eine alte Taktik der Kubaner sei. Die Bergarbeiterbrigade, wie übrigens auch die Soldaten der Regierungstruppen stammten aus beinahe allen Ethnien des Ostens und Südens. Denn Kvarner und die Union Minière rekrutierten ihre Arbeiter in einem Umkreis, der die gesamte Region der Großen Seen, die Gebirge Zentralmaniemas und einen Teil der Hochebene von Katanga einschloß. Unter ihnen waren Nyanga, Baluba, Holoholo, Tutsi, Bembe, Lega und Kumu.

In regelmäßigen Abständen verließen Männer, die unter den Intelligentesten ausgewählt und von den kubanischen Beratern mit kleinen Funkgeräten ausgestattet wurden, das Lager der Brigade. Hatte man sie erst einmal ausersehen, so blieb ihnen keine andere Wahl mehr. Denn wenn sie sich weigerten, bestand das Risiko, daß die subversive Strategie sich herumsprach. Bis zu diesem Zeitpunkt hatten alle akzeptiert. Am Morgen nach ihrem «Verschwinden» wurden sie zu Deserteuren erklärt. Auf Umwegen, in langen Nachtmärschen, verkleidet als Bauern, Schäfer oder Fischer, erreichten sie die von den Regierungstruppen kontrollierten Zonen und schafften es, in der Armee, bei den Schwarzen Pfeilen oder einer anderen Spezialeinheit aufgenommen zu werden. Nun konnten sie Pläne für Überfälle und Angriffsbefehle weiterleiten, per Funk dem Oberkommandeur der Rebellen melden. Damit bei den weißen Offizieren kein Mißtrauen aufkam, marschierten die Spione meist in vorderster Linie der feindlichen Kolonnen. Sie waren es, die als erste auf die Minen traten, von den Fallen der Aufständischen zerfetzt, von ihren eigenen Kameraden niedergemäht wurden.

Boniface war von Santos als einer der ersten für eine solche Mission ausgewählt worden. Thomas hatte keinen Einspruch erhoben: Weigerte er sich, so stellte er seine Fähigkeiten in Frage. Willigte er aber ein, so brachte er ihn in Gefahr. Nun war der stets zu Scherzen aufgelegte, fröhliche Boniface nicht nur einer der beliebtesten Kommandeure der Brigade, sondern seit dem Vorfall in der Medrese auch ein enger Freund von ihm. Thomas ließ ihn widerstrebend, im Vertrauen auf seine Intelligenz, davonziehen: Er würde nicht nur seine Haut retten, sondern könnte die Rebellen nach einigen Operationen besser als jeder andere über die Organisation der Schwarzen Pfeile, ihre Ausrüstung, ihre Taktiken informieren.

Eines Morgens wurde Thomas von Schreien geweckt, die aus den Schützengräben der vordersten Verteidigungslinie unterhalb des Felsens kamen. Er sah eine Gruppe von Simba, die mit einer Trage aus Bambusästen, auf der ein halb unter einer Decke verborgener Körper lag, den Pfad heraufkamen. Thomas ging ihnen entgegen, hob die Decke hoch und erkannte Boniface, der mit zerschlagenen Beinen und schmerzverzerrtem Gesicht dalag und die Hände auf die Gedärme preßte, die aus seiner Bauchwunde quollen.

Der Anführer der Gruppe meldete, daß er durch eine Funkmeldung aus dem Hauptquartier der Rebellen von einem bevorstehenden Angriff erfahren hatte. Der geheimnisvolle Informant hatte Anzahl und Bewaffnung der Söldner, Zeitpunkt und Stoßrichtung des Angriffs mitgeteilt. Er hatte nur noch zuschlagen müssen. Hinter einem Felsen hatten die Rebellen, angelockt von seinem Stöhnen, Boniface entdeckt, der das Abzeichen eines Gefreiten der Regierungstruppen trug und mit der M-16 der Schwarzen Pfeile bewaffnet war.

Thomas lauschte versteinert ihrem Bericht. Offiziell war Boniface ein Deserteur. Schlimmer noch, ein Verräter. Auf keinen Fall konnte Thomas seinen Männern die geheime Mission ihres ehemaligen Kameraden enthüllen.

Schweigend und mit ernster Miene betrachteten die in einem Halbkreis stehenden jungen Kämpfer den delirierenden Boniface, während der Mischling ihm die Hand hielt und leise mit ihm sprach. Der Schwerverletzte verlangte nach Wasser.

Thomas richtete sich auf, befahl, daß er ins Lazarett gebracht und alles Menschenmögliche für ihn getan werden sollte.

«Er muß überleben.»

Doch noch bevor die Glocke der Leprastation Mittag schlug, war Boniface Dieudonné Amurani gestorben.

## 4. Kapitel

Goma, das auf einem Lavaplateau am nördlichsten Ufer des Kiwusees inmitten des gewaltigen Amphitheaters lag, das die Virungaberge bilden, und einmal als eine der gesündesten und bestgelegenen Städte Ostafrikas gegolten hatte, war nur noch eine ins Elend gestürzte, belagerte Stadt. Seitdem der Aufstand auf die Wälder, die Berge und Savannen des östlichen Kongo übergegriffen hatte und die weißen Söldner, unterstützt von den Schwarzen Pfeilen und mehreren Regimentern der Regierungstruppen, dort ihre Generalstäbe eingerichtet hatten, war das Grauen über die Region hereingebrochen. Die Plantagenbesitzer, die reichen Händler waren aus der Stadt geflohen, hatten ihre Läden und Büros geschlossen und ihre Villen verlassen, welche unverzüglich von den Söldneroffizieren und ihren Geliebten, den arabischen und mauritanischen Händlern sowie den Generälen der Regierungsarmee besetzt worden waren.

Flohen die Reichen, so strömten die Armen in Heerscharen herbei: Zehntausende von Bashi-, Bafulero-, Bahunde-Familien, von den Kämpfen aus den umliegenden Dörfern vertrieben, besetzten die letzten noch verfügbaren Parzellen öffentlichen Bodens. Ihre Plastikplanen schienen die ganze Stadt zu bedecken, und der beißende Qualm ihrer Kohlenbecken, auf denen Tag und Nacht der Hirsebrei kochte, breitete sich überall aus. Unter dieser geschwächten Bevölkerung richtete die Choleraepidemie verheerende Verwüstungen an. Jeden Morgen kippten die Müllwagen die Leichen der Männer, Frauen und Kinder, die während der Nacht gestorben waren, in die Massengräber. Immer wieder entdeckte man in dem Haufen noch lebende Opfer, die kein Mensch aus Angst vor Ansteckung herauszuholen wagte.

Kaï Mana IV., König der Bahunde, Sohn Mana Umtazis III. und eines jungen ismaelitischen Mädchens aus den asiatischen Vierteln Nairobis, beschloß, sich vor der herannahenden Cholera aus Goma, der Hauptstadt seines Reiches, auf die mitten im See gelegene Insel Idjwi zurückzuziehen. Der Rückzug erfolgte unter großem Pomp. Das Defilee fand mitten am Nachmittag entlang der von blauen Hibiskusbäumen beschatteten Zentralavenue von Goma statt. Über den Vulkanen, dem See und der Stadt glühte die Sonne.

Einem unwandelbaren Protokoll gemäß schritt seine Armee aus Bahunde-Kriegern ihm voran. Ihre nackten, mit Glöckchen geschmückten Füße hämmerten beim Laufen in einem dumpfen, bedrohlichen, stampfenden Rhythmus auf den Boden. Am Kopfschmuck konnte man ihren Rang erkennen: Die einfachen Krieger hatten eine dreißig Zentimeter hohe Spitzhaube, die von einem Büschel Papageienfedern überragt wurde; die Offiziere trugen einen Turban aus Fischotterfell, der an der Seite, dem

Grad entsprechend, mit zwei oder drei Straußenfedern geschmückt war, während die Generäle von einem riesigen Strauß Pfauenfedern gekrönt waren. Einzig der König ging barhäuptig.

Die zerlumpte Menge starrte sprachlos auf den über Sechzigjährigen, seinen riesenhaften Körper, den kahlrasierten Schädel. Er hatte die helle Hautfarbe, die feine Nase und die hohe Stirn seiner Mutter geerbt; von seinem Vater hatte er die schweren Lider und die wulstigen Lippen, halb unter einem gewaltigen grauen Schnurrbart verborgen, was für einen Bantu sehr ungewöhnlich ist. Bekleidet mit einem Lendenschurz aus Affenfell, der in drei abgestuften Falten von seiner Taille auf die Knie fiel und von einem Gürtel aus weißen Kuhschwänzen mit Amuletten gehalten wurde, schritt er im Gefolge seiner Krieger einher. Ringe aus Gold schmückten seine Unterarme bis zu den Ellbogen. Mit seinem zwei Meter hohen, mit Diamanten besetzten Schild, auf dem die Sonnenstrahlen blitzten, wirkte er, als würde eine Mauer aus Licht ihn schützen. Dieser Effekt war beabsichtigt.

Nach diesem Umzug, dessen einziger Zweck es war, der Bevölkerung zu imponieren, zogen er und sein Hofstaat sich in den Palast des früheren Kolonialgouverneurs auf der Insel zurück. Ein ununterbrochener Pendelverkehr von Motorbooten verband die Anlegestelle von Idjwi mit dem Hafen von Goma.

In regelmäßigen Abständen begaben sich die Krieger der Bahunde auf die Insel, wo der König sie im Ehrensaal des Palastes empfing. Sie legten ihm prächtige Körbe aus geflochtenem Bambus zu Füßen. In den Körben lagen die Köpfe ihrer Feinde. Der Hofmarschall belohnte sie entsprechend ihrer Beute: einen Sack Sorghum für einen

Nianga- oder Bashi-Kopf; einige Kilo Zucker, gerollten schwarzen Tabak für den eines Bafulero. Ein Tutsi-Kopf, insbesondere eines Inkontany, trug seinem Bezwinger einen Schild aus Nashornhaut oder ein Zebu ein. «Inkortany», die «Unerschrockenen», nannten sich jene Tutsi-Krieger, die den von ihren Todfeinden, den Hutu, 1959 in Ruanda angezettelten Völkermord überlebt hatten und samt ihrem König in die Virungaberge, ins ruandesisch-kongolesische Grenzgebiet, geflohen waren. Sie hatten sich in großer Zahl der Befreiungsarmee angeschlossen und gehörten zu deren Elitetruppen.

Kaï Mana bedurfte nicht im geringsten dieses makabren Tributs, um den Wert seiner Armee zu kennen, die seit undenklichen Zeiten in der gesamten Region der Großen Seen Schrecken verbreitete. Die Bahunde-Krieger waren unschlagbar in der Handhabung von Wurfspieß, Speer und Bogen. Furchtlos und diszipliniert marschierten sie in geschlossener Formation auf den Feind zu, geschützt von ihren Schilden aus Büffelhaut und eingeölt mit einer Zauberflüssigkeit, die die Kugeln ablenken sollte. Nach errungenem Sieg kehrten sie in ihre Kasernen zurück, wo sie, nachdem sie Gehorsam und Keuschheit gelobt hatten, ein karges, der körperlichen Ertüchtigung geweihtes Leben führten.

Die rituelle Darbietung der Köpfe war Teil einer königlichen Tradition, für deren Bewahrung Kaï Mana bürgte. Er respektierte peinlich genau die Prophezeiungen der Wahrsager, die Ratschläge der Ältesten, die Befehle der Gottheiten des Sees, die täglich von den Hohenpriestern übermittelt wurden, und die Gesetze der Vorfahren. Einzig das Gesetz über die königliche Nachfolge brach er. Dieses Gesetz besagt, daß der König Selbstmord begehen mußte, indem er einen Becher vergifteten Mets trank, sobald einer seiner Söhne so groß war wie er. Kaï Mana liebte die Frauen. Er besaß viele davon. Geschickt wählte er sie unter allen wichtigen Clans aus. Er hatte eine riesige Schar Kinder. Als liebender und gerechter Vater ließ er ihnen allen eine strenge Erziehung angedeihen und wachte beständig über ihr Wohlergehen. Als vorausschauender Herrscher jedoch ließ er jeden Sohn, sowie er die Pubertät erreichte, in den Stimmbruch kam und erster Flaum sich über den Lippen zeigte, auf den Berg Wagabire in der Nähe des Sees bringen, wo ein Pygmäe, speziell für diese Aufgabe zuständig, ihm die Kehle durchschnitt. Indem er den Glauben nährte, daß auf seinem männlichen Nachwuchs ein Fluch ruhte, hatte Kaï Mana mehr als vierzig Jahre lang zum Nutzen aller über die Völker des Nordkiwu regieren können: Die Dorfältesten, die Wahrsager, die Regenmacher, die Griots und die Meister der Masken bildeten so das Gerüst einer wohlhabenden, durchorganisierten Gesellschaft, in der jeder seine Pflicht um so treuer erfüllte, als die Widerspenstigen gnadenlos exekutiert wurden.

Von Jugend an zu Melancholie neigend, war Kaï Mana mit zunehmendem Alter jeden Tag mehr auf seine Privilegien und die Ehrerbietung bedacht, die Weiße wie Schwarze seiner Person schuldeten. Als er hörte, daß betrunkene südafrikanische Söldner sich in einem Vortscafé von Goma gröhlend über seine Frauen und seine merkwürdige Aufmachung lustig gemacht hatten, beauftragte er einen Pygmäen, das Essen der Weißen in der Kantine zu vergiften: Sie starben unter schrecklichen Qualen.

So schnell er mit Strafen bei der Hand war, sein größtes

Geschick bewies er indes beim Schmeicheln. Er fand tausend Listen, zettelte tausend Intrigen an, machte sich ein Vergnügen daraus, Afrikaner wie Weiße gegeneinander auszuspielen. Er wußte bis ins Detail über die Obsessionen, die Gier und die sexuellen Praktiken eines jeden Bescheid, besonders über die Söldnerkommandeure der Region. Er machte sich ihre Laster mit vollendeter Kunst zunutze, versorgte sie mit Kokain aus Kampala, organisierte höchst spezielle Abende, die von Nubierinnen, Inderinnen und Mulattinnen aus Port Sudan und Daressalam animiert wurden.

Da er verschwenderisch für die Befriedigung ihrer persönlichen Bedürfnisse sorgte und sie, einschließlich Cermier, aus diesem Grund als Schuldner, vor allem jedoch als Untergebene behandelte, die sie in seinen Augen waren, setzte er seine Ansprüche als Stammeshäuptling um so skrupelloser durch und schlug aus jeder Gunst, aus der geringsten Unterstützung Profit.

Doch gab es Dienstleistungen, die nicht käuflich waren: Allen Pressionen Cermiers zum Trotz weigerte er sich, einem einzigen Bahunde zu gestatten, sich den Schwarzen Pfeilen anzuschließen. Und niemand hätte ihn dazu bringen können, auf die Anwesenheit bei den Folterungen zu verzichten, denen die Gefangenen in seinem Palast von seinen Kriegern oder seinen Milizionären unterzogen wurden. Dies war ihm kein perverses Vergnügen, sondern ein Privileg und vor allem eine Informationsquelle von unschätzbarem Wert über die Mittel und Ziele der Aufständischen wie auch über ihre Beweggründe. Niemand war besser als Kaï Mana über die Armut, die Krankheiten, die Unterernährung und den Wassermangel im Bilde, unter denen die an den

Hängen des Vulkans und in den Sümpfen des östlichen Seeufers verschanzten Rebellen zu leiden hatten.

Er haßte die Aufständischen. Seine Feindschaft ihnen gegenüber war kompromißlos: Nach den Weißen war er ihr erbittertster Feind. Doch wann immer er die königliche Garde Leuchtspurgeschosse auf die feindlichen Schützengräben abfeuern ließ, fragte sich Cermier, ob dieses Feuerwerk dazu bestimmt war, den schwarzen Rebellen Angst einzujagen, den Weißen seine Macht zu demonstrieren oder seine Untertanen von einem Wechsel ins feindliche Lager abzuhalten.

## 5. Kapitel

Die Schlacht um Goma entbrannte am 15. Juli 1964. Unter der Leitung von Malcolm Santos fegten die Rebellen in einem Blitzangriff jeden Widerstand beiseite. Innerhalb von weniger als zwölf Stunden stürmten sie die Bunker, Unterstände und Schützengräben, und das um so leichter, als der Kampfgeist der Verteidiger durch interne Streitigkeiten zerrüttet und ihre Truppen durch die Cholera dezimiert waren. Die Soldaten der Regierungsarmee rannten bei den ersten Schüssen davon. Nur die Schwarzen Pfeile und die weißen Offiziere leisteten Widerstand, bevor sie bei Sonnenuntergang den geordneten Rückzug antraten, wobei es ihnen gelang, viele Panzerspähwagen, Lastwagen, Jeeps und schwere Waffen über die Pisten am Westufer des Sees zu evakuieren.

Die Bergarbeiterbrigade hatte die östlichen Vororte eingenommen. Im Nahkampf mit den Söldnern verlor sie ein Dutzend Männer, darunter Lazare, den Gewerkschaftsführer. Er fiel schon in den ersten Minuten des Angriffs, als eine Maschinengewehrsalve ihn in Stücke riß. Nachdem Thomas etwa fünfzehn Verletzte ins Krankenhaus der Nonnen hatte evakuieren lassen, zog er sich aus der Stadt zurück und richtete den Generalstab seiner Brigade, seine Funkstation und seine Leibwache in einer Ansammlung von Hütten aus geflochtenem Schilfrohr ein, auf einem kleinen, mit Eukalyptus, Zypressen und Mimosen bestandenen Hügel, etwa fünfzig Meter oberhalb des östlichen Seeufers gelegen. Viele Männer fehlten beim Appell. Er wußte nicht, ob sie tot oder verletzt waren. Manche kamen später zurück, tief verstört ob des Geschehens und ohne ein Wort über ihre eigenen Taten zu verlieren.

Thomas machte sich nochmals auf den Weg nach Goma und war entsetzt. Offenbar hatte die Eroberung der Stadt bei den Aufständischen den alten Stammeshaß freigesetzt, der bisher durch drakonische Disziplin unterdrückt worden war. Die von Alkohol und Haschisch berauschten Rebellen brachen den Gefangenen die Gliedmaßen, schnitten ihnen die Kehle durch oder machten ihnen mit der Machete den Garaus. Die meisten Opfer waren wie ihre Henker kaum der Kindheit entwachsen. Im Sterben riefen sie nach ihrer Mutter.

Die bis vor kurzem noch so disziplinierten Kommandotrupps der Zande, die Untergrundkämpfer der Wagenia, die ruandischen «Inkontany» patrouillierten durch die rauchenden Ruinen entlang der Straßen, stöberten die Flüchtlinge auf und massakrierten sie unter trunkenem Gegröle. Thomas erkannte eine Gruppe seiner Simba, die mit blutbesudelter Kleidung im Schatten einer Mauer schliefen. Als er näher kam, sah er aus einem Rucksack einen mit einem goldenen Armband geschmückten Arm herausragen. Er mußte sich zusammennehmen, um nicht zu erbrechen. Er versetzte einem der Schläfer einen Fußtritt und brüllte: «Was ist das hier?»

Der Simba sah ihn verblüfft an.

«Na ja, das ist ein Arm.»

Und er schlief wieder ein.

Thomas wurde klar, daß kein Mensch mehr irgendeinen Einfluß auf die außer Rand und Band geratenen Rebellen hatte, daß niemand mehr sie kontrollieren konnte und daß er selbst jede Autorität über seine Simba verloren hatte. Es würde nichts nutzen, sie zum Aufstehen zu zwingen, sie zu bestrafen. Im übrigen fühlte er sich ohnehin nicht dazu fähig. Sein Ideal lag vor ihm am Boden: ein Haufen mordender Jugendlicher und der mit einem Goldkettchen geschmückte, abgehackte Arm einer Frau.

Nach der Rache an ihren gefangenen Feinden stürzte sich die ruhmreiche Befreiungsarmee auf die Stadt und machte Jagd auf eben jene Bevölkerung, die monatelang in naivem Glauben ihren Sieg herbeigesehnt hatte. Die Sieger hatten Goma ausgeraubt, die Häuser und Geschäfte geplündert, die Frauen vergewaltigt, ganze Familien ausgelöscht.

Das Gemetzel unter den Bewohnern nahm Züge blutiger Rituale an, als gelte es, Hunger, Durst, die Angst vor dem Morgen, die Furcht vor Repressalien gegen die im Dorf zurückgebliebenen Familienangehörigen, die quälenden Angriffe der Moskitos, die Bedrohung durch Cholera und Fieber, die Einsamkeit in den Bergen auszutreiben. Monatelang hatten sie die Angst vor ihrem eigenen

Tod, ihrer möglichen Niederlage zurückgedrängt. Nun, da sie die Sieger und Herren über die Stadt waren, befreiten sie sich durch dieses barbarische Fest davon.

Der Brand hatte beinahe das gesamte Zentrum Gomas verwüstet. Männer, Frauen und Kinder lagen verletzt, im Sterben unter den Trümmern und auf den Trottoirs, ihre aufgerissenen Augen wurden von Fliegen bedeckt.

An einer Straßenbiegung erkannte Thomas einen Zande-Soldaten, der einer jungen Araberin mit ihrem Kind, beide in europäischer Kleidung, entgegenging. Noch bevor Thomas eingreifen konnte, schlug der Mann die Frau und das Kind nieder, holte in aller Ruhe seinen Dolch hervor, ergriff den Jungen, schnitt ihm die Kehle durch und enthauptete sodann mit einem Machetenhieb die Mutter.

Anderswo trieb eine vom Bananenbier betrunkene Bande von Wagenia-Kämpfern grölend etwa zehn Bashi-Familien zusammen. Ihre verängstigte Gruppe wich an die halbverkohlte Mauer des Hotel des Grands Lacs zurück. Ein älterer Mann, wahrscheinlich ihr Wortführer, versuchte zu verhandeln. Plötzlich gaben die Betrunkenen eine erste Salve mit der Maschinenpistole ab, wobei sie auf die Beine zielten. Von den Schreien aufgeputscht, stürzten sie sich auf die Gepeinigten und machten ihnen mit der Machete den Garaus.

Am Ort des Gemetzels angekommen, griff sich Thomas einen jungen Wagenia-Kämpfer.

«Du Wahnsinniger! Warum auch die Kinder?»

Der Wagenia wischte verständnislos seine Hände an der bereits blutgetränkten Hose ab.

«Das sind die jungen Triebe, Kommandant. Unsere Feinde von morgen.»

Etwas weiter entdeckte Thomas einen Leichenhaufen, aus dem Stöhnen zu vernehmen war. Er befreite zwei kleine Mädchen und einen Jungen, die unter den blutüberströmten Körpern begraben waren. Einem der Mädchen, das etwa drei Jahre alt war, fehlte ein Fuß; das andere, etwas älter, bestand nur aus Haut und Knochen. Der Schädel des Jungen war mit einem Knüppel eingeschlagen worden. Thomas brachte sie ins Waisenhaus der Nonnen. Dort traf er auf die Jesuiten der Leprastation, die am Vortag in die Stadt heruntergekommen waren. Unermüdlich und ohne auf die Querschläger zu achten, suchten sie nach denen, die das Blutbad überlebt hatten, Siegern wie Besiegten, Soldaten wie Zivilisten, und evakuierten sie auf Bahren des Roten Kreuzes ins Waisenhaus der Nonnen.

Thomas erkannte Pater Pirenne. Er trug eine kugelsichere Weste, in deren Brusttasche sich deutlich die Umrisse einer Pistole abzeichneten.

«O ja, ich bin bewaffnet! Das ist eine neun Millimeter. Ich brauche sie, um meiner eigenen Sicherheit und die meiner Mitbrüder willen. Deine ruhmreichen Befreier leisten ganze Arbeit!»

Thomas versuchte ein gequältes Lächeln.

«Ich dachte, du stündest unter dem Schutz Gottes.»

«Heutzutage reicht das nicht mehr», antwortete der Jesuit.

## 6. Kapitel

Seit der Eroberung Gomas war eine Woche vergangen. Nur durch standrechtliche Hinrichtungen war es dem Oberkommando der Rebellenarmee gelungen, zumindest einen Anschein von Ordnung wiederherzustellen. In den verschiedenen Stadtvierteln und Vororten hatten Kriegsgerichte Dutzende von Plünderern, Vergewaltigern und Mördern erschießen lassen. Langsam ebbte der Blutrausch ab. Die Kämpfer kehrten zu ihren Einheiten und auf ihre Posten zurück, nahmen ihre Patrouillen und ihre Wachrunden wieder auf.

Aus den Kellern der noch unbeschädigten Häuser, aus den Notunterkünften wagten die Bewohner Gomas sich wieder ans Tageslicht. Ein beinahe normales Leben nahm in der verwüsteten Stadt und den Flüchtlingslagern wieder seinen Lauf. Man hatte einen Teil der Trümmer weggeräumt, die Verletzten evakuiert, die Toten in Massengräbern bestattet, die auf Anordnung der kubanischen Ärzte und Krankenschwestern mit ungelöschtem Kalk bedeckt worden waren. Dank der drakonischen sanitären Maßnahmen war die Cholera auf dem Rückzug; trotz des Chaos gab es weniger Neuerkrankungen zu beklagen.

Die letzten Widerstandsnester waren ausgehoben worden. Die haßerfüllte Propaganda, die über den Sender Kaï Manas von der Insel Idjwi ausgestrahlt wurde, fand keine Zuhörer mehr: Die Aufständischen hatten im Umkreis der Stadt den letzten männlichen Bahunde erschlagen.

Um Mitternacht sollte im großen Stadion des Stadtzentrums die Siegesfeier stattfinden. Schon setzten sich in den östlichen Vororten die von Fackeln erhellten Festzüge in Bewegung, die Trommeln gaben den Rhythmus vor – als ein Blitz die schwarze Wolkenwand, die bereits den Mond verschluckt hatte, über dem Nyiragongo teilte. Mit einem Getöse, als wäre das Ende der Welt gekommen, brach ein Gewitter los, das die Züge in alle Winde zerstreute und die Festvorbereitungen zum Stokken brachte.

Die Feier begann erst bei Tagesanbruch. Der Donner entfernte sich über den Virungabergen, wenn auch über dem See noch Blitze niedergingen.

Was für eine seltsame Siegesfeier! Nur eine Handvoll Bewohner Gomas war in dem überfüllten Stadion zu sehen. Jedoch fast alle Kämpfer der verschiedenen Einheiten der Rebellenarmee, säuberlich nach Herkunft getrennt, Tausende von Flüchtlingsfamilien, die auf dem unbebauten Gelände im Osten der Stadt hausten, und die Würdenträger der Stämme der Umgebung, die mit den Rebellen gemeinsame Sache gemacht hatten, waren erschienen. Die regulären Einheiten der Befreiungsarmee und auch viele der lokalen Milizionäre, rekrutiert unter den aufständischen Völkern des Nordkiwu, trugen zum erstenmal die am Vortag aus Juba gelieferten brandneuen Uniformen: die olivgrüne Drillichjacke, die braune Hose, die kurzen schwarzen Stiefel. Nur die Kommandanten trugen eine Kopfbedeckung: das schwarze Béret mit dem goldenen Stern. Inmitten dieser Menschenmenge hielten Thomas, Santos, Siniscaldi, Kim und die anderen Mitglieder des Oberkommandos ihren feierlichen Einzug. Auf der Tribüne erwarteten sie die Meister der Masken, die Wahrsager, die Griots, die

Fetischpriester und die bedeutendsten Könige der Region.

Bei ihrem Herannahen schossen Zehntausende schwarzer Fäuste in den Himmel; Zehntausende von Stimmen skandierten: «*Uhuru! Uhuru!*» (Freiheit! Freiheit!) Als das Echo zurückhallte, rief die Masse: «*Dipenda! Dipenda!*» (Würde! Würde!) Aller Blicke waren, glänzend vor Stolz und Triumph, auf die Tribüne gerichtet. Das leuchtende Rot, Grün und Gelb der Gewänder erinnerte an Leuchtkäfer, die über der wogenden Menge tanzten. Im Stadion herrschte unbeschreiblicher Jubel. Das Oberkommando hatte aus den Vorratshöhlen Zwiebeln, Hirseküchlein, rote Bohnen, Bananenbier und ganze Ochsen herbeischaffen lassen. Köstlicher Geruch von gegrilltem Fleisch erfüllte bald schon die dünne Bergluft. Die Menschen saßen im Schneidersitz um große Feuer, plauderten und kauten mit der Hingabe derer, die den Hunger kennen. Tutsi-Mädchen glitten zwischen den Gruppen hindurch.

Als die Trommler ihre geöffneten Hände auf die gespannte Haut ihrer schweren Zande-Trommeln fallen ließen, glaubte Thomas, ein Beben würde den Himmel, die Bäume, die Tribüne erschüttern. Niemand konnte sich dem dumpfen Wirbeln der Zande-Trommeln entziehen. Dann fielen die Sékéré, die Festtrommeln und die Balafons ein.

Um die hochschlagenden grünen Flammen der Eukalyptusfeuer tanzten singend junge Mädchen und Rebellen im Kreis und kokettierten miteinander. Manche hielten sich verschämt an der Hand. Trotz ihrer von Erschöpfung und Unterernährung gezeichneten Gesichter strahlten die jungen Menschen wie Götter.

Abseits der Menge saßen schweißüberströmt die alteingesessenen Stammeshäuptlinge in ihren Prachtgewändern. Die Könige trugen weite Mäntel aus Leopardenfell und Löwenmähnen auf ihren Häuptern. Auf den gekräuselten Haaren der Prinzen glitzerten Goldkörner. Hinter jedem von ihnen stand ein Diener mit einem Sonnenschirm aus geflochtenen Bambusblättern. Zu ihren Seiten fächelten ihnen junge Frauen mit riesigen Pfauenfedern Luft zu. Plötzlich, als hätte die Musik sie gepackt, sprangen die Könige, die Prinzen, die Würdenträger und die Schirmhalter auf, verließen die Tribüne und stürzten sich glückstrahlend zum Tanzen in die Menge.

Die Krieger der Tutsi, die Angehörigen der Kongovölker für gewöhnlich abweisend und mißtrauisch begegneten, mischten sich lärmend und händeklatschend unter die Bauern, die Frauen und Kinder. Der pulsierende Rhythmus hatte sie erfaßt. Selbst Kim, der chinesische Kommandant, drehte sich, trunken vom Klang der Sékéré, mit ausgestreckten Armen und zum Himmel gewandtem Gesicht im Kreis.

Ein Mädchen mit einem weißen Turban auf dem Kopf und einem weiten weißen Rock bekleidet, tanzte mit der stillen Selbstvergessenheit einer in den Orixakult Initiierten inmitten der Menge. Schweißtropfen perlten auf ihrem Gesicht und ihren nackten Brüsten. Manche Zuschauer erkannten Marta, die kubanische Mulattin von der Sanitätsstation, die sie bislang nur als bis zur Erschöpfung arbeitende Krankenschwester erlebt hatten.

Dann geschah etwas, das noch vor wenigen Stunden unvorstellbar gewesen wäre: Die Überlebenden der Kämpfe der letzten Monate, die einheimischen Untergrundkämpfer, die Flüchtlinge, die Meister der Masken, die Könige, die Griots, die Wahrsager, sie alle vermischten sich, umarmten sich, küßten sich, ohne ihre Tränen zurückzuhalten. Hundert Jahre der Demütigung, der Enttäuschung, der Scham, der unterdrückten Wut explodierten in einem Taumel des Glücks.

Nur Thomas Lusangi blieb auf der Tribüne stehen, gleich einer einsamen Insel in diesem menschlichen Ozean. Zu seinen Füßen verebbte das Wogen der grünen und gelben Fähnchen. Erstarrt, abwesend, verzichtete er auf seine geplante Rede. Er steckte den Text in seine Jackentasche zurück, stieg von der Tribüne, bahnte sich einen Weg durch die Menge, beachtete die Arme nicht, die sich ihm entgegenstreckten. Er kehrte zu seiner Hütte auf dem Hügel oberhalb des Sees zurück.

Geschüttelt von Fieber und Brechreiz, wälzte er sich in seiner Hängematte hin und her. Sein ehemals kupferfarbenes junges Gesicht war eingefallen, fahl, grau wie alte Kreide. Er war um Jahrzehnte gealtert. Er war krank vor Ekel.

Die Apokalypse, die er in Goma gesehen hatte, ließ ihn nicht mehr los. Die Befreiung war zum Massaker geworden. Tausende von Unschuldigen waren von den Befreiern, deren Sieg sie herbeigesehnt hatten, ermordet worden. Mehr als drei Tage und Nächte lang hatten die stolzen Kämpfer der Rebellenarmee, unterschiedslos alle Volksstämme, sich in Schlächter verwandelt. Selbst seine Brigade aus dem Maniema, auf die er so stolz gewesen war, hatte an dieser Gewaltorgie teil. Abgesehen von einer Handvoll Simba hatten sie mit einem Fanatismus, schlimmer noch, mit sadistischer Lust abgeschlachtet, massakriert, geplündert, vergewaltigt, gefoltert. Boniface und Lazare, seine besten Freunde, waren umsonst gestorben. Der Humanismus der Portugiesen, die geduldige politische Bildungsarbeit, die ihnen in ihrer Zeit als Illegale in Uvonia erteilt worden war, hatten sich als machtlos, als vergeblich erwiesen.

Diese jungen Bergarbeiter, von denen einige die Folter durch Ibrahim Moussa und seine Schergen erduldet hatten, ohne ein Wort zu verraten, diese standhaften Helden hatten mit der gleichen Bestialität gehandelt wie ihre Unterdrücker. Und im Gegensatz zu diesen konnten sie sich noch nicht einmal auf einen rationalen Zweck berufen, etwa das Herauspressen einer Information.

Wie weggeblasen waren politisches Bewußtsein, Brüderlichkeit, Achtung vor sich und den anderen, vergessen die Solidarität mit den Schwachen. Gerade auf die Schwächsten hatten die Mörder sich voller Inbrunst gestürzt.

In manchen Nächten in Uvonia, auf seinem langen Marsch durch den Wald oder im Lager in den Bergen hatte Thomas am Sinn seines Engagements, an der Berechtigung seiner Hoffnungen gezweifelt. Oft hatte er nur noch das wahrscheinliche Scheitern und nicht mehr den möglichen Sieg vor Augen gehabt. Er hatte sich ausgemalt, wie die Zellen der Gewerkschaft von den Agenten Ibrahim Moussas zerschlagen, die Archive beschlagnahmt, die Verantwortlichen verhaftet, gefoltert, hingerichtet würden. Im Traum sah er die Maniema-Brigade vor sich, vernichtet durch einen Überraschungsangriff von Cermiers Kommandotruppen, sich selbst ermordet von einem eingeschleusten Spion Kaï Manas. All das war ihm in seinen Alpträumen erschienen. Niemals jedoch hätte er das Blutbad in Goma erahnen können, das keine Siegesfeier wieder auslöschen konnte. Das Massaker von Goma hatte seine Hoffnung zerstört. Gelähmt vor Entsetzen, von Schmerz überwältigt, blickte Thomas den kommenden Tagen in Uvonia wie Richtern entgegen.

## 7. Kapitel

Selbst das Klima spielte in diesem Juli in der gepeinigten Stadt verrückt: Mitten in der Trockenzeit war am Morgen ein heftiges Gewitter niedergegangen. Aus der rissigen Erde stiegen noch immer Dampfsäulen hoch, um die Wolken von grünen Fliegen schwirrten. Tropfnaß schüttelten die Kommandanten der Rebelleneinheiten sich das Regenwasser von der Kleidung. Sie standen am Eingang zum Pfarrhaus, das wie durch ein Wunder von der Zerstörung der Kirche verschont geblieben war. Bei ihrem Treffen wollten sie die letzten Einzelheiten für die Offensive auf Uvonia festlegen.

Die Gruppe verteilte sich um den großen, wackligen Tisch im Konferenzsaal, der trotz des düsteren Schattens der Bananenstauden, die vor den Fenstern standen, von Hitze geschwängert war: auf der einen Seite Santos Siniscaldi, Kim, die Kommandanten der Inkontany, der Volksbefreiungsarmee und der einheimischen Untergrundkämpfer; auf der anderen Seite Thomas, Kagame und die Führer der Maniema-Brigade. Junge Zande-Kämpfer, die Gesichter mit weißer Farbe bemalt, postierten sich an der Mauer und vor der Tür. Alle hatten ihre Waffen behalten.

Auf dem Tisch dampfte aus großen, weißen Metallkannen schwarzer starker Tee, wie ihn die Völker der Virungaberge lieben. Aluminiumbecher hingen an Nägeln an der Wand.

Thomas und Santos nahmen an den Tischenden Platz. Der Mischling musterte den Oberkommandierenden. Er bewunderte seine Intelligenz, sein Charisma, seine von einer beherrschten Gewalttätigkeit gespeiste Tatkraft. Santos verkörperte eine Autorität, die Thomas zu akzeptieren bereit war. Thomas war ein bedingungsloser Anhänger jener radikalsten Richtung, die Santos im Nationalen Befreiungsrat vertrat. Und doch gelang es ihm nicht, ein gewisses Unbehagen ihm gegenüber abzuschütteln. Er ahnte eine abgrundtiefe und zerstörerische Verzweiflung in Santos. Er spürte, daß der Mann aus der Karibik jenseits von Kvarner, Cermier, den Söldnern, den unterdrückten Schwarzen, über Afrika und alle Meere hinweg schreckliche Rechnungen mit sich selbst zu begleichen versuchte und daß er die Hoffnung aufgegeben hatte, hier, im Kongo, mit sich ins reine zu kommen.

Kagamé, der neben Thomas saß, bewegte sich, und die an seiner Kopfbinde befestigten Knöchelchen klapperten leise. Nun, da er von seinen Leprarasseln befreit war und seine struppigen Haare zu kleinen Zöpfen geflochten waren, gab der blinde Zauberer eine bessere Figur ab. Abgesehen davon hatte er sich nicht verändert. Bekleidet mit seinem langen Mantel aus Affenfell strich er mit den verbliebenen zwei Fingern seiner linken Hand über seinen mit Federn und Raubtierzähnen geschmückten Stock, den er zwischen die Knie geklemmt hatte. Ein Schwarm von Fliegen umschwirrte seinen rechten Armstumpf. Sein agiles Gesicht vermittelte den Eindruck, als würde seinen toten Augen keine Bewegung entgehen.

Der Zauberer verabscheute Santos, und das beruhigte Thomas seltsamerweise. Für Kagamé war Thomas Simon Kasongo, der das Dawa gab, der von den Toten auferstandene Lumumba. Er war geheiligt.

Nach den üblichen Höflichkeitsfloskeln erhob sich Santos, reckte seine Titanengestalt, trank einen Schluck des schwarzen Tees und drehte sich zu der riesigen Karte des Kongo, Ruandas und Burundis, die hinter ihm an der Wand entrollt war. Der gesamte Osten des Kongobekkens war mit goldenen Fähnchen, mit grünen und weißen Nadeln übersät.

«Wir stehen hier ... hier ... dort ... dort ... und dort. Wir kontrollieren die Wälder im Norden bis zur sudanesischen Grenze, bis nach Uganda und Ruanda, die Virungaberge, die Hügel des Kiwu und den gesamten östlichen Urwald. Die großen Transportflugzeuge aus Juba landen jetzt auf der Piste von Goma. Die Regierungen in Washington, Brüssel und Paris zittern vor uns. In Léopoldville herrscht Panik.»

Obwohl Thomas all das schon wußte, war er fasziniert: Innerhalb von weniger als zwei Monaten hatten sich die Lichtungen in den Wäldern am Äquator, die Berge, die Ebenen, die Ufer der Flüsse und Seen mit bunten Wimpeln überzogen. Selbst auf der anderen Seite des Kongo, im Westen, schossen immer neue gelbe Fähnchen aus dem Boden. Die unermeßliche Weite der Ebenen rückte in greifbare Nähe. Selbst in den Dschungel kam Bewegung. Die grüne Wand bekam auf allen Seiten Risse. Die Regenwälder hatten mobil gemacht. Ihre schweigsamen Krieger saßen mit an diesem Tisch; dreizehn Pygmäen aus dem Wald von Ituri; dreizehn kleine Männer mit in Affenblut getränkten struppigen Haaren; dreizehn Gesichter, angeschwollen durch den seltsamen Brauch, sich die Wangen aufzuschneiden, um die Wunden dann über Blättern und heiligen Samenkörnern wieder zu schließen.

Santos' hohe Stimme riß Thomas aus seinen Betrachtungen.

«Die Nachschublager werden vorgeschoben. Hierhin . . . hierhin . . . und dorthin. Nichts wird im Wald oder in den Bergen zurückbleiben.»

Kagamé wandte ihm seine leeren Augen zu.

«Du vergißt die feindlichen Bomber!»

«Mach dir keine Sorgen! In sechs Wochen beginnt die Regenzeit. Kennst du unsere Wolken? Sie sind dick! Grau! Tödlich für die Piloten. Ihre Bomber, ihre Mirages, ihre Alouettes werden von den Stürmen auf dem Boden festgenagelt werden. Glaub mir, Kagamé, kein Pilot wird es wagen, die Savanne zu überfliegen, wie hoch auch immer die versprochene Prämie ausfallen mag.»

Seine kleinen stechenden Augen strichen über den Tisch.

«Morgen greifen wir an.»

Während Santos die lange Liste der Städte, Märkte, Dörfer, der Missionsstationen, Bergarbeitersiedlungen und Regierungsgarnisonen im Zentralmaniema herunterbetete, begann er mit schweren Schritten im Zimmer auf und ab zu marschieren.

«Im September werden wir die Vulkane erreichen, die die Senke von Uvonia umgeben. Und dort werden wir kämpfen! Bis dahin haben wir allerdings noch beinahe vierzig feindliche Stellungen zu erobern!»

Die Prognose hatte etwas Provozierendes, denn die Befreiungsarmee bestand aus nicht einmal zwanzigtausend Männern. Im besten Fall! In fast allen Kämpfen verlor sie Offiziere. Nach jeder Trockenzeit hatten zwei Drittel der Truppe ersetzt werden müssen. Die Napalmangriffe setzten den Wald in Brand, das Feuer griff auf die Savanne über und verwandelte sie in ein Flammenmeer, das Tausende von Männern und Frauen verschlang. Bilharziose, Malaria und das verfaulte Wasser der Tümpel taten ein übriges. Den Überlebenden mangelte es an allem, einschließlich Wasser: Die Regierungstruppen vergifteten systematisch die Quellen und Wasserlöcher der Gebiete, die sie aufgaben.

Niemand zuckte mit der Wimper. Der Duft des Tees erfüllte den Raum. Santos ließ seinen massigen Körper wieder auf den Stuhl fallen. Er stützte die Ellbogen auf den Tisch und fuhr fort: «Soeben habe ich vom Militärkomitee des Nationalen Befreiungsrats folgenden Befehl erhalten: Von heute an werden alle unsere Brigaden, alle Bataillone aufgelöst. An ihre Stelle treten kleine mobile Guerillaeinheiten. Sie gleiten wie Schlangen durch die hohen Gräser der südlichen Savanne.»

Er zündete sich eine neue Zigarre an, machte einen Zug, hustete, räusperte sich.

«Von jetzt an bis September werden die Kommandeure dieser Einheiten die alleinige Verantwortung für ihre Entscheidungen tragen. Die Verbindungen unter uns werden unterbrochen. Jede Einheit wird frei in dem Sektor operieren, den ich ihr gleich zuweisen werde. Sie wird die Bauern des Sektors mobilisieren und ausbilden. Und diese neuen und schlecht bewaffneten Männer, ich weiß, ich weiß . . .»

Mit einer mehr herrischen als besänftigenden Bewegung gebot er Schweigen.

«...werden unter der Leitung der politischen Kommissare und der militärischen Kommandeure die ausgewählten Ziele angreifen. Ich sage: Angreifen. Und zwar bis sie fallen. Die weißen Offiziere und die Schwarzen Pfeile werden vor den Augen der Bevölkerung hingerichtet, die schwarzen Soldaten entwaffnet und in ihre Dörfer geschickt. Die Garnisonen dem Erdboden gleichgemacht und unsere Fahne auf den Trümmern aufgepflanzt. Das ist alles.»

Thomas erhob sich am anderen Ende des Tisches.

«Nein, Santos, das ist nicht alles. Die Maniema-Brigade wird sich nicht auflösen.»

Ein eisiges Lächeln erschien auf dem unbewegten Gesicht des Mannes aus Barbados.

«Du hast recht, Kasongo. Deine Brigade wird nicht aufgelöst.»

«Sondern?»

«Sie wird in Uvonia eindringen.»

«Aber das kommt einem Gang ins Schlachthaus gleich, Santos! Wir sind fünfhundert ungenügend ausgerüstete Kämpfer, und in der Garnison stehen dreißigtausend waffenstarrende Männer. Willst du uns massakrieren lassen?»

«Nein, ihr werdet Uvonia lahmlegen, Kasongo. Und ich werde dir auch sagen, wie.» Mit sparsamen Bewegungen veränderte er seine Stellung.

«Ihr werdet euch in die Stadt einschleichen. Ihr werdet die Schächte sprengen, die Stollen in die Luft jagen, die Belüftungs- und Wasserführungssysteme zerstören. Ihr werdet die Gruben überfluten.»

Nach einem Schweigen fügte er hinzu: «Du wirst wohl noch wissen, wie man mit Sprengstoff umgeht, oder?»

Thomas stammelte fassungslos: «Wir sollen die Galerien in die Luft jagen? Unsere Minen unter Wasser setzen? Willst du denn unsere einzige Lebensquelle auf Generationen zerstören? Du bist verrückt geworden, Malcolm! Niemals werde ich einem solchen Befehl Folge leisten!»

Die beiden Männer standen sich von Angesicht zu Angesicht gegenüber. Die Stammesführer erhoben sich ebenfalls. Jeder griff nach seiner Waffe auf dem Tisch. Zwei Welten prallten aufeinander. Niemandem war dies schärfer bewußt als Thomas, der soeben Santos' Strategie begriffen hatte: Indem er die Minen überflutete, würde er die westlichen Mächte, ihre Industrie und ihre Armeen der lebenswichtigen Erze berauben. Es kümmerte ihn nicht, ob er zugleich aus dem Maniema eine Wüste machte. Das Leben dieser Schwarzen war ihm nicht wichtig. Das einzige, was für ihn zählte, war die endgültige Niederlage der Weißen. Und Santos haßte die Weißen zu sehr, um die Schwarzen zu retten. Das war seine Paranoia, seine Besessenheit.

Thomas war nicht bereit, sich in dieses wahnwitzige Delirium hineinziehen zu lassen. Ohne ihn aus den Augen zu lassen, schätzte er seine Chancen ab. Santos spielte geschickt die Konflikte zwischen den Stämmen aus, und die Männer des Nordens waren ihm ergeben. Doch er, Simon Kasongo, Exekutivsekretär der illegalen Bergarbeitergewerkschaft, war der unangefochtene Führer der Völker des Südens, die die reichste Region Afrikas kontrollierten. Von nun an mußten sie gegen die Weißen und gegen diesen Verrückten kämpfen. Zwei Fronten statt einer. Das war viel, aber Thomas hatte keine Wahl. Er kämpfte für die Würde, für die Freiheit, für das Leben der Schwarzen. Nicht für irgendwelche abstrakten Schwarzen, die nichts als Figuren auf einem Schachbrett waren, sondern für die Schwarzen des Kongo, die Schwarzen Uvonias. Morgen, in einem freien Land, auf einem befriedeten Kontinent, würden diese Männer mit den Ritualnarben, deren dunkle Haut noch vom Staub der Gruben geschwärzt war, eigenständig für sich selbst, ihre Frauen und Kinder entscheiden. Die Mine, dachte Thomas, war ihre Festung, der Garant ihrer zukünftigen Freiheit. Ihre Zerstörung würde einem Todesurteil gleichkommen.

Unter dem ausdruckslosen Blick von Santos hob er langsam seine Maschinenpistole bis in Hüfthöhe und wich schrittweise, flankiert vom Blinden und seinen Simba, zur Tür zurück. Niemand machte eine Bewegung.

## FÜNFTER TEIL

### 1. Kapitel

Kvarner hatte Uvonia so überstürzt verlassen, daß er keine Zeit zum Umziehen mehr gehabt hatte. Seinen zerknitterten Tropenanzug zierte noch der häßliche braune Fleck, den die Rose in seinem Knopfloch, die er im Schlafen zerdrückt hatte, dort hinterlassen hatte. Als die Stewardeß ankündigte, die Coronado überfliege soeben Neufundland, blickte er aus dem Bullauge auf die graue und menschenleere Landschaft der Insel.

«Nicht einmal mehr eine Stunde bis New York!»

Kvarner drehte sich eine Zigarette.

Die von Cermier geführten Agenten der Spionageabwehr und die Agenten der verschiedenen ausländischen Geheimdienste in Uvonia – Israelis, Franzosen, Südafrikaner, Amerikaner – hatten ihn nur unvollständig über die Konferenz von Goma informiert. Kvarner hatte die Lücken mit Hilfe seiner Vorstellungskraft gefüllt. Die sogenannte Befreiungsarmee schickte sich offensichtlich an, die Savannen im Südosten, den Oberlauf des Kongo, die Wälder und Gebirge Zentralmaniemas zu erobern. In höchstens zehn Wochen würde die Regenzeit einsetzen. Dann würde eine Wolkenschicht den Maniema bedecken und die Flugzeuge am Boden festhalten. Nichts könnte den Aufständischen dann noch Einhalt gebieten: Sie würden alle Verbindungswege über Pisten, Eisenbahn und den Fluß kappen. Und spätestens Anfang

Oktober würden sie Uvonia angreifen. Im Kongo selbst gab es niemanden, der ihnen Einhalt gebieten könnte. Kvarner kannte nur zu gut die Korruption und die Ohnmacht der Regierung in Léopoldville, die Trägheit ihrer ausländischen Berater und den Haß, den die Willkür und Grausamkeit der Söldner und gewisser Leiter des Sicherheitsdienstes in der Bevölkerung hervorriefen. Was die schlecht bezahlte und disziplinlose Regierungsarmee betraf, so bestand ihre Hauptbeschäftigung darin, die Regionen auszuplündern, für deren Schutz sie eigentlich zuständig war. Eine Bande von Taugenichtsen, die pausenlos von Meutereien erschüttert und von Stammesfehden zerrissen wurde und unter der Führung von Generälen stand, die im schlimmsten Fall schwachsinnig und unfähig, im besten Fall gerissen und bestechlich waren. Von kongolesischer Seite konnte man also nichts erwarten. Blieben die Vereinigten Staaten. Doch seit Wochen kamen die Emissäre, die Kvarner nach Washington schickte, mit leeren Händen zurück. Präsident Johnson weigerte sich hartnäckig, Kampftruppen zu entsenden. Kvarner blieb keine andere Wahl mehr: Nach dreißig Jahren Widerstand gegen das Konsortium würde er nun der Manhattan World den Verkauf der Gruben des Maniema anbieten. Wenn die Uran-, Gold-, Platin-, Kobaltminen amerikanisches Eigentum wurden, konnte Johnson eine direkte Intervention gegen die kommunistischen Rebellen nicht mehr verweigern. Das würde ein Inferno über dem Maniema bedeuten. Doch wenn die Rebellen erst einmal unter dem Napalmfeuer vernichtet waren, würde Regen die Ruinen reinwaschen. Und wer würde, mächtiger denn je, aus den Trümmern hervorgehen? Kvarner! Denn die neue Regierung, die er kaufen würde, ganz wie gewohnt, würde ihm auf der Stelle die neuen Konzessionen übertragen und die Manhattan World enteignen. Selbst wenn es den amerikanischen Beratern gelingen sollte, Schlüsselpositionen in der Hauptstadt mit ihren eigenen Leuten zu besetzen, konnte Kvarner immer noch auf Cermier zählen. Cermier verabscheute die Amerikaner.

«Gut eingefädelt», sagte Valmont.

Kvarner hatte nicht bemerkt, daß er laut gedacht hatte. Er lachte.

«Wir werden sie reinlegen, stimmt's?»

«Wen, Exzellenz?»

«Beide, mein Alter. Zuerst die Schwarzen, dann die Typen von der Manhattan World! Und jetzt, Valmont, geben Sie mir Ihren Papierkram.»

Kvarner bestellte bei der Stewardeß einen Orangensaft für Valmont und einen doppelten Wodka für sich.

Er studierte den Bericht über die Konzernbilanz und die militärische Situation im Osten des Kongo. Valmont war ungeheuer bestechlich, aber tüchtig. Er hatte die Sache gut hinbekommen. Alles hing vom richtigen Gleichgewicht ab: Man mußte die Phantasie dieser blasierten Banker anregen, indem man ihnen verbrannte Kinder und mit der Axt zerstückelte Gefangene vor Augen führte, doch es galt, nicht zuviel des Guten zu tun und das Grauen zu dosieren. Die Männer der Manhattan World würden bis ans Ende der Welt gehen, auf Knien und mit blutenden Füßen, um Geld aufzutreiben, übermäßige Risiken jedoch waren ihnen verhaßt. Es war besser, die Rebellen als stumpfsinnige Schwachköpfe darzustellen, die eine ordentliche Portion Napalm in den Busch zurückjagen würde.

Genau in dem Moment, da die Coronado in den Landeanflug überging, spürte Kvarner das dringende Bedürfnis zu urinieren, das er auf der Stelle, den Schmerz fürchtend, unterdrückte. Das konnte ebensogut bis New York warten. Aber es machte ihn nervös. Er starrte angespannt auf die Leuchtanzeigen, legte seinen Sicherheitsgurt zu früh an, überprüfte, ob er auch wirklich den Diplomatenpaß in der Tasche hatte, den er sich vorsichtshalber auf der Durchreise in Léopoldville hatte ausstellen lassen. Valmont raschelte mit seinen Papieren, was ihn irritierte. Kvarner fiel unvermittelt sein lächerlicher Vorname ein. Frédéric-Eusèbe. Das war Valmont in Vollendung. So pompös. Aber er war auch brillant: ein makelloser Lebenslauf. Er hatte ihn für eine erkleckliche Summe bei der OTRACO, der nationalen Flußschiffahrtsgesellschaft, abgeworben. Fast der gesamte Minenreichtum des Landes wanderte durch seine Hände. Abgesehen davon hatte er eine Frau und Kinder in Belgien und eine Menge afrikanischer Mätressen, die er heimlich aushielt. Der arme Valmont. Ganz Uvonia wußte darüber Bescheid, lachte hinter seinem Rücken über diese lächerlichen Geheimnisse, fürchtete aber seinen unerbittlichen Eifer. Der Lakai seines Herrn. Nur noch schlimmer. Dieser Typ mit seinen nicht einmal vierzig Jahren war unter seiner schlanken und eleganten Erscheinung ein Bandit, der für Geld alles machte. Dazu ein Speichellekker, wie er im Buche stand. Exzellenz! Noch eine Erfindung Valmonts.

«Wir landen, Exzellenz.»

Kvarner mußte sich zusammennehmen, um nicht lauthals zu lachen.

Der lächerliche Titel eines «Ambulanten Botschafters

der Republik Kongo» erlaubte ihm, als erster die Gangway hinabzusteigen. Nach Luft ringend wich er zurück: Vom erfrischenden Klima der Trockenzeit auf den Hochebenen des Maniema schlug ihm nun übergangslos die Gluthitze New Yorks entgegen.

Die Stewardeß erläuterte mit zuckersüßem Lächeln, daß die Ostküste seit Anfang September von einer außergewöhnlichen Hitzewelle heimgesucht werde.

«In meinem ganzen Leben war mir noch nicht so heiß! Auf Wiedersehen, Mademoiselle!»

## 2. Kapitel

Sein Bruder erwartete ihn hinter der Glastür. Kvarner lächelte, als er seine kleine, gedrungene Gestalt erkannte, die in einen abgetragenen Anzug gezwängt war, und sein dreieckiges Gesicht, das wie ein verrunzelter Apfel unter seinem Strohhut hervorblickte. Er weinte hinter seiner Brille. Auch bei Kvarner fehlte nicht viel dazu.

«Grünfeld und Greenfield weinend in einem Flughafen. Wir geben ein großartiges Bild ab, Julius!»

Er umarmte ihn.

Julius bewohnte mit Rachel eine Dreizimmerwohnung in Brooklyn. Sein Bruder, seine Schwägerin, seine beiden Neffen, seine Nichte und ihre Kinderschar waren die einzigen menschlichen Wesen auf der Welt, für die Kvarner Zuneigung und Achtung empfand. Obwohl die Greenfields ständig in Geldnöten steckten, lehnten sie jede finanzielle Zuwendung von Kvarner eisern ab und nahmen einzig kleine Geschenke zur Bar-Mizwa der Jungen an.

Julius schlug automatisch die Richtung nach Brooklyn ein, sowie er hinter dem Steuer seines Taxis saß.

«Später, Julius! Bring uns zum Plaza. Ich muß zuerst ein kleines Problem in der Wall Street klären. Ich komme zu euch, sobald ich kann. Umarme Rachel und die Kinder von mir.»

Julius setzte sie vor dem Hotel am Rande des Central Parks ab.

## 3. Kapitel

Sanfter Lichtschein drang durch die Vorhänge. Kvarner räkelte sich in seinem Bett und klingelte. Er bat das Zimmermädchen, ihm ein Bad einzulassen, zog seinen Morgenmantel an, öffnete das Fenster und machte ein paar Schritte auf dem sonnigen Balkon. Die Aussicht vom zwölften Stock war großartig. Die Blätter der Bäume im Central Park färbten sich bereits rot. An diesem Wochenende vor dem Labour Day floß der Verkehr ohne Stokkung. Die ungewohnte Stille und die urbane Schönheit Manhattans entzückten ihn. Es war ein Augenblick unvergeßlichen Friedens.

Die Lektüre der Zeitungen versetzte ihn in gehobene Stimmung. «Vormarsch der Kommunisten in der östlichen Provinz des Kongo» titelte die *New York Post*. «Von unserem Korrespondenten in Stanleyville: Flüchtlinge aus dem Gebiet der Großen Seen berichten über eine Choleraepidemie im Kiwu. Angeblich bereits Tausende von Toten» verkündete die *Los Angeles Times*. Populistischer und marktschreierischer fiel die Schlagzeile des *Long Island Daily* aus: «Rote Flut im Kongo». Auf der ersten Seite der *Washington Post* («Die Situation in Zentralafrika verschlimmert sich») wurde auf den zweiseitigen Bericht in der Sonntagsbeilage verwiesen, in dem Fotos von zerstückelten Leichen, auf Speeren gespießten Köpfen, Nonnen mit verstörtem Blick am Rande eines Massengrabs abgebildet waren. Der in ernstem und schulmeisterlichem Ton gehaltene Leitartikel der *New York Times* stellte abschließend die Frage: «Wird der Kongo Afrikas Kuba werden?» Hocherwünschte Panikmache.

Kvarner frohlockte: Die Presse bereitete ihm das Terrain.

## 4. Kapitel

Blauer Dunst hing über dem Saal, die Aschenbecher quollen über vor Zigarrenstummeln, die Klimaanlage mühte sich vergeblich, die von zehn Stunden Tabakgenuß verräucherte Luft hinauszubefördern. Kvarner kämpfte seit dem Morgen. Er hatte beschlossen, das Uran in den Mittelpunkt seiner Argumentation zu stellen, nicht Gold oder Diamanten.

Rund um den Tisch hörten ihm schweigsame Männer in grauen Anzügen zu und blickten aus den Fensterfronten in den zur Neige gehenden Tag hinaus. An den Fassaden wanderten schmutzige graue Schatten hinab.

Kvarner hatte plötzlich den Eindruck, daß die Männer der Manhattan World ganz einfach darauf warteten, daß er vor Erschöpfung zusammenbrach, daß der neureiche Jude krepierte. So lange schon warteten sie darauf!

Die weltweit nach De Beers Limited und Anaconda Copper an dritter Stelle stehende multinationale Manhattan World verfolgte nur ein Ziel: Sie wollte die anderen auffressen, ihre Konkurrenten verschlingen, ihr Reich ausdehnen. Sie kontrollierte gigantische Reichtümer auf allen fünf Kontinenten, kannte genauestens die Laster und Schwächen jedes einzelnen ihrer Vasallen, jeder Regierung Asiens, Amerikas, Australiens, Europas und Afrikas, belohnte ihre treuen Komplizen fürstlich und ließ die Unbelehrbaren ermorden. Sie verfügte über einflußreiche Verbündete im Pentagon und in Washingtons Geheimdiensten, die diskret entlohnt wurden: Die durch ihre Vermittlung organisierten Staatsstreiche waren perfekt inszeniert. Sie manipulierte nach Belieben die Kurse an der Metallbörse in London. Für dieses gojische Imperium war Kvarner, der König von Uvonia, nichts weiter als ein kleiner Jidd.

Kvarner nahm eine weitere Pille und leerte sein Glas mit dem lauwarmen Wasser in einem Zug. Seine Hände zitterten.

«Hören Sie mir zu, meine Herren! Die Weltproduktion an Uran liegt heute unter dreißigtausend Tonnen pro Jahr. Sie betrug dreiundvierzigtausend Tonnen 1960, einundvierzigtausend 1961 und sechsunddreißigtausend 1962. Sie nimmt folglich von Jahr zu Jahr ab. Richtig? Aber das ist noch nicht das Schlimmste oder das Beste, je nachdem: Während das Angebot abnimmt, steigt die Nachfrage! Und zwar beträchtlich. Mit dem Bau von Atomkraftwerken in vielen Ländern werden etwa um 1970 fünfzigtausend Tonnen benötigt werden und siebzigtausend, ja sogar neunzigtausend bis 1985.»

In der Gewißheit, einen Punkt gemacht zu haben,

blickte er angespannt auf die Zuhörer. Doch die Männer um den Tisch verzogen, wie Jobs Richter, keine Miene. Auf ihren bleichen Gesichtern spiegelte sich das kalte Licht der Neonlampen. Der Präsident blickte noch ausdrucksloser als die anderen. Kälber, dachte Kvarner.

Er drehte sich eine Zigarette, um seine Fassung zu bewahren, und ging zum entscheidenden Angriff über.

«Sie haben nur geringe Reserven. Ich biete Ihnen das drittgrößte Uranlager der Welt an. Zu unerhört günstigen Preisen. Die Union Minière du Haut-Maniéma ist nie an die Börse gegangen, aber Sie kennen ihren Wert. Ich verlange nur zwanzigeinhalb für die gewöhnlichen Aktien, hundertsiebenundachtzig und ein Viertel für die verpfändeten Wertpapiere und einunddreißig dreiviertel für die Namensaktien. Und ich biete Ihnen sogar an, die Bankkommissionen und die Steuern für dieses Jahr zu übernehmen. Ich bin bereit, Wertpapiere als Bezahlung zu akzeptieren und über Zahlungsfristen zu verhandeln.»

Er hörte sich selbst in seinem schauderhaften Englisch, mit seinem russischen Akzent vor diesen Männern sprechen, die die heimlichen Herren der Welt waren. Er wußte, daß er eine erbärmliche Figur abgab. Am besten trug er gleich noch dicker auf.

«Meine Herren, Sie sehen einen alten Mann vor sich, der der Geschäfte überdrüssig, des Kampfes müde ist, der sich in ein beschauliches Leben zurückziehen möchte. Ich lege mein Lebenswerk in Ihre Hände.»

Eisiges Schweigen antwortete ihm. Doch er gab nicht auf. Plötzlich glaubte er selbst an seine Legende. Er fühlte sich in der Tat verbraucht, bereit, die Waffen zu strecken. Er hätte weinen mögen. Er beschimpfte sich als altes

Krokodil und musterte sie. Sie saßen immer noch mit unbewegter Miene hinter ihren stinkenden Zigarren. Sie kosteten ihre Rache aus. Es gab keinen einzigen hier, der in den letzten dreißig Jahren nicht eine Verletzung, eine Beleidigung oder einen Schlag unter die Gürtellinie von ihm hätte einstecken müssen. Sie schätzten die Widerstandskraft des Tiers ab, bevor sie ihm den Todesstoß versetzten. Selbst am Boden war ein solcher Typ noch potentiell gefährlich. Die Sache verlangte reifliche Überlegung.

Schließlich erhob sich der Präsident der Manhattan World Company feierlich.

«Der Vorstand wird darüber beraten, mein Herr. Wir prüfen Ihr Angebot. Die Entscheidung wird Ihnen mitgeteilt. Die Sitzung ist geschlossen.»

Kvarner ging als letzter hinter Valmont. Der Aufzug hielt in jedem Stockwerk an. Als sie endlich im Erdgeschoß ankamen, schob Kvarner seinen Sekretär in die Limousine.

«Ich gehe zu Fuß.»

## 5. Kapitel

Stanislas Anthony Kvarner war wieder Ariel Grünfeld, fast wieder der ohnmächtige, mittellose Emigrant. Seine Feinde triumphierten, sein Reich stand vor dem Ruin. Er ging die verlassene Straße entlang, eine dunkle Schlucht zwischen zwei Reihen von Wolkenkratzern. In Höhe des kleinen holländischen Tempels bog er nach rechts, überquerte die Pine Street und gelangte auf den Broadway.

Bewaffnete Wachen, Clochards, zwei oder drei verwelkte Mädchen, das war alles, was vier Millionen Spekulanten und Schreiberlinge zurückließen, wenn sie bei Einbruch der Nacht ihre Kampfstellungen an der Wall Street verließen.

Er dachte, daß New York hinter seinem brutalen Äußeren eine mütterliche Stadt war, daß Tausende von Unglücklichen in ihren Armen schliefen und daß sie in dieser Nacht über einen Unglücklichen mehr wachen würde. Er ging zum Hafen, ins Herz dieser gewaltigen Produktions- und Handelsmaschine, in der er bis zum heutigen Abend ein bedeutendes Rädchen gewesen war, schlug die Richtung nach Greenwich Village ein, um dann zum taghell erleuchteten Rockefeller-Zentrum zurückzukehren. Lauer Nieselregen fiel auf den Gehsteig. Er sah eine Gruppe hübscher junger Frauen in Abendkleidern, die sich an die Balustrade lehnten und plauderten. Der feine Regen traf auf ihre nackten Schultern, zog kaum wahrnehmbare Furchen in die Schminke zwischen ihren Brüsten. Eine von ihnen erinnerte ihn an Isabel. Zum erstenmal seit langer Zeit schoß ihm seine ehemalige Geliebte flüchtig durch den Kopf. Er wußte weder, was aus ihr geworden war, noch, wo die Kinder geblieben waren. Ihm wurde bewußt, daß sie seine letzten Kinder waren und daß er sie Rachel und Julius genannt hatte.

Die Morgendämmerung zog über dem Broadway herauf. Feuriges Rot erleuchtete die Stadt. Nur eine Kaffeebar mit pornographischen Zeitschriften war noch offen am Times Square. Hinten im Laden entdeckte Kvarner ein paar Stühle. Er sah sich im Spiegel und blickte weg. In seinem zerknitterten Anzug und mit dem grauen Vierundzwanzigstundenbart wirkte er wie eine dieser verkrachten Existenzen, die die dubiosen Cabarets an der 42. Straße bevölkerten. Er bestellte einen Kaffee. Gegenüber, an der Fassade der *New York Times*, zog, auf halber Höhe zwischen dem Bronzeportal und den Balkonen, eine Leuchtschrift vorbei. Er strengte sich an, um eine absurde Werbung für die Zahnpasta Kolynos zu begreifen, die in die Nachrichten des Tages eingeblendet war. 6. September 1964: Ergebnisse und Kommentare zu Boxkämpfen. 6. September 1964. Er wollte gerade wegschauen, als er las:

«Radio Stanleyville gibt die Gründung einer sozialistischen Volksrepublik in dieser Stadt bekannt. Präsident der neuen Republik ist Christophe Gbenyie.» Werbung für Rheingold-Bier. 6. September 1964: «Christophe Gbenyie ist seit 1963 Präsident des in Brazzaville ansässigen Nationalen Befreiungsrats und verantwortlich für die Koordination der Aktionen der verschiedenen lumumbistischen Aufstände in den Provinzen.» Werbung für Marlboro. 6. September 1964: «Aus westlichen Diplomatenkreisen ist zu hören, daß Algerien, Kuba, Ägypten und das kommunistische China ihre Absicht erklärt haben, die Volksrepublik Stanleyville anzuerkennen.» Werbung für Coca-Cola. 6. September 1964: «Der starke Mann der Rebellenregierung soll der auf Barbados geborene Malcolm Santos sein, der nach Angaben Bujumbaras, wie die Agentur Reuters meldet, den Posten des stellvertretenden Verteidigungsministers innehaben soll. Sein Adjutant soll ein chinesischer Militär namens Kim sein.» Werbung für Hollywood-Kaugummi. 6. September 1964: «Die Nachrichtendienste der Regierung in Léopoldville sind davon überzeugt, daß Santos sich gegenwärtig in Maniema befindet, wahrscheinlich in der Nähe der Stadt Uvonia.»

Kvarner sprang auf. Blut schoß in seine Adern. Er schloß die Augen. Als er sie wieder öffnete, las er: «In Stanleyville haben die Rebellen das Generalkonsulat der Vereinigten Staaten gestürmt. Über das Schicksal des Generalkonsuls, James T. Holt, und vier seiner Mitarbeiter gibt es keine Informationen.»

Er atmete tief durch. Ein Schwall der Erleichterung überflutete ihn. Und dabei hätte er beinahe aufgegeben! Schon ärgerte er sich darüber, daß er an seiner eigenen Stärke gezweifelt hatte. Er, Kvarner, am Ende? Ein Clochard, der verzweifelt in einer schmuddeligen Bar herumhing? Er lachte laut. Er warf einen Geldschein auf die Theke und hielt draußen ein Taxi an. Im Plaza stürzte er sich auf den Portier.

«Die Botschaft des Kongo in Washington, es ist dringend. Lassen Sie klingeln! Um diese Zeit schlafen sie. Schnell!»

Kvarner drehte sich eine Zigarette. Der Portier blätterte nervös im Telefonbuch. Dann brachte er die Stöpsel der Vermittlung durcheinander. Kvarner begann in der Halle auf und ab zu gehen.

«Sie haben Washington.»

Er nahm den Hörer von der Theke der Rezeption.

«Niomé, sind Sie das? Gut, wecken Sie ihn auf.»

. . .

«Ich sage Ihnen, Sie sollen den Botschafter aufwekken.»

. . .

«Hallo, Niomé? Hier spricht Kvarner. Kvaaarrrnerrr.»

. . .

«Nein, nicht in Uvonia, ich bin im Plaza in New York!»

...

«Haben Sie die Nachrichten gehört? Nein? In Stanleyville wurde eine kommunistische Regierung ausgerufen. Havanna, Kairo, Algier und Peking haben sie bereits anerkannt. Das amerikanische Generalkonsulat wurde in Brand gesetzt. Amerikanische Bürger als Geiseln festgehalten. Vielleicht sind sie schon tot. Der stellvertretende Kommandeur ist Chinese. Genau, wir werden von einer fremden Macht angegriffen.»

...

«Ich bin ganz Ihrer Meinung. Das sind Schwachköpfe. Sie haben sich entlarvt. Eine Volksrepublik mitten in Zentralafrika! Was für eine Idiotie!»

...

«Was wir tun sollen? Sind Sie denn beschränkt? Schön, ich fange nochmals an: Rufen Sie Bundy an. Ja. Eben den.»

...

«Aber die Situation hat sich verändert inzwischen. Vollkommen. Rufen Sie ihn an, sage ich Ihnen.»

...

«Er wird den Präsidenten aufwecken, vertrauen Sie mir! Eine kommunistische Republik im Herzen Afrikas, das wird den Amerikanern nicht gefallen, glauben Sie mir!»

...

«Was? Aber das ist doch glasklar, mein Lieber! Wir verlangen die Entsendung von Douglas Skyraiders. Sie sind ganz in der Nähe stationiert, in Nairobi. Das ist ein einsitziger Sturzbomber mit zwei Zwanzig-Millimeter-Kanonen und zwei Tiny-Tim-Raketen. Ich persönlich würde Splitterbomben oder Napalm vorziehen, aber wie auch immer. Tun Sie, was Sie können.»

...

«Nein, das ist noch nicht alles: Wir brauchen auch Skyhawks, um ihre Nachschublinien zu zerstören. Bis nach Burundi und in den Sudan.»

...

«Woher ich das alles weiß? Seit meiner Kindheit habe ich mich für Flugzeuge begeistert. Wir brauchen dazu noch einen Düsenbomber. Einsitzig. Bundy wird Bescheid wissen. Und Léopoldville wird zahlen. Notfalls werde ich mich selbst darum kümmern. Und, Niomé, lassen Sie sich nicht einwickeln! Keine alten Mühlen! Wir brauchen das alles innerhalb von achtundvierzig Stunden, verstanden?»

Die ersten Hotelgäste traten aus den Aufzügen. Kvarner brüllte weiter. Die Passagiere der Frühmaschinen musterten ihn und warfen dem Portier fragende Blicke zu.

«Was für Piloten? Das ist doch völlig egal! Irgend jemand! Anti-Castristen, Taiwanesen, Leute vom CIA, Mongolen, der König von Frankreich!»

...

«Vergessen Sie nicht, Léopoldville zu informieren!»

...

«Ich habe gesagt: informieren, nicht auf deren Anweisungen warten. Jede Minute zählt! Hier bin ich die Regierung. Also keine Faxen.»

Kvarner wurde noch lauter, ohne die mißbilligenden Blicke auf seinen zerknitterten Anzug, seinen Bart, seine vor Müdigkeit blutunterlaufenen Augen wahrzunehmen.

«Ach ja! Heute abend, wenn alles in die Wege geleitet ist, geben Sie eine Pressekonferenz. Mit Kaviar und Champagner! Laden Sie die gesamte Schickeria aus Fernsehen, Radio und Presse ein, auch die Hautevolee aus dem Kongreß und den Botschaften! Heben Sie die essentielle Bedeutung des Maniema für die Verteidigung der freien Welt hervor! Zählen Sie der Reihe nach alle strategisch bedeutsamen Minerale auf, die wir dort produzieren und an Amerika liefern! Niomé, besorgen Sie sich eine Afrikakarte. Projizieren Sie sie während der Pressekonferenz an die Wand! Diese Yankees sind doch Banausen! Zeigen Sie ihnen, wo der Maniema liegt. Schildern Sie ihnen unsere geostrategische Position! Gehen Sie didaktisch vor, Niomé! Preisen Sie die Demokratie, die bei uns im Kongo herrscht, die christlichen Werte, den eingefleischten Antikommunismus unserer Minister. Das ganze Trara! Tragen Sie kräftig auf! Das ist schließlich Ihr Job als Botschafter! Guten Tag, Niomé.»

Er legte auf und warf einen Blick nach draußen. Über dem Central Park ging die Morgensonne auf. Vom Hudson stiegen leicht und durchsichtig wie Schmetterlinge Nebelschwaden hoch. Grandios!

Kvarner begab sich auf sein Zimmer, rief erneut den Portier an und verlangte ein Mädchen. Noch bevor es klopfte, war er eingeschlafen.

## 6. Kapitel

Einige Tage später wurde das Todesurteil über ihn gefällt. Es war der Sprecher der abendlichen Nachrichtensendung von CBS, der ihm den entscheidenden Stoß versetzte.

«Angesichts der Widerstände der demokratischen Mehrheit im Senat und der ablehnenden Haltung des Pentagons verzichtet Präsident Johnson auf die Entsendung amerikanischer Truppen in den Kongo. Was mögliche Luftangriffe auf Stanleyville betrifft, so erweisen diese sich derzeit aufgrund der meteorologischen Bedingungen im östlichen Kongo als unmöglich. Die amerikanischen Staatsbürger, die von den Rebellen als Geiseln gefangengehalten werden ...»

Vor Kvarners Augen verschwamm der Bildschirm. Ein scharfer Schmerz durchbohrte sein Herz. Sein rechter Arm war gelähmt. Nach Luft ringend, riß er den Mund auf.

Das Zimmermädchen fand ihn mit blutunterlaufenem Gesicht und einer klaffenden Wunde am Augenbrauenbogen neben dem Couchtisch. Er lag mit angewinkeltem Arm auf dem Teppich.

Julius hätte nie geglaubt, daß dieser zerschmetterte Baum je wieder zum Leben erweckt werden könnte. Kvarner genas. Im Zion-Krankenhaus. Mühsam, wie durch ein Wunder, kam er wieder zu Kraft und Leben.

Er hatte immerzu denselben, außerordentlich detailgenauen Traum: Eine Feuersbrunst tobte über Uvonia, verschlang die Palmen auf der Avenue Minsk, die Lagerhäuser, die Aufzüge, die Eisenbahn, die Stollen, die Wohnheime und die Ermitage. Über der Stadt stiegen Rauchsäulen hoch, der Boden barst. Uvonia, sein Lebenswerk, wurde zu einem Haufen Asche.

Der Traum war nicht so weit von der Realität entfernt. Während seiner Genesung erfuhr er, daß unter den Bergarbeitern in Uvonia ein Generalstreik ausgebrochen war. Täglich rief er in Uvonia an und erteilte seine Anweisungen. Ben Moussa schickte ihm per Telex die Liste der Verhaftungen und die Verhörprotokolle. Kvarner kreuzte die Namen der zu Eliminierenden an. Auch in Zweifelsfällen machte er ein Kreuz.

Ende September, als der Streik niedergeschlagen und Kvarners Gesundheit wiederhergestellt war, beschloß er, trotz der Einwände von Julius, Rachel und ihrer Kinder, nach Afrika zurückzukehren.

Der Himmel über New York war schwer und grau. Das Taxi fuhr durch die tristen Vororte von Queens. Auf beiden Seiten der Autobahn streckten riesige Friedhöfe ihre Kreuze zum Himmel.

Julius hatte noch nicht aufgegeben. Vor der großen Tür des Kennedy Airports flehte er noch einmal: «Ariel, bleib bei uns! Was willst du da drüben? Sie werden dich umbringen. Du bist noch einmal davongekommen. Denk an die Ärzte! Wer um alles in der Welt könnte sich in deinem lausigen Nest um dich kümmern, wenn du wieder einen Infarkt hättest?»

...

«Ariel, hörst du mich?»

Am Ende seiner Weisheit angelangt, fiel Julius spontan in das Jiddisch ihrer Kindheit zurück.

*«Es macht kein sinn, Ariel. Du bist meschugge. Di gojim gaït dir toït machen.»*

Kvarner antwortete nicht. Sollte er tatenlos dem Sieg seiner Feinde zusehen? Die Zerstörung seines Lebenswerks hinnehmen? Kampflos aufgeben? Aus Angst vor dem Tod seine Ehre opfern? Desertieren? Niemals.

In der Flughafenhalle unternahm Julius einen letzten Versuch.

«Bleib hier, Ariel, ich bitte dich! Ich bin nur ein armer Teufel. Ich bin weder so intelligent noch so gebildet wie du. Aber ich bin dein Bruder! Du glaubst, du hättest gewonnen, weil dieser Generalstreik niedergeschlagen wurde? Du täuschst dich! Diese Neger werden dich nicht mehr in Ruhe lassen. Sie werden dich töten! Aber gütiger Gott, Ariel, es gibt doch noch andere Dinge auf der Welt als Minen, Geld, Macht!»

«Eben.»

Er streckte Julius die Hand entgegen und sprach mit feierlicher Stimme die zwei einzigen hebräischen Wörter, an die er sich noch erinnerte: *«Le haïm!»* (Auf das Leben!)

SECHSTER TEIL

## 1. Kapitel

Hatima, Don Luis, Oliveira, Mariano, Vasconcelos, Farias und die anderen Führer der illegalen Bergarbeitergewerkschaft, die bereits in großen Zügen über die Militärkonferenz von Goma unterrichtet waren, erfuhren von Kagamé, der überstürzt aus dem Kiwu zurückgekehrt war, die Einzelheiten des Bruchs zwischen Kasongo und Santos.

Die Nachricht, daß Santos die Gruben unter Wasser setzen wollte, löste helles Entsetzen aus. Darauf konnte es nur eine einzige Antwort geben: die Besetzung der Stollen durch die Bergleute, bevor Santos' Truppen Uvonia ereichten. Der Beginn des Generalstreiks wurde für den 29. September, sechs Uhr morgens, angeordnet.

Am 28. September verhafteten die Agenten des Sicherheitsdienstes mit Unterstützung der Schergen von Cermiers Spionageabwehr, die vermutlich von eingeschleusten Spitzeln in den Wohnheimen gewarnt worden waren, beinahe die gesamte illegale Leitung und zahlreiche aktive Gewerkschafter.

Tag und Nacht brachten Toyota-Lieferwagen ganze Ladungen von Bergleuten und Arbeitern zur Villa «Sans Souci». Die Gefangenen trugen Handschellen, man hatte ihnen Kapuzen über den Kopf gestülpt. Man stieß sie in die betonierten Zellen des Kellers, wo die Gefangenen sich mangels Platz stehend aneinanderdrückten. Mehrmals täglich wurden sie mit Knüppelschlägen in die oberen Geschosse getrieben. Dort fanden die Verhöre statt. Die zu Folterkammern umfunktionierten Wohnräume, Salons, Bibliotheken und Badezimmer stellten ihr schauriges Inventar zur Schau: Badewannen voller Exkremente, Elektroschockapparaturen, Haken, Peitschen, mit Nägeln gespickte Knüppel.

Im Erdgeschoß und im ersten Stock, die den Schwarzen und Mischlingen vorbehalten waren, wurden die Verhöre oft von Halbwüchsigen geführt, von denen manche gerade erst fünfzehn Jahre alt waren, Söhne armer Bauern, häufig mit Gewalt rekrutiert und in einer speziellen Schule in Léopoldville von israelischen und amerikanischen Ausbildern zu sachkundigen Folterern ausgebildet. Sie waren durch die Mühlen eines intensiven psychopolitischen Konditionierungsprogramms gedreht worden und hatten allmählich jedes Gefühl von Mitleid oder menschlicher Solidarität mit ihren Opfern verloren: Hoden zu zerquetschen, Augen auszustechen oder Zungen abzuschneiden verschaffte ihnen ein Allmachtsgefühl, das an Wollust grenzte.

Vom Eurasier und vom Hinkenden flankiert, thronte der Türke im großen Salon des zweiten Stocks. An Haken hingen seine Vorzugsgefangenen, die Portugiesen, kopfüber von der Decke. Sein Rassismus, seine grenzenlose Verachtung für die Schwarzen und die Mischlinge hatten in Ben Moussa die Überzeugung gefestigt, daß der unbekannte Generalsekretär der Gewerkschaft Europäer sein mußte. Unablässig stellte er ihnen immer dieselbe Frage: «Wer von euch ist Simon Kasongo?»

Nach Stunden dieser Litanei wandte er sich an den Eurasier.

«Was für eine Idiotie, sich zu widersetzen! Ich weiß alles über sie! Portugiesen im Exil. Irregeleitet von den Negern. Dabei bräuchten sie mir nur zu verraten, wer von ihnen Simon Kasongo ist, und ich würde die anderen nach Luanda ausreisen lassen.»

«Also, wer von euch ist Simon Kasongo?»

Die Gesichter der Gefangenen waren schmerzverzerrt, doch keiner von ihnen machte den Mund auf. Der Türke änderte seine Taktik.

«Hier bin ich der rechtmäßige Repräsentant der Staatsmacht. Ich bin Chef der Sicherheitspolizei. Eure sogenannte Gewerkschaft ist eine subversive Organisation. Ihre Aktivitäten sind illegal. In Kriegszeiten ist Streik verboten. Bei uns wie in jedem anderen demokratischen Land der Welt. Antwortet! Wer ist Simon Kasongo? Antwortet!»

Die Traube der Portugiesen schwang sanft und wortlos hin und her. Blut tropfte auf den Boden.

Aufgebracht nahm Ben Moussa Zuflucht zum plumpsten Druckmittel. «Ich bin eure einzige Chance. Zwingt mich nicht, euch den Händen des Hinkenden und des Eurasiers zu überlassen! Ihr kennt ihre Grausamkeit. Also, wer ist Simon Kasongo?»

Niemand antwortete. Der Türke überließ sie seinen Henkersknechten.

Pedro, Itamar und Justinho hatten zwar vor Schmerzen gebrüllt, nachdem ihre Arm- und Beinknochen mit Eisenstangen zerschmettert worden waren, sie hatten jedoch weiter geschwiegen. Die Henker konzentrierten sich auf Don Luis, der die Folter erduldete, ohne mit der Wimper zu zucken. Sein Mut verlieh auch seinen Leidensgenossen neuen Mut.

Darauf ließ der Türke Doña Sarah herbeischaffen. Mit Handschellen an einen Stuhl gefesselt, zwang er sie, dem Martyrium ihres Mannes beizuwohnen. Dieser hing noch immer mit den Füßen von der Decke und wurde nun mit immer stärkeren Elektroschocks an den Genitalien und der Zunge gepeinigt. Jedesmal wenn er das Bewußtsein verlor, brachte Ben Moussa ihn wieder zu sich. Nach mehreren Stunden machte Don Luis ein Zeichen mit seiner gebrochenen Hand. Ben Moussa näherte sich ihm. Mit beinahe unhörbarer Stimme, so sehr war seine Zunge verbrannt, stieß der Gemarterte hervor: «Ich bin Simon Kasongo.»

Der Türke befahl, ihn loszubinden, ihn auf das Sofa zu legen und einen Eimer sauberes Wasser zu bringen.

Dann beugte er sich über ihn, bestürmte ihn mit Fragen.

«Wer sind deine Komplizen? Welche Abmachungen existieren mit der Befreiungsarmee? Wo sind eure Waffenlager? Wer liefert dir den Sprengstoff? Wie lautet der Verbindungscode zu den Regionalkomitees?»

Am Ende seiner Kräfte angelangt, murmelte Don Luis ununterbrochen: «Ich bin Kasongo. Kasongo, das bin ich.» Dann verlor er erneut das Bewußtsein.

Als Ibrahim Ben Moussa begriff, daß er verloren hatte, packte ihn eine so besinnungslose Wut, daß er auf das angeschwollene Gesicht, die schon gebrochenen Gliedmaßen eindrosch und Beschimpfungen kreischte, die nicht einmal Doña Sarah, deren Augen vor Entsetzen starr waren, noch hörte. Nachdem er sich ausgetobt hatte, befahl der Türke dem Hinkenden, Don Luis in den Bunker des «schwarzen Fastens» zu schaffen, einen Betonblock am Ende des Parks, mit einem einzigen Luftloch, in dem man die Gefangenen zusammenpferchte, die zum Tod durch Hunger und Durst verdammt waren.

## 2. Kapitel

Trotz der Verhaftungen und Folterungen, die so viele Männer, Frauen und Jugendliche aus Uvonia und den umliegenden Bergarbeitersiedlungen erdulden mußten, war die Gewerkschaft nicht zerschlagen. Dank der Abschottung der Zellen und der Regionalkomitees waren viele Verantwortliche nicht ins Visier geraten oder hatten rechtzeitig fliehen können. Zahlreiche Regional- oder Grubenkomitees bestanden weiter: Die spektakulären Festnahmen hatten zumindest den Vorteil gehabt, *in extremis* den Generalstreik und in der Folge eine Repression in weit größerem Umfang zu verhindern.

Nur die Arbeiter und Bergleute der Siedlungen im Landesinnern, die zu spät von den Ereignissen in Uvonia erfahren hatten, besetzten zur vorgesehenen Stunde die Verwaltungsgebäude, Lager, Rollbänder, Aufzüge und Schächte und setzten sich damit den Vergeltungsmaßnahmen Cermiers aus. Schlecht bewaffnet und ohne genaue Instruktionen, wurden sie von den Maschinengewehren der Söldner niedergemäht. Die Versprengten und Flüchtigen wurden von Kommandos ermordet.

Nachdem der Alarmzustand beendet und die überlebenden Gefangenen freigelassen waren, mußte die Gewerkschaft in Uvonia neu organisiert werden. All diejenigen, die verhaftet worden waren, waren zu exponiert, um ihre

Funktion wieder ausüben zu können. Davon abgesehen, hätten viele von ihnen aufgrund ihrer physischen und psychischen Verstümmelungen ihre Aufgaben nicht mehr erfüllen können.

Kaum war Hatima aus der Villa «Sans Souci» freigelassen, begann er diskret neue Mitglieder zu werben. Er dachte an Isabel. Er wußte nichts von ihrer Affäre mit Thomas, doch erinnerte er sich an ihr Verhalten in der Kantine der Baluba. Wenn er auch keine militante Kämpferin zu werben hoffte, so sah er doch eine potentielle Sympathisantin in ihr, eine potentielle Verbindungsagentin. Daß sie Kvarners Geliebte gewesen war, stellte zudem einen unschätzbaren Vorteil dar. Da sie das Milieu der Weißen gut kannte, konnte sie der Gewerkschaft Informationen über ihre Gewohnheiten liefern und würde die Unterwanderung der Offiziersmesse und einiger Ingenieursfamilien ermöglichen, indem sie falsche Hausangestellte empfahl.

Er erfuhr, daß sie nicht mehr in der Kantine arbeitete. Dann hörte er von einem Zimmer in der Stadt. Die Wirtin riet dem jungen Mann, flußaufwärts im Geschäft ihrer Mutter zu fragen. Dort fand er sie. Sie war eingezogen, nachdem der Kalabrier nach einem Anfall von *delirium tremens* im Asyl der Schwestern zum heiligen Namen Mariä eingesperrt worden war.

Er machte sich mit Vorsicht an sie heran, weckte ihr Mitgefühl, ließ einige Informationen über die grauenhaften Ereignisse in der Villa «Sans Souci» durchsickern. Nach einigen Tagen schlug er ihr vor, sich am politischen Kampf zu beteiligen. Sie willigte mit einem Überschwang ein, der ihn überraschte; er konnte nicht ahnen, daß er der jungen Frau die Möglichkeit bot, sich sowohl an

Kvarner wie an Thomas zu rächen. Er betraute sie zunächst mit kleinen Missionen, um ihre Kaltblütigkeit und ihre Verschwiegenheit zu prüfen. Er hatte sich nicht geirrt: Sie war nicht nur mutig, sondern sie hatte überall freien Zugang, bei den Schwarzen und bei den Weißen, die Kvarner aus Stolz nicht über seinen Bruch mit Isabel unterrichtet hatte. Da die Söldneroffiziere nicht genau wußten, welcher Art ihre Verbindung war, begegneten sie ihr mit ironischem, aber vorsichtigem Respekt. Aus Furcht, Kvarners Zorn zu erregen, schlugen sie ihr nichts ab. Isabel wußte, daß sie zu feige waren, um nachzufragen, und Kvarner zu eitel, um zu dementieren. So hatte sie leichtes Spiel.

Sie war eine außergewöhnliche Verbindungsagentin. Dank ihrer Intelligenz behielt sie die kompliziertesten Botschaften im Kopf; dank ihrer Selbstbeherrschung passierte sie ungeniert am Steuer des Lieferwagens, mit dem sie sonst Lebensmittel transportierte und dessen doppelter Boden jetzt vollgestopft war mit Waffen und Sprengstoff, die Sperren der Regierungstruppen. Als vermutliche Geliebte Kvarners blieben ihr Vertraulichkeiten wie Schikanen meist erspart. Eines Abends jedoch fingen französische Söldner den Lieferwagen an der Avenue Minsk ab. Als sie sah, daß sie sich anschickten, ihn auseinanderzunehmen, simulierte sie einen Wutanfall. Sie verlangte, daß man sie auf der Stelle mit der Ermitage telefonieren lasse. Der ratlose Chef der Patrouille brachte Isabel ins nächste Polizeikommissariat. Da sie Kvarners Nummer nicht mehr genau wußte, forderte sie ihn auf, selbst zu wählen, riß ihm sodann den Hörer aus der Hand und überließ ihm die Hörmuschel. Der kenianische Majordomus erkannte sie sofort.

«Ich wurde unterwegs aufgehalten, James. Machen Sie sich keine Sorgen.» Bevor der erstaunte Majordomus antworten konnte, legte sie auf. Der Franzose begleitete sie, Entschuldigungen stammelnd, zum Lieferwagen zurück.

Eines Tages erschien Isabel nicht zu dem von Hatima festgelegten Treffen. Da er ihre Pünktlichkeit kannte, war er höchst beunruhigt. War sie verhaftet worden? Hatte sie etwas verraten? Hatima machte jedenfalls alle Zellen dicht.

An diesem Morgen hörte sie zerstreut im Gemischtwarenladen am oberen Flußlauf eine Sendung des Regierungsradios. Plötzlich unterbrach der Sprecher die Sendung mit einer dringlichen Nachricht aus dem Hauptquartier der Nationalarmee: In der Nähe des Dorfes Luangungu war eine Rebellenkolonne in der Nacht zuvor in einen Hinterhalt geraten. Ein Mischling von mittlerer Gestalt mit langen schwarzen Haaren und hohen Wangenknochen, wahrscheinlich Sohn eines Chinesen und einer Afrikanerin, hatte die Kolonne geführt. Der Sprecher fügte hinzu, daß das Verhör der Gefangenen vermutlich bald die Identität dieses mysteriösen Kommandanten enthüllen würde, der trotz seiner Verletzungen mit einigen Rebellen hatte entkommen können.

Ein kämpfender Mischling, ein Mischblut mit hohen Wangenknochen, dazu fiel Isabel nur einer ein . . . Nach Atem ringend, spürte sie, wie die Vergangenheit über sie hereinbrach. Sie ließ ihre Konservendosen im Stich und stürmte über die Piste nach Osten, ohne auch nur einen Moment daran zu denken, Hatima Bescheid zu geben. Am Ende der Shabundaschlucht stieß sie auf die Nachhut der Rebellenkolonne. Der Himmel hing tief. Dunkle, schwere Regenwolken verdeckten die Berge. Thomas lag auf einer Bahre hingestreckt, bedeckt von verkrustetem Blut und Fliegen. Die erschöpften Männer marschierten wie Automaten auf dem steinigen Weg dahin, wobei sie den Körper der Verwundeten heftig durchschüttelten. Isabel legte ängstlich ihre Hand auf Thomas' Stirn. Sie war glühend heiß. Beinahe hätte sie gelacht: Tote haben kein Fieber. «Tote haben kein Fieber.» Sie wiederholte den Satz wie eine Beschwörungsformel, unablässig, während des langen Marsches bis zum Delta. Als die Träger endlich stehenblieben, wurde ihr klar, daß ein Lebender an Fieber sterben konnte.

Trotz des beunruhigenden Ausfalls Isabels konnte Hatima zufrieden sein: Die Wiederherstellung der Verbindungen zwischen den noch intakten Gewerkschaftszellen hatte schnelle Fortschritte gemacht. Als die Befreiungsarmee sich zu Beginn der Regenzeit von Norden her den kleinen Bergarbeitersiedlungen näherte, die einen Ring um ganz Uvonia bildeten, war die Gewerkschaft wieder zum Kampf gerüstet.

SIEBTER TEIL

## 1. Kapitel

Straßensperren behinderten den Verkehr zwischen dem Flughafen von Uvonia und den europäischen Vierteln der Stadt. Kvarners Cadillac kam nur langsam unter der Oktobersonne voran. Trotz der morgendlichen Hitze trugen die Offiziere und Soldaten der Regierungsarmee Helme und kugelsichere Westen. Voller Verachtung für diese drückebergerischen Vorsichtsmaßnahmen entblößten die weißen Offiziere ihre schweißüberströmten nackten Oberkörper. Bekleidet mit breitrandigen Tropenhüten, Khakishorts und Fallschirmspringerstiefeln suchten sie mit Ferngläsern die bewaldeten Bergkämme rings um Uvonia ab. Dort oben lauerte der Feind, geschützt unter Tonnen frischer Erde und gefällter Bäume, in Bunkern, die keine Bombardierung vom Boden oder aus der Luft zerstören konnte. Einzig ein Frontalangriff mit Granaten und Flammenwerfern hätte die Rebellen daraus vertreiben können, doch die Garnison Uvonias hatte nicht die Mittel dazu. Sie konnte gerade noch einen Verteidigungsring sichern, der groß genug war, um den Flughafen, die wichtigsten Gruben und die Stadt zu schützen. Cermier war davon überzeugt, daß die Rebellen es niemals wagen würden, aus ihren Löchern hervorzukriechen. Und er verfügte über ausreichend Munition und Lebensmittelvorräte, um einer Belagerung standzuhalten, die – im schlimmsten Fall – bis zum Ende der Regenzeit dauern würde. In der nächsten Trockenzeit würden die Regierungstruppen wieder zum Angriff übergehen.

Zehntausende von Flüchtlingen hinterließen ihre Fußabdrücke auf dem geschmolzenen Asphalt der Avenue Minsk. Es waren vor allem Bashi-Bauern, die der Regierung ergeben waren, aber auch Babembe mit spitz zugefeilten Schneidezähnen und Nyanga, die irgendwann einmal mit der Zentralregierung gemeinsame Sache gemacht hatten und nun die Rache der Rebellen fürchteten.

Sie schleppten die Angst und die Panik mit sich, die von den Marktflecken und Dörfern im Innern des Maniema Besitz ergriffen hatte. Die Bewohner Uvonias sahen schweigend zu, wie sie vorbeizogen.

In blinder Angst vor Sabotage, Brandstiftung oder Attentaten hatten die Behörden überall Straßensperren errichten lassen, die den Menschenstrom noch mehr verlangsamten. Da das Gerücht umging, daß Krieger der Zande und Terroristen der Wagenia sich den Rücken und das Gesicht tätowieren ließen, um sich als Bashi auszugeben, mischten sich Beamte der ehemaligen belgischen Eingeborenenbehörde unter den endlosen Flüchtlingstreck und musterten jeden Mann wie einen potentiellen Feind. Von Zeit zu Zeit hallte ein Schrei wider: Der Beamte hatte einen Jugendlichen mit noch zu frischen rituellen Narben ausfindig gemacht. Zwei Gendarmen zerrten den Verdächtigen hinter einen Busch. Die Flüchtlinge setzten ihren Weg fort, ohne sich auch nur umzudrehen, wenn die Maschinengewehrsalve knatterte.

Gegen Mittag traf Kvarner, erschöpft von seinem Transatlantikflug, entnervt von den wiederholten Kontrollen und niedergedrückt von der Hitze beim Wachposten des Hauptquartiers der Regierungsarmee ein, das in einer befestigten Kaserne im westlichen Vorort eingerichtet worden war.

Bekleidet mit seinem Drillichkampfanzug, barhäuptig, mit vor Müdigkeit grauem Gesicht und Augen, die die schlaflosen Nächte gerötet hatten, empfing Cermier ihn lächelnd im Strategieraum im Erdgeschoß. General Célestin Bomboko, der Kommandeur der Garnison von Uvonia, Bonaventura Idi, der General der Gendarmerie, Ibrahim Ben Moussa, Chef der Sicherheitspolizei, Gouverneur Baptiste Wazungu und mehrere nervöse, schweißüberströmte israelische und französische Berater umringten ihn.

Der für gewöhnlich so überhebliche Kvarner konnte nicht umhin, Cermier Bewunderung zu zollen, der ihm, vollkommen Herr der Lage, einen Champagnerkelch anbot. Nur seine linke Hand zitterte ein wenig. Kvarner wies den Champagner zurück und bat um einen doppelten Wodka. Der Oberst hieß den Präsidenten mit gewählten Worten in seinem Hauptquartier willkommen und erkundigte sich nach den Strapazen der Reise.

Fast die gesamte Seitenwand des Saals war mit einer Generalstabskarte bedeckt. Sie zeigte die Stadtviertel und Vororte Uvonias, die Talmulde, die Berge, die sie umrahmten, die Hochebenen im Osten, den Fluß, den See, das Delta und einen großen Teil der westlichen Savannen.

Cermier gab vor der Karte stehend mit sachlicher Stimme eine schnelle und knappe Darstellung der Situation. Er zeigte mit seinem Stab auf die rings um Uvonia liegenden Grubensiedlungen, die binnen weniger Wochen der Reihe nach in die Hände des Feindes gefallen waren.

In einer perfekt koordinierten Aktion hatten die aufständischen Bergarbeiter die Schächte besetzt, während die Wellen der Rebellenarmee die äußeren Befestigungsringe stürmten. Überall waren die schwarzen Soldaten und Offiziere entwaffnet und davongejagt worden, die weißen Söldner hingerichtet, die europäischen Techniker und ihre Familien als Geiseln genommen worden. Um einen Gegenangriff durch Fallschirmjäger zu verhindern, hatten die Aufständischen auf allen Plätzen, unbebauten Geländearealen und auf den Straßen, die zu den Aufzügen führten, Benzinkanister verteilt. Die Telefonleitungen und die Bahngeleise waren herausgerissen worden.

Soeben waren die neuesten Luftaufnahmen eingetroffen. Kvarner betrachtete sie eingehend: kein Rauch, keine Ruinen. Die Disziplin, die Kaltblütigkeit dieser Terroristen beeindruckten und beunruhigten ihn.

Um vier Uhr nachmittags brachte ein Söldneroffizier, begleitet von einem Wachposten, dem Oberst die entschlüsselte Abschrift eines Funkspruchs, der vom Kommandoposten im Hotel Paquidas im Stadtzentrum gesendet worden war. Cermier las wortlos und reichte dann an Kvarner weiter: Achtzigtausend Bergleute waren soeben in Uvonia selbst und in der Talmulde in Streik getreten, hatten die Stollen, die Aufzüge und die Förderschächte besetzt. Selbst ohne schwere Waffen und auf engstem Raum zusammengedrängt, stellten diese Aufständischen eine höchst gefährliche Macht dar. Kvarner begriff sofort, daß dieser Streik nur ein Vorspiel war. Niemals hätte die illegale Gewerkschaft es gewagt, ihre gesamten Mitglieder, die nur mit Dynamitstangen, einigen wenigen AK47, Pistolen und Xac-xacs bewaffnet waren, Cermiers Maschinengewehren auszusetzen, wenn sie nicht sicher gewesen wäre, daß die Rebellen noch vor Einbruch der Nacht Uvonia stürmen würden.

Seit Monaten hatte Kvarner diese Apokalypse kommen sehen. Nun war sie da, wenige Kilometer von diesen Betonmauern entfernt. Seitdem er nach Uvonia zurückgekehrt war, wußte er, daß die Schlacht verloren war, daß keine Macht der Welt seine Vernichtung verhindern konnte.

## 2. Kapitel

Nach dem Fall von Goma zwei Monate zuvor hatte die Union Minière eiligst Kvarners Privatresidenz zur Festung ausbauen lassen. Die Ermitage verfügte nun über einen zweihundert Quadratmeter großen Sicherheitstrakt, der teilbar war und aus gruppierbaren Elementen bestand, vom Boden bis zur Decke gepanzert und durch Fenster mit sechs Zentimeter dickem Glas geschützt. Miteinander verbundene Fernsehkameras ermöglichten zudem die Überwachung aller Zimmer, aller Gänge der Villa vom Dachboden bis zu den Kellergewölben. Die Decken und Böden waren mit fünfunddreißig Zentimeter dicken Platten verstärkt worden, die den mächtigsten Bomben standhalten konnten. Im Hauptsalon befand sich, eingemauert in Stahlbeton, ein Tresor von der Größe eines Schranks.

Von seiner Wohnung im zweiten Stock aus beobachtete Valmont durch sein Fernglas den Eingang zum Park. Endlich tauchte der Russe auf und näherte sich mit schweren Schritten. Valmont ging ihm entgegen. Kvarner lächelte ihm unbestimmt zu. Er forderte ihn auf, ihm zu folgen. Anstatt sich in den Sicherheitstrakt zu begeben, führte er ihn in den vierten Stock, wo er sich ein geheimes Büro eingerichtet hatte. Er hob den Wandbehang hoch und betätigte eine Kurbel, die eine Tür aufschwenken ließ. Valmont fühlte sich wie der Held in einem Comic-Heft. Kvarner ging um einen Tisch herum, übersät mit alten Nummern des *Forverts*. Er ließ sich in einen Sessel fallen, holte seine Dose mit dem schwarzen Tabak hervor und drehte mit leicht zitternden Händen eine Zigarette. Sie geriet ihm unförmig. Wütend zerdrückte er sie auf dem Tisch. Plötzlich erschien Valmont der allmächtige Herr der Union Minière, der Herrscher über einige der reichsten Erzlager der Welt, wie ein jämmerlicher Greis.

«Wissen Sie, Valmont, wie es in dem Puschkin-Gedicht heißt, das Julius und ich im Waisenhaus von Minsk gelernt haben? ‹Die Dampfmaschine der Leidenschaften treibt die Geschichte voran. Aus ihr steigt zum Himmel der Rauch der Illusionen.›»

Die Erinnerung schien ein inneres Feuer zu entfachen. Für einige Augenblicke wurde er wieder zum Patron. Einem wutschnaubenden Patron.

«Die Amerikaner haben uns hängenlassen, Valmont! In Washington ist Johnson an der Macht. Ein texanischer Milliardär! Auf du und du mit den Bonzen der Manhattan World. Und die sind überzeugt, daß sie die Schätze des Maniema in die Finger bekommen werden. Die Kommunisten greifen uns an und jagen uns zum Teufel; die amerikanischen Truppen landen, jagen die Kommunisten zum Teufel und übergeben die Gruben der Manhattan World. Darauf spekulieren sie, diese Yankee-Halunken! Aber sie irren sich! Wenn die Kommunisten erst einmal unsere Gruben haben, werden sie nie mehr weggehen! Die Naivität dieses Johnson haut mich um! Und was diese Angsthasen von Europäern angeht, die machen sich schon in die Hosen, sobald ein x-beliebiger Demagoge, ob schwarz, weiß oder gelb, vor den Vereinten Nationen den Mund aufmacht. Sie lassen uns lieber krepieren, als sich dem Vorwurf des Imperialismus auszusetzen. Valmont, wir haben verloren.»

«Exzellenz!»

«Da! Hören Sie das?»

Es klang wie entfernter Steinschlag.

«Das sind die 10,5-Zentimeter-Geschütze der Rebellen. Sie haben sie Nacht für Nacht von der Grenze zu Burundi, zu Tansania oder von noch weiter weg, in Einzelteile zerlegt, auf ihren Rücken mitgeschleppt. Sie fürchten keine Opfer.»

«Exzellenz, was mich persönlich angeht . . .»

«Nein, Valmont, ich meine nicht Sie. Ich meine unsere sogenannte Nationalarmee, unsere Gendarmerie.»

Wieder hörte man diesen Steinschlag. Jetzt schon näher.

«Sie stehen auf allen Bergkämmen, rings um die Talmulde, in ihren Stellungen verbunkert. Unsere Mirages können sie beschießen, solange sie wollen, ihre Kanonen werden weiter auf uns feuern. Gott allein weiß, wie sie es geschafft haben, diese verdammten Knallbüchsen auf die Bergkämme zu schleppen. Jetzt jedenfalls sind sie dort, weniger als zehn Kilometer vor der Stadt. Es gibt keinen Berg, der nicht Feuer spuckt. Es geht uns an den Kragen, mein Alter.»

Valmont fühlte, wie Panik nach ihm griff.

«Nun machen Sie nicht so ein Gesicht! Der Flughafen

ist noch offen. Cermier läßt die Verwundeten und die Ausländer ausreisen. Und Sie sind doch Belgier, wenn ich mich recht entsinne?»

Der Präsident musterte seinen Sekretär mit spöttischem Blick.

«Ich bin mir sicher, Sie haben Ihren Paß regelmäßig verlängern lassen. Oder täusche ich mich?»

Valmont errötete.

«Exzellenz, glauben Sie nicht ...»

«Ich glaube gar nichts. Im übrigen gehört Voraussicht zu Ihren beruflichen Qualitäten. Und außerdem sind Sie jetzt mein einziger Freund. Also können Sie sich ebensogut in Sicherheit bringen.»

Ein dankbares Lächeln erhellte Valmonts fahles Gesicht.

«Ein zweifelhafter Freund, aber trotzdem treu.»

Schweigen breitete sich zwischen den beiden Männern aus. Valmont stand noch immer vor seinem Chef. Dräuende Hitze erfüllte den Raum.

Plötzlich erbebte die Villa.

«Los, beeilen wir uns.»

Kvarner stand auf.

«Was ich sagen wollte, ist folgendes: Seit vier Jahren sind Sie mein Sekretär ...»

«Vier Jahren und drei Monaten, Exzellenz!»

«Seit mehr als vier Jahren dienen Sie mir treu, Valmont. Abgesehen von einer kleinen Betrügerei, hie und da.»

«Exzellenz!»

«Doch, doch, aber das spielt keine Rolle mehr. Das gehört zu Ihrer Stellung. Ich sagte also: Sie haben mir mit Loyalität, Intelligenz und Diskretion gedient. Ich danke Ihnen, Valmont. Und ich setze Sie hiermit vor die Tür.»

«Wie können Sie das tun, Exzellenz?»

Seine larmoyante Stimme wurde gehässig.

«Sie haben mich immer für einen Idioten gehalten. Sie haben mich verachtet. Aber ich bin nicht so dumm, wie Sie denken! Ich weiß vieles. Über die Gesellschaft. Und über Sie.»

«Wahrhaftig! Als ob ich das nicht wüßte! Sie haben mir nachspioniert, wie es sich für einen potentiellen Erpresser gehört. Ich habe es von Ben Moussa erfahren. Ihre kleinen Intrigen brachten ihn persönlich in Gefahr: Er hat in vielen meiner Geschäfte die Finger drin, und es gefiel ihm ganz und gar nicht, daß Sie darüber Bescheid wußten. Sie verdanken mir Ihr Leben, Valmont. Ich scherze nicht.

Ich entlasse Sie, aber das ist eine noble Geste von mir, glauben Sie mir. Wissen Sie, was passieren wird? Es wird nicht schön sein. Ich habe sie an der Arbeit gesehen, diese Simba, und die anderen auch: Banden von halbverhungerten Irren, rauschgiftsüchtigen Makakken, die eingewickelt in ihre Leopardenfelle ihr *maïemaïe* singen, mit Wangen, die von den Dolchen ihrer Zauberer zerschnitten sind. Mit den Fetischpriestern vorneweg stürmten sie auf unsere Maschinengewehre zu, stürzten, standen auf, stürmten weiter mit aufgerissenem Bauch, auf gebrochenen Beinen, und überrannten uns am Ende. Mit derselben Entschlossenheit werden sie sich an uns rächen. Und Sie können von Glück reden, wenn sie Ihnen mit dem ersten Schuß eine Kugel in den Kopf jagen. Andernfalls können Sie sich darauf gefaßt machen, daß man Sie in Stücke hackt. Und das ist nicht rhetorisch gemeint!»

«Kommen Sie mit mir, Exzellenz! Oder verhandeln Sie!»

«Verhandeln? Haben Sie den Verstand verloren? Haben Sie denn gar nichts begriffen? Verhandeln mit wem? Mit den Negern aus dem Maniema? Ich hätte sie im Handumdrehen eingewickelt. Aber die, die sie manipulieren, nicht. Eine neue Rasse ist entstanden, Valmont. In den letzten zehn Jahren hat sich die Welt verändert. In der Karibik, im Maghreb, in Asien, hier. Überall hinter diesen armen Lumpenbrüdern mit leerem Bauch stehen die Santos, die Siniscaldis, die Mulélés, die Kims, die Soumaliots, die Gbenyie, die Gizengas, die Guevaras, die Kasongos. Wenn Sie denen die Hand reichen, hacken sie sie ab.»

Er drehte sich noch eine Zigarette. Er zitterte nicht mehr.

«Diese Männer sind unschätzbar. Im wörtlichen Sinne. Typen, die man nicht kaufen kann, verstehen Sie? Es sind Ungeheuer, aber intelligente und sehr fähige Ungeheuer.»

Valmont wurde bewußt, daß er wohl zum letztenmal diesen rauhen, russischen Akzent hörte, diesen stockenden Redefluß.

«Seit drei Jahren, vielleicht schon länger, sind sie da, im Herzen Afrikas, im Busch und auf den Vulkanen, hetzen Stamm gegen Stamm, Fetischpriester gegen Fetischpriester, schmeicheln dem einen, töten den anderen, bis ganze Völker sich in Bewegung setzen. Ein Menschenstrom, der vorwärts drängt, fließt, über die Ufer tritt und die Erzlager des Maniema verschlingt.»

Valmont sagte weinerlich: «Exzellenz, noch ist Zeit zur Flucht!»

«Ich will nicht. Es ist absurd, aber ich bleibe.»

Er hob den Blick wieder zu dem von nervösem Schluchzen geschüttelten Valmont.

«Nun weinen Sie doch nicht, um Himmels willen! Sie werden Ihre Haut retten. Ich will, daß es einen Zeugen gibt, der eines Tages irgendwo die letzte Nacht Uvonias schildert. In zwei oder drei Monaten wird nichts mehr hier übrig sein. Nichts als ein paar Ruinen, der Urwald und der Fluß. Diese Stadt wird verschwinden, wie sie entstanden ist: in Elend, Haß und Blut.»

Valmont widerte ihn an mit seinen Kindertränen.

«Sie werden den Kopf aus der Schlinge ziehen. Hier, nehmen Sie das.»

Er schob ein Bündel Dollarnoten über den Tisch.

«Exzellenz . . .»

Kvarner war aufgestanden.

«Monsieur Frédéric-Eusèbe Valmont, ich danke Ihnen. Nehmen Sie das Geld. Und auch diese Zyanidkapsel Man weiß nie. Es würde Ihnen schlecht bekommen, wenn Sie Ihr Flugzeug verpaßten.»

Valmont blickte Kvarner – zum erstenmal – offen an. Zum erstenmal sah er einen Mann, ein verletzbares, geängstigtes, schwaches Wesen wie sich selbst. Mit einer heftigen Bewegung ergriff er Kvarners Hand und bedeckte sie mit Küssen.

## 3. Kapitel

Kvarner verließ die Ermitage. Es war fast Mitternacht. Er ging in Richtung Delta, auf der Suche nach Simon Kasongo. Er wußte alles über ihn. Wo Cermiers Spitzel, der amerikanische Geheimdienst, der französische SDECE, Ibrahim Ben Moussa und seine Helfershelfer gescheitert waren, hatte ein Mossad-Agent Erfolg gehabt: Er hatte das Rätsel um die Identität Simon Kasongos gelüftet.

Kvarner hatte einige Tage zuvor seinen Bericht erhalten. Der mysteriöse Generalsekretär der Bergarbeiter, Thomas Lusangi, war ein sinoafrikanischer Mischling, keine dreißig Jahre alt, ein ehemaliger Priesterzögling. Vorarbeiter in Uvonia, man nannte ihn Bula Matari. Er war von den Portugiesen angeworben worden und so weiter und so fort. Der Bericht hatte Kvarner kalt gelassen. Kasongo hatte nun einen anderen Namen, das war alles. Er hatte die Information zu spät erhalten, als daß sie ihm persönlich noch hätte nützen können. Cermier und die andern würden ohnehin den gleichen Bericht erhalten und das Beste daraus machen. Er wollte ihn schon in seine Tasche schieben, als er Isabels Namen las. Der Mossad-Agent gab an, daß Kvarners frühere Geliebte heimlich mit Kasongo zusammengelebt hatte, bevor sie ihn aus unbekannten Gründen verließ. Im Oktober hatte sie die Beziehung zu ihrem ehemaligen Liebhaber, der in einem Hinterhalt schwer verletzt worden war, wiederaufgenommen. Wahrscheinlich waren sie in die Strohhütte im Delta zurückgekehrt, die schon einmal «ihre Liebe beherbergt» hatte. Dieser Anflug von Poesie bei einem Geheimdienstagenten hatte Kvarner ein Lächeln entlockt.

Isabel war also Kasongos Geliebte. Er sah darin persönliche Rache an ihm, eine Art vorsätzlicher Entscheidung, bei der die Liebe nur eine Nebenrolle spielte. Daß Isabel ihre Beziehung zu Kasongo wiederaufgenommen hatte, beunruhigte ihn allerdings. Keine Frau läßt eine Beziehung nach monatelanger Trennung wieder aufleben, ohne daß Liebe im Spiel ist.

Kvarner ging durch die dunklen Straßen der nächtlichen Stadt. Er suchte jetzt die direkte Konfrontation mit seinem Feind und Rivalen. Oder vielmehr mit den beiden Feinden, die seine persönliche Katastrophe verkörperten. Und er vermutete, daß nicht Kasongo der gefährlichere sein würde, sondern Isabel.

Wenn er schon sterben mußte, dann zog er es vor, sehenden Auges durch die Hand eines dieser beiden zu fallen. Das war besser als unter einem Trümmerhaufen begraben oder von todmüden, abgestumpften Soldaten hingemetzelt oder gar von einem neuerlichen Herzinfarkt niedergestreckt zu werden. So wäre er wenigstens nicht Opfer eines anonymen Schicksals. Sein Tod hätte ein Gesicht. Er wäre weniger absurd.

An der letzten Straßensperre der Regierungstruppen, unmittelbar bevor der Asphalt aufhörte und der Weg auf den Deich mündete, der den Sumpf durchquerte, hatte ein schwarzer Unteroffizier, die Augen vor Staunen weit aufgerissen, den Stacheldraht geöffnet. Die Idee, ihn nach seinem Passierschein zu fragen, war ihm nicht einmal in den Sinn gekommen.

Kvarner marschierte langsam auf dem Damm durch den Sumpf voran. Er fragte sich, was ihn am Rand des Deltas erwartete. Er kannte Isabel. Alles war möglich. Sie hatten zwei Kinder zusammen, aber gerade das – vor allem das – sprach ihn von vornherein schuldig. Sie hatte ihm nie verziehen, daß er ihr Julius und Rachel hatte wegnehmen wollen. Sie hätte es verstanden, wenn väterliche Sorge ihn dazu getrieben hätte, aber sie kannte nur zu gut die kalte Herablassung, die vollkommene Gleichgültigkeit, die er seinen mit ihr gezeugten Kindern entgegenbrachte. Kvarner fragte sich jetzt, woher dieses Desinteresse an seinem Nachwuchs rührte. War es der alte Komplex eines Waisen? Gewiß nicht. Sein Bruder Julius vergötterte seine Kinder und Enkel geradezu. Und bei ihm das genaue Gegenteil. Seine Kinder waren ihm egal. Daß seine Frauen Kinder bekamen, war ihre Sache, nicht die seine. Er war ein Liebhaber, kein Vater. Selbst jetzt, am Rand des Dammes, verspürte er kein Bedauern, keine Gewissensbisse. Aber er wußte, wie verabscheuungswürdig ihn diese Gefühllosigkeit machte, vor allem in den Augen Isabels. Nachsicht war von ihr nicht zu erwarten. Sie würde vielleicht zögern, den Vater ihrer Kinder mit eigener Hand zu töten. Kasongo hätte solche Skrupel nicht. Er stellte ihn sich grausam und erbarmungslos vor. Kvarner glaubte zu wissen, welche Art von Männern Isabel liebte. Was er über Kasongos Tätigkeit wußte, rundete das Bild ab, das er sich von ihm machte: Es erforderte eine seltene Kaltblütigkeit, eine außergewöhnliche Entschlossenheit, den Beginn des Generalstreiks von achtzigtausend Bergarbeitern auszurufen, während die gesamte Zone noch unter der Kontrolle der Regierungstruppen stand, der Repressionsapparat der Sicherheitspolizei noch intakt war und die Rebellenlinien zehn Kilometer vom Verteidigungsring entfernt standen. Er empfand Bewunderung für diesen Mann. Auch das ein Grund, weshalb er ihn sehen wollte. Er wollte sein Ebenbild sehen. Ein junges Ebenbild, das zerstörte, was er aufgebaut hatte.

Seit mehreren Minuten schritt er schon auf dem weichen Boden des Deltas dahin, ohne der plötzlichen Stille, die sich um ihn ausbreitete, gewahr zu werden. In der Ferne hörte man noch immer Donnergrollen, aber die Vögel ringsum waren verstummt. Einzig die Schreie einiger Möwen am Himmel und seine Schritte waren zu hören. An einer Biegung des Kanals sprangen die Rebellen plötzlich aus dem Schilf und ergriffen ihn.

Die Krieger musterten ihn schweigend. Kvarner log ohne rechte Überzeugung: «Ich bin ein Freund des Bula Matari. Ich habe eine Nachricht für ihn.»

Die Schwarzen steckten ihre Macheten zurück in die Scheiden aus Affenhaut, an denen Papageienfedern hingen. Ein Zug formierte sich: Die Baluba marschierten im Gänsemarsch zu beiden Seiten des Pfads, der alte Russe ging erschöpft und gebeugt in der Mitte.

Kvarner kam es vor, als marschierten sie ein Jahrhundert lang. Sein Gedächtnis löste sich auf. Tausendmal hatte er dieses Gebiet im Hubschrauber überflogen, mit dem Jeep die Pisten abgefahren, im Außenborder das komplizierte Labyrinth dieser Kanäle erkundet. Heute wußte er nicht mehr, wo er sich befand. Es hatte zu regnen begonnen. Sein gestern noch entschlossenes und hartes Gesicht löste sich wieder ein wenig mehr auf. Er fühlte sich geschlagen, passiv, ohnmächtig. Wie in Trance taumelte er inmitten seiner immer zahlreicher werdenden Eskorte. Sie durchquerten Dörfer. In ihrer Umgebung vermischte sich der Schlamm mit menschlichen Exkrementen. In einem Weiler entzündeten die Frauen Kerzen. Sie sahen den Tod vorbeiziehen und feierten ihn auf ihre Weise. Vage gerührt durch diese ungewohnte Ehrung, hob Kvarner den Kopf. In diesem Moment erblickte er, vor sich aufgepflanzt, das grüngelbe Banner der Rebellen. Eine Schar von Männern, Frauen und Kindern bildete einen Halbkreis um einen langen Holztisch. Mehrere Jugendliche trugen die Militärjacke und die olivgrüne Hose der Rebellenarmee, deren Schulterklappen der schwarze Stern der Maniema-Brigade schmückte.

Vor der Fahne saßen ein feingliedriger, spindeldürrer Tutsi und ein junger Mann mit schmerzverzerrtem Gesicht. An seiner kupferfarbenen Haut, seinen steifen Haaren erkannte Kvarner Kasongo. Sein Revolver lag vor ihm auf dem Tisch. Hinter ihnen, in einem roten Kleid, ungerührt von dem stetigen Nieselregen, Isabel. Er warf ihr ein schüchternes Lächeln zu. In ihren Augen blitzte Abscheu. Er fühlte sich erbärmlich. Die Menge wartete schweigend und gespannt.

Er richtete sich auf.

«Ich bin Kvarner, Stanislas Anthony Kvarner, Präsident und Generaldirektor der Union Minière du Haut-Maniéma», stammelte er.

Sein Auftritt war lächerlich. Er wurde sich des absurden Gegensatzes zwischen seinem Rang und seiner Erscheinung bewußt. Er sah sich in seiner zerlumpten Jacke, die Beine bedeckt mit blutenden Quetschungen und Fliegen, die fettigen weißen Haare mit ockerfarbenem Staub überzogen, seine Rose auf ein bräunliches Häufchen an seinem Knopfloch reduziert.

Er schämte sich. Zugleich fühlte er sich erleichtert. Er war am Ziel. Er wollte nur noch eines: daß man ihn tötete, hier, auf der Stelle. Daß Schluß war. Nur der düstere Himmel, die weißen Wolken, deren Schatten am Boden spielten, drangen noch in sein Bewußtsein.

Thomas betrachtete den Gefangenen schweigend, bewegungslos. Nach einer langen Weile hörte Kvarner zum erstenmal seine Stimme. Eine tiefe und dumpfe Stimme.

«Bringt ihn weg! Behandelt ihn anständig. Er ist ein alter Mann.»

Kvarner sackte zusammen, eine Welle aus Hoffnung und Demütigung schlug über ihn zusammen. Der Mischling erhob sich, nahm seinen Revolver vom Tisch und entfernte sich hinkend, mit langsamen Schritten, gestützt von Isabel und dem Tutsi.

ACHTER TEIL

## 1. Kapitel

Cermier, seit dem Beginn des Bergarbeiteraufstands von den Vororten, vom Delta und vom Fluß abgeschnitten, verschanzte sich in den Wohnvierteln der Europäer, im Geschäfts- und Verwaltungszentrum und im islamischen Viertel.

Er hatte sämtliche Hauptstraßen und Kreuzungen, die ins Zentrum führten, verminen lassen, und auch die meisten Villen, die von den französischen Ingenieuren sowie den griechischen, italienischen und arabischen Händlern fluchtartig verlassen worden waren.

Das einzige, was den Söldnern noch zu tun blieb, war, die umliegenden Gebäude zu Festungen auszubauen. Markham-Haubitzen und Oerlikon-Schnellfeuerflaks wurden zur Verteidigung der Hauptpost, des Bahnhofs und des Hotel Paquidas in Stellung gebracht.

Simon Kasongo, der immer noch an seinen Verletzungen litt, dirigierte den südlichen Frontabschnitt von seinem Hauptquartier an der Mündung des Alila aus. Eine rudimentäre Funkausrüstung ermöglichte es ihm, mit Hatima in Verbindung zu bleiben, der die Bergarbeiterbrigade befehligte. Im Gänsemarsch zogen die Brigadisten durch das Delta, bewaffnet nur mit Mörsern, Maschinengewehren, Kalaschnikows und einigen Uzi-Maschinenpistolen, die sie dem Feind in der Schlacht von Goma abgenommen hatten.

In der Stadt kämpften die Bergarbeiter mit nahezu selbstmörderischer Tollkühnheit. Drei Jugendliche brachten am Ende der Avenue de l'Equateur eine Kolonne von Regierungspanzern zum Stehen. Sie tauchten plötzlich aus den Ruinen der Pizzeria Roma auf, kletterten auf den vordersten Panzer, öffneten den Geschützturm und warfen ihre Granaten hinein, schlossen den Deckel wieder. Als die Explosion die Besatzung in die Luft jagte, waren sie schon wieder verschwunden. Die Soldaten brauchten Stunden, um den Panzer zu evakuieren und die Kolonne wieder in Marsch zu setzen.

Andere Kämpfer, versteckt auf den Balkonen halb zerschossener Häuser, sprangen mit benzingetränkten Bettlaken auf die Jeeps oder Kommandofahrzeuge der Söldner. Mit dem Feuerzeug setzten sie das Benzin in Brand, Fahrzeuge und Besatzung gingen in Flammen auf. In vielen Straßen wurde Mann gegen Mann um jeden Fußbreit Boden gekämpft.

Die Söldner und die Schwarzen Pfeile, die sich in den Bunkern der Avenue de Russie und den umliegenden Villen verschanzt hatten, eröffneten ein Trommelfeuer auf die Bergarbeiter der Wohnheime, die weniger kampferprobt waren als ihre Kameraden aus der Brigade. Verheerend wirkte der Einsatz der Flammenwerfer. Sobald die jungen Aufständischen in Reichweite waren, wurden sie von den Söldnern in einem Flammenstrahl verbrannt. Die Aufständischen kämpften mit nacktem Oberkörper und in kurzen Hosen, ihr Todeskampf dauerte minutenlang. Völlig vergeblich: Mangels schwerer Waffen konnte Hatima die Mauern der Bunker nicht durchbrechen. Am frühen Abend des ersten Kampftages saß die Brigade immer noch am westlichen Rand der weißen Wohnviertel fest.

Im Osten des Verteidigungsrings der Regierungstruppen sah die Lage besser aus. Nachdem die Zande der Nordarmee ihre Stellungen in den Vororten und am Rand der Talsenke verlassen hatten, rückten sie schnell vor. Die Soldaten der Regierungsarmee und die Gendarmen warfen ihre Gewehre weg, sowie die Kanonen das Feuer auf ihre Schützengräben eröffneten. Gefolgt von Dutzenden von Lastwagen, vollgepfercht mit Rebellen, erreichten Santos' Panzer den Verteidigungsring des Zentrums gegen Mittag. Erst vor dem Hotel Paquidas wurden sie durch anhaltenden Beschuß gestoppt. Santos schickte sich soeben an, das Feuer zu erwidern, als er eine weiße Fahne flattern sah, ein an einem Besen befestigtes Handtuch. Ein europäischer Unteroffizier, der sich daran klammerte wie an eine Standarte, näherte sich zwischen zwei Regierungssoldaten. Als sie in Höhe des Portals angekommen waren, mähte eine Maschinengewehrsalve sie nieder. Nach einem Augenblick der Überraschung begriff Santos, daß sie von hinten erschossen worden waren: Cermier hatte auf seine eigenen Emissäre feuern lassen. Sofort gab Santos die 10,5-Zentimeter-Haubitzen zum direkten Beschuß frei. Unter ihrer Deckung arbeiteten sich Kim und ein Kommandotrupp auf dem Bauch bis zu den Verwundeten vor, die etwa zwanzig Meter vor den Linien der Rebellen lagen. Sie befreiten sie aus dem Stacheldraht, schleppten sie zu ihren Stellungen zurück. Die drei Männer waren tot. Der Unteroffizier, ein dicker Mann, dessen Bauch aus seinen von grünen Hosenträgern gehaltenen Khakishorts quoll, trug Papiere auf den Namen Branco Jusbasizc, geboren in Zagreb, bei sich. Santos befahl, ihn auf den Platz vor der Kathedrale zu schaffen und die Leiche öffentlich zur Schau zu stellen.

In der Mitte des Nachmittags fiel das Hotel Paquidas. Cermier und seine Leibwache waren bereits verschwunden. Kaum eine Stunde später wurde ihre Anwesenheit in der Hauptpost gemeldet. Als Santos klar wurde, daß sie durch die Kanalisation entkommen waren, ließ er systematisch die Abwässerkanäle zerstören, sobald ein Gebäude eingenommen war.

Niemand hätte sich um den Sitz der Union Minière gekümmert, wenn sie nicht einen solchen Symbolcharakter gehabt hätte. Das Glasgebäude bot den Verteidigern keinerlei Schutz und barg für die Angreifer keinerlei Risiko. Kim stellte überrascht fest, daß südafrikanische Söldner, wahrscheinlich von Panik ergriffen, darin Zuflucht gesucht hatten. Er führte seine Zande-Kommandotruppe mit Granaten zum Angriff, als eine Kugel ihn am Hals traf. Er fiel zu Boden. Die bestürzten Zande wichen zurück. Für sie war Kim unverletzbar. Nun, da er mitten auf dem Platz lag, wagte keiner seiner Kameraden sich ihm zu nähern, aus Furcht, er könne von dem Fluch angesteckt werden, der ihren Kommandanten niedergestreckt hatte. Unter den Blicken seiner versteinerten Männer rann das Blut aus Kims Körper.

## 2. Kapitel

Uvonia kapitulierte am nächsten Tag. Es war der 27. Oktober 1964. Gegen vierzehn Uhr wurde über der befestigten Kaserne, die das Generalquartier der Regierungsarmee und der Gendarmerie beherbergte, eine weiße Flagge aufgezogen. Begleitet von einer starken Abordnung von Zande-Kämpfern begab Santos sich dorthin. Im Strategieraum lagen die Generäle Célestin Bomboko und Bonaventure Idi, der Gouverneur Wazungu und eine Handvoll afrikanischer Offiziere hoffnungslos betrunken inmitten von Hunderten leerer Champagnerflaschen am Boden. Ein Wachposten stellte Bomboko auf die Beine. Santos reichte ihm die Kapitulationserklärung der Stadt. Unter den Achseln gestützt, unterzeichnete der Garnisonskommandant mit unsicherer Hand und glasigen Augen, bevor er zu Boden stürzte.

Die überlebenden Söldner, die über Lautsprecher zur Kapitulation aufgerufen worden waren, weigerten sich aufzugeben und kämpften bis zum Schluß. Einige schossen sich im Moment der Gefangennahme selbst eine Kugel in den Mund. Andere krümmten sich zusammen und ließen ihre letzte Granate an den Bauch gepreßt explodieren.

Im Zentrum und im ismaelischen Viertel verstummten die Kämpfe erst gegen sechzehn Uhr.

Noch immer galt der Befehl des Rebellenoberkommandos, der zum erstenmal nach der Schlacht um Niangala ausgegeben worden war: Jeder Weiße, der bewaffnet aufgegriffen wurde, sollte ohne Urteil an Ort und Stelle exekutiert werden. Santos hatte den Befehl eigenmächtig auf Asiaten, Araber und Mischlinge erweitert. So kam es, daß Ibrahim Ben Moussa, «der Hinkende» und ein Dutzend Mulattenschergen am Fuß der Prunktreppe der Villa «Sans Souci» erschossen wurden.

Aus all seinen vergangenen Schlachten und insbesondere aus der um Goma hatte Santos eine Lehre gezogen: Jeder Sieg ähnelt einem Zyklon, in dessen Auge Stille herrscht. Oder besser gesagt eine kurze, gespannte

Ruhe. Auf diese betäubungsähnliche Ruhe folgt, vor allem in Afrika, ein unkontrollierbarer Freudenausbruch, dann Plünderung, Anarchie. Die Gewalt explodiert zunächst gegen die weißen Unterdrücker und ihre Familien, die durch die Schließung des Flughafens in der Falle sitzen, gegen die Soldaten, dann gegen Araber, Asiaten und die mauritanischen Spekulanten. Wenig später zersplittert der Haß und mündet schließlich in unzählige Brudermorde. Überall sickert das Gift alter ethnischer Rivalitäten ein. Man vergreift sich an der Hütte des Nachbarn, an dem, der nicht demselben Volk angehört, der nicht die gleichen Ritualnarben trägt. Man tötet seine Nachbarn, dessen Frau und Kinder. In Uvonia war diese Gefahr um so größer, als dort seit dreißig Jahren ein wahrhaft babylonisches Völkergemisch entstanden war. Die für die Gruben angeworbenen Arbeiter gehörten fast allen Ethnien Zentral- und Ostafrikas an. Der Wohlstand der Stadt hatte das Rassengemisch noch verstärkt, indem er andere Stämme anzog, die sich bis vor kurzem noch erbittert gehaßt hatten. Gestern noch war Uvonia ein Kessel auf kleiner Flamme gewesen. Die Hitze des Kampfes würde ihn explodieren lassen. Der Kessel brauchte eine Abkühlung.

Santos nutzte den kurzen Aufschub des Sieges, um eilig politische Kommissare in jedes der befreiten Stadtviertel, in jeden Vorort, auf jedes unbebaute Gelände, wo sich Flüchtlinge drängten, zu entsenden. Sie verkündeten die Enteignung der städtischen Gebäude und Parzellen, die Verteilung der Lebensmittel, die in den Hinterzimmern der geflohenen Händler gelagert waren, die Öffnung der Gefängnisse, die Ausschüttung einer Sonderprämie an alle Beamten, die sich auf der Stelle auf ihre

Posten begaben, und vor allem die Abschaffung der «Kopfsteuer», die die Regierung auf jeden Afrikaner über vierzehn Jahre erhoben hatte, um so eine in reiner Subsistenzwirtschaft lebende Bevölkerung zum Übergang zur Geldwirtschaft zu zwingen. Um die Steuer zu entrichten, blieb den Schwarzen keine andere Wahl, als in die Gruben zu fahren oder sich auf den Plantagen zu verdingen.

Die grün-gelbe Flagge der Befreiungsfront wurde auf allen noch intakten öffentlichen Gebäuden gehißt. In jedem Stadtviertel wählten Volksversammlungen neue Verantwortliche. Die ehemaligen Bürgermeister, die Spekulanten, die traditionellen Notabeln, die mit dem Feind gemeinsame Sache gemacht hatten, wurden festgenommen und auf der Stelle vor ein Volksgericht gestellt. Diese Maßnahmen zeigten die gewünschte Wirkung. Auf Ruhe folgte Ruhe. Da erfuhr Santos von Kims Tod.

## 3. Kapitel

Kims Leichnam ruhte, eingehüllt in das gelb-grüne Banner und bewacht von einer schweigenden Menge, auf einer Bahre in den Ruinen des Hotel Paquidas. Das Licht des Vollmonds spielte in den Wipfeln der Akazien, den Eukalyptus- und Mangobäumen. Es begann wieder zu regnen, und roter Staub klebte auf dem Asphalt, der durch Granateneinschläge und Panzerraupen aufgerissen war.

Santos starrte verstört vor sich hin. Die Zande standen, entsetzt von seinem Kummer, schweigend um ihn herum. Seit Santos vom Tod des Chinesen erfahren hatte, hatte er trotz der Dringlichkeit der anstehenden Entscheidungen und der Befehle, die erteilt werden mußten, zu niemandem mehr ein Wort gesprochen.

Als er, umringt von diesen ernsten und bedrückten Gesichtern, vor der Bahre stand, wurde ihm unvermittelt bewußt, wie sehr Kim ihm fehlte. Er empfand diesen absurden Tod vor dem Sitz der Grubengesellschaft, wo die Zande, gelähmt von ihrem schwachsinnigen Aberglauben, Kim hatten sterben lassen, als persönliche Niederlage, als grauenhafte Katastrophe. Zum erstenmal in seinem Leben gestand sich Santos den Schmerz, die Verzweiflung ein, die angesichts dieses Mangels, dieser Leere von ihm Besitz ergriffen. Santos hatte nie eine Frau gekannt und nie zuvor einen Freund gehabt. Mit Kim an seiner Seite, hatte er sich zum erstenmal in seinem Leben nicht mehr einsam gefühlt. Die Begeisterung, die Lebensfreude, der überbordende Glaube des jungen Mannes hatten seine Zweifel, seine Melancholie vertrieben. Kim war der einzige Freund, den er je gehabt hatte. Jedesmal, wenn die dunklen Fluten der Depression über ihm zusammengeschlagen waren, hatte Kim ihn vor dem totalen Schiffbruch zu erretten vermocht. Als hätte Kims Verschwinden ihm die Augen geöffnet, begriff Santos zum erstenmal, was alle wußten und was er persönlich nie empfunden hatte: die Ungerechtigkeit des Todes, die Absurdität des Lebens, das immer verweigerte Glück und die stets betrogene Hoffnung.

Gegen fünf Uhr morgens, beim ersten Tageslicht, wurde Santos durch ein surrealistisch anmutendes Schauspiel aus seiner Erstarrung gerissen: Ein großer Muluba näherte sich mit zwei überlaufenden Gießkannen den

Blumenbeeten im Innenhof des Hotels. Mit gemessenen Bewegungen, die er von seinen ehemaligen belgischen Herren übernommen hatte, goß er die Blumen. Santos beschloß, daß Kim dort, in diesem wie durch ein Wunder unbeschädigten Garten, begraben werden sollte.

## NEUNTER TEIL

### 1. Kapitel

Malcolm Santos hatte sein Hauptquartier im Sicherheitstrakt in der Ermitage eingerichtet. Da die Schwarzen Pfeile und die Söldner noch Widerstandsnester hielten, von denen aus sie Selbstmordkommandos organisieren konnten, hatten die Zande einen engen Schutzring um Santos gezogen.

Der kahle Riese hatte seine Hängematte in der Bibliothek aufgespannt. Seine wenigen persönlichen Habseligkeiten lagen auf dem großen Tisch ausgebreitet, der mit einem grünen Tuch bedeckt war. Da die sanitären Einrichtungen der Ermitage noch funktionierten, konnte er sich zum erstenmal seit mehreren Tagen wieder mit warmem Wasser waschen und die schmutzigen Bartstoppeln abrasieren. Das tröstete ihn ein wenig dafür, daß er den Panzerschrank mit weit offenstehenden Türen und leer vorgefunden hatte. Und Kvarner schon ausgeflogen war. Das Gegenteil hätte ihn allerdings erstaunt.

Er sog an seiner Havanna und betrachtete durch die großen Glasscheiben das Schwimmbecken und den von Granaten durchpflügten Park, als er Kagamé auftauchen sah. Hinter dem blinden Zauberer marschierte eine Abordnung von Simba. Sie trugen ihre weißen Boubous, ein Zeichen der Trauer bei den Völkern des Maniema. Sein Wachposten führte sie herein. Unbehaglich standen sie vor dem riesigen Schreibtisch.

Santos massiger Körper war in seinem Sessel eingekeilt, er stützte die Arme auf die Lehnen und ließ die nackten Füße auf einem Schemel ruhen. Er erhob sich nicht zu ihrer Begrüßung. «Was gibt es, Kagamé?»

Der Blinde schlug herrisch mit seinem Stock auf.

«Wir wollen mit dir alleine sprechen.»

Der Oberbefehlshaber entließ die Zande, die widerstrebend auf der Terrasse Stellung bezogen.

«Sie sind weg. Setzt euch.»

«Nein, steh du auf.»

Santos wußte, daß man gemäß dem Kodex der Männer des Südens nur mit seinen Freunden im Sitzen sprach. So lagen die Dinge zumindest klar. Weniger klar war der Grund ihres Besuchs, denn Kagamé hatte nie ein Hehl aus seiner – im übrigen wechselseitigen – Abneigung gemacht, besonders nicht seit der Konferenz von Goma. Man würde ja sehen.

Er schälte sich mühsam aus seinem Sessel.

«Was kann ich für euch tun?»

«Der Bula Matari hat uns verlassen.»

«Wohin ist er gegangen?»

«Nirgendwohin, er ist noch immer hier.»

«Willst du dich über mich lustig machen?»

«Nein, sein Körper ist hier, aber sein Geist hat uns verlassen. Er ist nicht mehr bei uns.»

«Was soll das heißen?»

«Er weigert sich, Kvarner zu exekutieren.»

«Was? Der Russe ist bei euch?»

«Ja.»

«Im Delta? Seid ihr sicher? Wir haben Tag und Nacht nach ihm gesucht, jeden Unterschlupf durchforstet, Hunderte von Leichen umgedreht.»

«Eine unserer Patrouillen hat ihn auf einem Weg im Delta festgenommen.»

«Was hat er dort gesucht?»

«Ich weiß nicht.»

«Wieviel Geld hat er euch angeboten?»

«...»

«Wieviel hat er geboten, damit ihr ihn laufen laßt?»

«Nichts, er hat uns nichts geboten, um nichts gebeten. Er spricht nicht. Wir haben ihn einfach festgenommen.»

«Und Kasongo soll ihn richten?»

«Nein. Er will kein Rächer sein. Er sagt, daß genug Blut geflossen ist. Daß die Revolution großmütig ist. Daß sie als Siegerin verzeihen muß.»

«Kasongo muß den Verstand verloren haben!»

Die Simba verzogen keine Miene.

Kasongo hatte stundenlang versucht, ihnen seine Entscheidung nahezubringen. «Die höchste Rache ist Vergebung», hatte er zu ihnen gesagt. «Wir haben gesiegt, um unsere menschliche Würde zurückzugewinnen. Jetzt ist der Moment gekommen, wo wir von ihr Gebrauch machen müssen.» Sie hatten ihm schweigend zugehört, Kagamé hatte nichts gesagt. Hatima hatte nichts gesagt. Aber die Simba hatten ungläubig, verwirrt den Kopf geschüttelt. Nur die jüngsten unter ihnen hatten zu protestieren gewagt und – zur Statuierung eines Exempels – die sofortige Exekution des Präsidenten verlangt. Geduldig hatte Thomas seine Ausführungen wiederholt. Einen nach dem anderen hatte er die jungen Bergarbeiter zu sich gerufen, die aus seinen Händen das Dawa empfangen hatten. Er hatte jede ihrer Fragen beantwortet, jeden ihrer Einwände widerlegt. Die Simba verließen ihn niedergeschmettert. Der Bula Matari verhöhnte alle Gesetze des Kriegs wie des Friedens. Aber er war ihr Kommandant. Nur ein anderer Kommandant konnte eine Entscheidung darüber fällen. Trotz ihrer Abneigung hatten sie sich auf den Weg zu Santos gemacht.

«Kapiert ihr denn nicht, ihr Bande von Dummköpfen? Euer Bula Matari und Kvarner sind vom gleichen Schlag! Sie arrangieren sich untereinander, wie die Großen. Ich weiß nicht, was der Russe ihm anbietet, aber er muß gut zahlen. Er weiß, was die Haut eines Weißen wert ist. Genug, damit Kasongo das Gesetz der Schwarzen mit Füßen tritt.»

Niemand zuckte mit der Wimper.

«Wie viele Männer habt ihr in den letzten zwei Jahren verloren? Fünftausend, zehntausend? Aber der Russe ist noch am Leben.

Und eure Frauen? Erinnerst du dich an das schwangere Mädchen aus Shabunda, Kagamé? Die Söldner schlossen eine Wette. Junge oder Mädchen? Branco hat ihr mit seinem Koukri den Bauch aufgeschlitzt. Es war ein Junge. Branco hatte gewonnen. Diese Frau ist tot, ihr Kind ist tot. Aber der Russe ist am Leben.

Und als Cermier vollgelaufen mit Champagner verlangte, daß man uns weiß machen solle, uns Schwarze, weißt du, was er da wollte? Daß die Söldner die Schwarzen mit dem Messer zerlegen, damit ihre zerbrochenen Knochen weiß wie Schnee zum Vorschein kommen. Aber Kvarner lebt noch. Kasongo beschützt ihn.»

Santos sah, daß seine Tirade auf die Simba Eindruck machte. Aber sie packte sie nicht in ihrem Innersten. Da war noch etwas anderes im Spiel. Ihm fiel ein, daß er dieselben betäubten Gesichter um Kims Leichnam herum gesehen hatte.

«Wir haben keinen Bula Matari mehr.»

«Ihr habt noch nie einen gehabt, ihr Schwachköpfe! Simon Kasongo ist ein Verräter!»

Kagamé bäumte sich auf unter dieser Schmähung.

«Er hat die Gewerkschaft organisiert. Er hat die Brigade ins Leben gerufen. Er hat uns unsere Würde zurückgegeben. Er hat uns Waffen zum Kämpfen gegeben. Er hat sich geschlagen. Er wurde verletzt.»

«Aber er ist davongekommen. Der Regierungsfunk hatte seine Festnahme bei diesem Hinterhalt in Luagungu verkündet. Und dann kommt er zurück. Gebt zu, daß das seltsam ist!»

«Nein.»

«Die Schwarzen Pfeile haben ihn absichtlich entkommen lassen.»

«Nein.»

«Was weißt du denn schon?»

Einer der Simba trat aus der Gruppe vor.

«Ich war dabei.»

An dem Blick, den er ihm zuwarf, erkannte Santos, daß er zu weit gegangen war.

«Hört mir zu. Seit Goma beschützt Kasongo den Russen. Er hat sich geweigert, die Stollen, die Aufzüge und die Fördertürme in die Luft zu jagen. Er wollte nicht, daß sich jemand an den Schätzen der Gesellschaft vergreift.»

«Er wollte nicht, daß sich jemand an den Schätzen der Bergarbeiter vergreift.»

Santos verstand den Vorwurf. Er hatte den falschen Weg eingeschlagen. Er versuchte es anders.

«Na gut. Diese Frau, die mit ihm zusammenlebt . . .»

«Isabel.»

«Ja, Isabel. Sie war Kvarners Geliebte?»

«Ja.»

«Und wißt ihr, was das bedeutet? Ich habe es immer geahnt. Das bedeutet, daß der Russe sie geschickt hat, damit sie Kasongo und die Gewerkschaft ausspioniert. Und sie hat es geschafft. Wie sonst erklärt ihr euch, daß es so viele Verhaftungen in Uvonia gegeben hat? Wer, wenn nicht diese Frau, hat Ben Moussa die Namen geliefert?»

Kagamé gab keine Antwort, sein Gesicht war verschlossen. Die Simba hinter ihm standen mit unbewegter Miene da.

«Zum Teufel, ihr seid unglaublich. Sie verläßt einen steinreichen Mann, den Vater ihrer beiden Kinder, wegen eines Bergarbeiters, der keinen Pfennig hat, und das kommt euch normal vor!»

«Ja.»

Zum erstenmal lächelten die Simba ihm ins Gesicht.

«Der Russe ist alt. Kasongo ist schön.»

Der unerschütterliche Glaube Kagamés und der Simba brachte Santos zur Weißglut. Er brannte darauf, ihnen die Logik seiner Geschichte zwingend zu beweisen. Er glaubte zwar selbst keine Sekunde daran, aber die Geschichte war logisch. Er setzte sich wieder. Die anderen machten keine Bewegung. Kagamé trat einen Schritt vor.

«Was sollen wir mit Kvarner machen?»

Santos lachte.

«Kvarner? Er muß im Delta bleiben. Und daß niemand es wagt, ihm auch nur ein Haar zu krümmen. Und nun raus mit euch, ich habe zu tun.»

Kagamés Gesicht strahlte. Er machte kehrt und verließ, gefolgt von seiner Kriegereskorte in weißen Boubous, den Raum.

## 2. Kapitel

Auf dem Rückweg ins Delta hatte Kagamé mit den Simba gesprochen. Sie waren verwirrter denn je. Für ihn war die Sache klar: Kasongo hatte schlecht erklärt, warum man Kvarner am Leben lassen mußte, aber er hatte Gründe. Auch Santos hatte Gründe. Jedenfalls waren sie in Hinblick auf den Russen einer Meinung: Man mußte ihn beschützen. Der Bula Matari war nicht verrückt. Er war nur ungeschickt.

Die Simba verstanden Kasongos Haltung noch immer nicht, aber sie schworen Kagamé, Kasongo kein Wort über ihren Besuch bei Santos zu sagen. Es würde ihn zutiefst kränken, daß sie an ihm gezweifelt hatten. Aber Kagamé sprach mit Isabel. Er hatte Santos' Haß gegen Kasongo genau gespürt. Das war ihm nichts Neues. Er erinnerte sich an Santos' Kälte am Fuß des Nyarogongo, an die Konfrontation von Goma. Heute spielte noch mehr mit. Etwas Gefährliches. Santos würde niemand von Kasongos Verrat überzeugen können. Aber er konnte ausstreuen, daß er von Isabel manipuliert wurde. Er allein, Kagamé, hatte die junge Mestizin im Delta gekannt. Er hegte ihr gegenüber keinerlei Gefühle. In seinen Augen zählte nur eines: Sie war Kasongos Frau. Er respektierte sie nicht, weil sie in der Gewerkschaft gekämpft hatte, sondern weil sie Kasongos Frau war.

Von nun an stellte Isabel eine Gefahr dar. Sie war aber auch selbst gefährdet. Er könnte sie verschwinden lassen. Aber das war undenkbar. Niemand würde diese Aufgabe erledigen wollen. Sie wurde verehrt im Delta, weil sie die Frau des Generalsekretärs war, aber auch, weil sie die Verwundeten pflegte. Seitdem litten diese weniger und starben seltener. Er, Kagamé, konnte sie vergiften, aber auch das wäre zwecklos: Ihr Tod wäre der Untergang des ohnehin schon geschwächten Kasongo. Überlebte er, so würde Santos andere Mittel finden, ihn ins Verderben zu stürzen.

Kagamé sah keine Lösung. Sprach er selbst mit Kasongo, so kam das dem Eingeständnis gleich, daß er Santos aufgesucht hatte. Er konnte sich nicht dazu entschließen. Und außerdem würde Kasongo niemals an Santos' Hinterhältigkeit glauben. Er kannte seine Feindseligkeit, aber er hielt ihn für loyal. Die einzige Möglichkeit war, Isabel zu warnen.

Ihre Reaktion war merkwürdig. Zorn flammte in ihrem Blick auf, dann wurde sie nachdenklich. Sie hatte unverkennbar Angst. Er hörte sie flüstern. «Er wird uns töten. Er wird ihn töten.» Er spürte ihre Hände auf seinen Schultern, ihren Atem auf seinem Gesicht.

«Der Russe muß sterben, Kagamé.»

«Das geht nicht. Kasongo will es nicht. Santos will es nicht. Wir dürfen ihn nicht töten.»

«Kagamé, wir müssen ihn töten.»

«Wir dürfen nicht.»

«Dann spreche ich mit Kasongo.»

«Sag ihm nicht, daß ich mit Santos zusammengetroffen bin. Er würde glauben, daß wir kein Vertrauen mehr zu ihm haben.»

ZEHNTER TEIL

## 1. Kapitel

Thomas schreckte aus dem Schlaf hoch, aufgeweckt durch einen Schmerz oder einen Alptraum. Er lauschte auf Isabels leichte Atemzüge, auf die knisternden Geräusche der Strohhütte. Er wußte, daß er nicht wieder einschlafen würde, daß die Bilder von der Eroberung Gomas von neuem auf ihn einstürmen würden. An diesem Tag in Goma war ihm klargeworden: Er war kein Kämpfer mehr, sondern ein Mörder, er befehligte keine Armee mehr, sondern eine Mörderbande; er führte keinen gerechten und legitimen Krieg mehr, sondern einen Rachefeldzug. Er sah sich selbst als Würgeengel, schlimmer noch, als Schlächter. Sein Leben war eine ungeheure Lüge.

Außerhalb der Kämpfe, der Kommandounternehmen, bei denen jeder wußte, daß Disziplin für Erfolg und Überleben unerläßlich war, zerfiel seine Autorität. Sowie der Sieg errungen war, brachen die überschüssige Energie, die Erleichterung, die Beutegier sich Bahn in einer mörderischen Raserei. Nur ein Häuflein Getreuer unterstand dann noch seiner Kontrolle. Jenseits dieses Bereichs, eines lächerlichen Glorienscheins um seine Person, hatte er keinen Einfluß mehr. Besessen von uralten ethnischen Feindschaften vergaßen seine Männer, daß sie soeben noch Verbündete gewesen waren, und befriedigten uralte Rachegelüste. Als hätten sie die Weißen nur vernichtet, um sich gegenseitig noch gnadenloser abzuschlachten, als hätten sie die Herrschaft der Europäer nur zerschlagen, um die Anarchie der Afrikaner zu errichten, ihre Kräfte nur gebündelt, um sich dann um so nachhaltiger in Stämme, Clans, Kasten aufzusplittern und jede Idee einer zukünftigen Nation zu zerstören. Thomas fühlte sich für dieses Scheitern verantwortlich.

Sein Bein schmerzte ihn. Wind kam auf über den Sümpfen. Er hörte, wie er im Schilf spielte. Besänftigt vom gleichmäßigen Rascheln der Blätter, vom hellen Plätschern des Wassers nickte er ein. Isabel weckte ihn, als sie sich im Schlaf umdrehte. Er zündete die Kerze an und betrachtete die Schlafende. Ihr Kopf war leicht zur Schulter geneigt, ihre Wimpern warfen sanfte Schatten auf ihre Wangen, der Mund war halb geöffnet. Isabel war nackt. Um ihren schlanken Hals trug sie die kleine goldene Kette. Ein plötzlicher Windstoß blies die Kerze aus. Aber immer noch sah er ihren Hals vor sich, ihre Brüste, ihren kleinen, leicht vorgewölbten Bauch, die langen Schenkel. Angst kroch in ihm hoch. Er ließ sich auf das Kissen zurückfallen. Er hatte Isabel verloren. Hatte Isabel wiedergefunden. Er fühlte, daß er sie von neuem verlieren würde. Seit dem Vortag drängte sie ihn, mit Kvarner Schluß zu machen. Schluß machen, das bedeutete, ihn zu töten. Und eben das wollte er nicht, noch weniger als alles andere. Einen Greis, der am Ende seiner Kräfte war, kaltblütig töten, niemals.

Isabels Verhalten gab ihm Rätsel auf. Als man Kvarner, ihren früheren Geliebten, den Vater ihrer Kinder, zerlumpt, verdreckt, erschöpft vor sie geführt hatte, war sie stumm geblieben. Auch danach hatte sie kein Wort hervorgebracht. So als existierte Kvarner nicht. Doch seit dem Vortag bestürmte sie Thomas. Mit einer fast schon rührenden Ungeschicklichkeit hatte sie sogar versucht, seine Eifersucht anzustacheln, als ob Kvarner, sogar jetzt noch, ein Rivale sein konnte. Er hatte nur gelacht.

Am Vorabend hatte sie ihn nochmals bedrängt und ihm die Grausamkeiten vor Augen geführt, für die Kvarner direkt oder indirekt verantwortlich war. Er wußte das alles. Was er nicht wußte, war, weshalb Kvarner gekommen war. Denn er war nicht wirklich gefangengenommen worden. Er war aus freien Stücken gekommen, ihm, seinem wahrscheinlichen Tod entgegengegangen.

Der Präsident war zu gut informiert, um nicht über Uvonias bevorstehenden Untergang im Bilde gewesen zu sein. Dennoch war er aus New York zurückgekehrt. Der Regierungssender hatte von seiner Reise berichtet. Kvarner war zu einflußreich, um am Flughafen festgehalten zu werden, selbst in einer Stadt, in der Morden und Brennen herrschte. Dennoch hatte er nicht zu fliehen versucht.

Was Kvarner antrieb, war nicht das Geld, wie er immer geglaubt hatte. Wahrscheinlich warfen seine Vermögen in vielen westlichen Banken Zinsen und Zinseszinsen ab, die es ihm erlaubt hätten, bis zum Jüngsten Tag ein Leben in Saus und Braus zu führen. Aber er pfiff auf das Geld, er bot dem Tod die Stirn. Was also suchte er wirklich im Delta? Vielleicht wollte er einfach dort sterben, wo er gelebt hatte. Ja, das mußte es sein.

Die Morgendämmerung färbte den Himmel grau, dann milchig weiß. Thomas erhob sich mühsam. Es war Oktober, der Beginn der heißen und feuchten Jahreszeit. Die Zugvögel waren zurückgekehrt. Er konnte Flamingos erkennen, einbeinige rosa Wachposten, die ihren langen Hals unter die Flügel steckten. Auch Eisvögel auf den Wolfsmilchgewächsen, die darauf lauerten, sich auf ihre Beute herabzustürzen. Er hörte, wie die Wildenten sich zwischen den Papyrusstauden bewegten, die aus dem bräunlichen Wasser des Weihers aufragten. Später sah er Nilgänse vorbeifliegen, dann ertönte der Gesang der grauen Grasmücken. Ein ganzes Volk von Pelikanen, Krabbenfressern, Bussarden und Kormoranen erwachte und ließ ihn die Erschöpfung der Schlaflosigkeit, den Schmerz vergessen.

«Schon auf den Beinen?»

Isabel stand hinter ihm und umschlang ihn noch im Halbschlaf, ihr Kinn ruhte auf seiner Schulter.

«Wie schön das ist!»

Er fühlte ihre Brüste an seinem Rücken.

«Ja, es ist schön.»

«Hast du die Nachtigall gesehen? Da . . . nein, da.»

Sie zeigte mit dem Finger auf ein Gebüsch, der Druck ihres Körpers verstärkte sich. Er drehte sich um, schloß sie in die Arme und zog sie ins Bett. Isabel wußte nicht, ob er vor Schmerz oder Lust stöhnte, während sie sich liebten. Sie nahm seinen Kopf in die Hände und hob ihn hoch. Er lächelte.

Später hörte er, wie sie auf dem kleinen Kohlenfeuer Tee bereitete. Nun war er endlich müde, aber es war zu spät.

«Thomas, was hast du mit Kvarner vor?»

«Isabel, fang nicht schon wieder damit an. Nicht heute morgen. Nicht jetzt.»

Plötzlich hatte er den Verdacht, sie hätte sich ihm nur deshalb hingegeben, um ihm eine Entscheidung abzuringen.

«Doch, jetzt, Thomas, sofort. Er muß sterben.»

«Nein. Schluß mit den Massakern. Schluß mit dem Töten. In Goma hat Santos befohlen, alle Weißen, die mit der Waffe in der Hand gefangen wurden, zu exekutieren, die Zivilisten aus den befreiten Zonen als Geiseln zu nehmen. Weißt du, was das bedeutet, ‹exekutieren›? Niemand von uns wollte Munition vergeuden. Wir machten ihnen mit der Machete den Garaus. Die Geiseln trieben wir in die Minenfelder. Sie wurden durch die Explosion der Claymores in die Luft gejagt. Über ihre sterbenden Körper hinweg gingen wir zum Angriff über. Damit ist jetzt Schluß, Isabel. Wir haben gesiegt. Wir haben gekämpft, um wieder Menschen zu werden. Schluß mit den Standgerichten und Exekutionen. Kvarner hat sich gestellt ...»

«Das ist nicht wahr. Eine Patrouille hat ihn gefangengenommen.»

«In der Ermitage vielleicht? Am Flughafen? Nein, auf dem Weg ins Delta. Er ist kein Tier, das wir in die Enge getrieben haben. Er ist ein Mensch. Ein Bürger. Und eine freie Republik muß die Rechte ihrer Bürger respektieren, ob sie schwarz, weiß oder gemischtrassig sind. Kvarner ist ein Bürger wie jeder andere. Er hat das Recht, sich zu verteidigen, vor einem ordentlichen Gericht. Es ist Sache des Gerichts, ihn nach einem ordnungsgemäßen Prozeß zu verurteilen.»

«Und ihn hinzurichten! Was macht es für einen Unterschied, ob heute oder morgen, ob hier oder anderswo?»

«Der Unterschied ist, daß es dann kein Mord ist. Was um alles in der Welt willst du eigentlich, Isabel? Rache?»

«Und wenn? Er hat mich verfolgt. Er wollte mir meine Kinder nehmen.»

«Isabel, ich kenne mich nicht besonders aus mit Kindern, aber ich würde wetten, daß sie es kaum verstehen würden, wenn ihre Mutter ihren Vater ermorden ließe. Hast du darüber schon einmal nachgedacht?»

«Ja. Nun ja, nein. Sei still. Das ist nicht der einzige Grund.»

«Was gibt es sonst für welche?»

«Du scheinst zu vergessen, daß auch ich gekämpft habe; auch ich habe mein Leben riskiert. Du weißt, was mich erwartet hätte, wenn ich beim Schmuggeln von Waffen erwischt worden wäre. Der Türke. Und wer erteilte dem Türken die Befehle? Kvarner.»

«Ich weiß.»

«Sogar als er während der Niederschlagung des Streiks in New York war, gab er täglich seine Befehle nach Uvonia durch. Die Zande haben einen Techniker des Telegrafenamts gefangen, und er hat gestanden. Cermier und Ben Moussa schickten Kvarner die Exekutionslisten per Telex. Er selektierte.»

«Eben, und Kvarner hätte niemals zugelassen, daß man dich foltert.»

«Vor unserer Trennung warst du dessen überhaupt nicht so sicher. Das war sogar der Grund für unsere Trennung. Du wolltest nicht, daß ich mein Leben aufs Spiel setze. Erinnerst du dich denn nicht mehr?»

«Ich hatte Angst vor dem Türken, dem Hinkenden und dem anderen Psychopathen. Aber nicht vor Kvarner.»

«Da kennst du ihn schlecht.»

«Hör zu, Isabel, selbst wenn du allen Grund hättest, dich an ihm zu rächen – ich werde nicht den Henker spielen. Goma hat mir eine Lektion erteilt. Wir haben uns wie Wilde benommen, wie Verrückte, wir waren die reinsten Tötungsmaschinen. Solange ich noch ein Stückchen Macht habe, wird unter meinem Befehl niemand mehr getötet. Und am wenigsten Kvarner. Wenn wir Kvarner am Leben lassen, zeigen wir allen, daß man einen besiegten Feind nicht barbarisch umbringt, sondern rechtmäßig aburteilt. Was ich vor Goma nicht erklären konnte, kann ich an seinem Beispiel zeigen. Nie wieder wird es ein so gutes Beispiel geben wie Kvarner. Isabel, hier geht es um mein Gewissen. Das ist meine Angelegenheit, nicht deine.»

«Das ist auch meine Angelegenheit. Ich pfeife auf Kvarner. Ob er lebt oder stirbt, ist mir egal. Ich will mich nicht an Kvarner rächen. Ich will dich retten. Ich habe dir nicht alles gesagt. Du willst nicht mehr töten, einverstanden. Du willst verzeihen, einverstanden. Kvarner ist ein Symbol für dich, einverstanden. Aber er verkörpert nicht nur für dich ein Beispiel und ein Symbol. Niemand hier versteht, daß du ihn schonen willst. Die Simba nicht, nicht einmal Kagamé. Aber das macht nichts. Die Leute hier lieben und respektieren dich. Selbst wenn du Kvarner mit einer Pfauenfeder den Bauch streicheln würdest, fänden sie noch, daß du richtig handelst. Aber da ist auch noch Santos. Und seit gestern weiß ich, daß Santos dich beschuldigt, mit Kvarner gemeinsame Sache zu machen. Er verdächtigt dich, den Alten um persönlicher Vorteile willen zu schonen. Santos haßt dich seit der Konferenz von Goma. Er will deinen Kopf, und Kvarner liefert ihm den Vorwand. Wenn du nicht über Kvarner richtest, wenn du ihn nicht verurteilst, wenn du ihn nicht exekutieren läßt, dann wirst du gerichtet, verurteilt und exekutiert werden.»

«Du redest irre. Du bist es . . .»

«Ich, ich denke nur an dich. Ich liebe nur dich. Santos denkt nur an die Revolution. An ‹seine› Revolution. Er liebt die Macht, aber vor allem will er sie auf ‹seine› Weise ausüben, auf eine radikale Weise. Und du bist ihm dabei im Weg.»

«Ich weiß, aber ich stehe dazu.»

«Einverstanden, Thomas. Bring Kvarner nicht um. Aber dann laß uns fliehen. Heute morgen. Jetzt gleich. Sofort. Nach Burundi, nach Tansania, irgendwohin.»

«Du machst wohl Scherze!»

«Nein, ich scherze nicht! Mach doch endlich die Augen auf: Santos will deinen Sturz! Und wie könnte er sich deiner besser entledigen, als durch die Beschuldigung, du hättest die Revolution verraten? Durch ein Komplott mit Kvarner. Daß Kvarner in deinen Händen und noch immer am Leben ist, ist der eklatante Beweis für deinen Verrat.»

«Isabel, du bist abscheulich. Geh weg.»

«Nein, ich werde nicht gehen. Ich verteidige nicht nur dein Leben, sondern auch meines. Und vielleicht auch das meiner Kinder. Ich weiß, daß Santos ausstreut, Kvarner hätte mich auf dich angesetzt, damit ich die Gewerkschaft unterwandere.»

Thomas fühlte sich in die Enge getrieben und geriet in Zorn. «Und warum sollte das nicht stimmen?» warf er ihr hin. «Dann würde ich jedenfalls besser verstehen, warum du so auf Kvarners Beseitigung drängst. Er ist ein unangenehmer Zeuge!»

Isabel sah ihn verstört an.

«Thomas, du bist verrückt! Warum hätte ich mich denn in diesem Fall während deiner Abwesenheit in der Gewerkschaft engagiert?»

«Weil du die Gewerkschaft unterwandern solltest, nicht die Guerilla. Nachdem ich weg war, mußtest du zur Quelle vorstoßen.»

«Thomas, so etwas kannst du doch nicht glauben!»

«O doch. Und Kvarner wird mir sagen, ob ich mich irre. An dem Punkt, wo er jetzt ist, wird er reden.»

Isabel stieß ein verächtliches Lachen aus.

«So ist das also, Thomas der Humanist wird jetzt zum Folterer!»

«Beruhige dich. Das wird nicht nötig sein.»

Er wandte ihr den Rücken zu und ging hinaus. Isabel hörte seine humpelnden Schritte auf der Brücke, dann verlor sich das Geräusch in den Windstößen des heraufziehenden Sturms.

Thomas ging auf die für Kvarner gebaute, perfekt getarnte Hütte zu. Zehn Simba hielten nun dort Wache, wo zwei oder drei genügt hätten. Wer hatte die Wachen verfünffachen lassen? Und warum? Plötzlich erschien ihm alles lächerlich. Einschließlich seines Entschlusses, Kvarner zu verhören. Wozu sollte er sich vor ihm erniedrigen? Kvarner wäre nur allzu froh darüber. Thomas hörte schon das höhnische Lachen des Alten. Er begriff jetzt, warum Kvarner gekommen war: um ihm diese Demütigung zuzufügen, ihm klarzumachen, daß sogar seine Liebe eine Illusion war. Er würde ihm diese Freude nicht machen.

Er schlug den Weg zum Ufer des Teichs ein und beachtete die durch den Wind aufgescheuchten Vögel kaum, die ihn noch vor einer Stunde so fasziniert hatten.

Auf dem Rückweg zu seiner Hütte begegnete er Kagamé, der ihm wortlos aus dem Weg ging.

## 2. Kapitel

Santos hatte zugesehen, wie die Simba sich in diesem wiegenden, rhythmischen Gang entfernten, den sie selbst in traurigen Zeiten beibehielten.

Santos hatte Lust zu tanzen, zu lachen, vor Freude zu weinen. Endlich hielt er ihn in Händen, seinen endgültigen Sieg. Einen totalen Sieg. Er würde seine Revolution endlich vollenden können. Er, Santos, würde vollbringen, was die Geschichte einem Padmore, Garvey, Fanon verweigert hatte. Niemals zuvor hatte er ein solches Glück, eine so aberwitzige Freude empfunden. Doch, in Stalingrad. Das war ein grandioser Augenblick gewesen.

Sein Blick verdüsterte sich. Ihm war eingefallen, daß der einzige, mit dem er je über Stalingrad gesprochen hatte, Kim gewesen war, damals, nachts, in den Virungabergen. Das war so lange her. O Gott! Wie sehr Kim ihm fehlte. Wie gut es gewesen wäre, diesen Tag zusammen zu erleben. Kim hätte verstanden, daß man bis zum Ende gehen mußte. Schluß machen mit Kasongo. Es war die einzige Lösung.

Armer Kasongo. Ein Idealist, ein gutgläubiger Humanist, mutig, entschlossen, loyal, ein guter Stratege. Und politisch gesehen ein Idiot. Kasongo, der in seinem unverbesserlichen Glauben an die Menschheit dachte, es genüge, die Weißen zum Teufel zu jagen, um eine schwarze Republik zu etablieren. Den Kapitalismus zu vertreiben, um Brüderlichkeit zwischen den Menschen zu stiften. Denn daran glaubte er, an die Brüderlichkeit unter den Menschen. Das war wohl ein Überbleibsel seiner christlichen Erziehung. Er mußte sich wie Christus zu einer Mission berufen fühlen. Er sah nur noch die Pflicht zur Vergebung, die Güte des Verzeihens. Die Revolution war nicht Sache von Chorknaben! Thomas wollte zwar kämpfen, um die von fremden Mächten unterjochten Länder zu befreien, den Völkern, die der Hunger dahinraffte und die Ausbeutung niederdrückte, die von Würmern in ihren Gedärmen aufgefressen wurden und vor Erschöpfung, Fieber oder Angst zitterten, ihre Würde wiederzugeben, aber er wollte sich nicht wirklich der dazu erforderlichen Mittel bedienen. In seiner pfäffischen Herzensreinheit, mit den bornierten Ansichten eines kleinen Gewerkschafters im Kopf hatte er nichts anderes im Sinn, als die Ressourcen der Schwarzen zu bewahren. Er begriff nicht, daß morgen alles von neuem beginnen würde. Solange es eine Unze Uran, ein Körnchen Gold, einen Liter Öl, einen Karat Diamanten in Afrika gab, solange gab es die Gier der Weißen. Und eine Verzögerung in Uvonia würde den Siegeszug der Revolution gefährden. Im Grunde hatte Kasongo nie begriffen, daß die Revolution total, radikal, permanent sein mußte.

Santos atmete tief ein und zündete eine neue Zigarre an. Armer Kasongo, wirklich. Welch grausame Ironie des Schicksals, daß ausgerechnet Kagamé das Argument lieferte, das sein Idol zu Fall bringen sollte.

Santos war zu klug, um auch nur einen Augenblick zu glauben, daß Kasongo sich vom Russen hatte umgarnen lassen. Er fühlte, daß seine kategorische Weigerung zu töten in einer Art Humanismus oder einem alten christlichen Reflex wurzelte. Auch er war des Tötens manchmal müde. Doch die Revolution konnte sich nicht mit derartigen Skrupeln belasten. Sie durfte sich nicht von barmherzigen Schwarmgeistern mit Christusambitionen aufhalten lassen. Innehalten, zur Ruhe kommen, stillstehen, das bedeutete, eine Niederlage zu riskieren. Zwar wehte heute die Fahne der Befreiungsfront über der mächtigsten imperialistischen Bastion Zentralafrikas, doch morgen schon würde wieder und immer wieder Krieg herrschen. Und da wollte Kasongo die Gruben im Namen der Zukunft der Bergarbeiter, Kvarner im Namen der Nächstenliebe verschonen. Was für ein Unsinn!

Er hatte nichts gegen Kasongo. Er war ein tüchtiger, verschwiegener, verläßlicher Genosse gewesen. Heute jedoch stellte er ein gefährliches Hemmnis dar. Er mußte verschwinden. War Kasongo erst tot, dann konnte Santos die Gruben in die Luft jagen und ein für allemal die Nabelschnur durchtrennen, die Zentralafrika mit der Welt der Weißen verband. Im Maniema würde eine freie Republik schwarzer Männer entstehen. Eine unzerstörbare Republik.

## 3. Kapitel

Als gewiefter Stratege hatte Santos nicht seine gesamte Streitmacht in die Schlacht geworfen. Er hatte die zuverlässigsten Krieger bei sich behalten. Es waren allesamt sehr junge Männer, deren Gesichter weiß, in der Farbe des Krieges, bemalt waren. Sie hatten unzählige Kämpfe zusammen durchgefochten, von den Wäldern des Sudan bis zu den schlammigen Ufern des Flusses. Es waren zu allem entschlossene junge Männer, erfüllt von unverbrüchlicher Treue und blindem Glauben. Er konnte sie mühelos davon überzeugen, Kasongo, den «Verräter Kasongo», in seiner Hütte an der Mündung des Alila, in der Nähe des großen Teichs, zu verhaften.

Das Revolutionstribunal war zur Abenddämmerung einberufen. Und die Menge war mit Hilfe Dutzender von Lautsprechern, die auf Lastwagen montiert waren, und von Ausrufern mit Megaphonen zusammengetrieben worden. Den Grund für die Versammlung hatte man nicht bekanntgegeben.

ELFTER TEIL

# 1. Kapitel

Die heiligen Trommeln ließen die Erde erbeben. Ihr dumpfes Grollen erfüllte die Luft. Aus der Wildnis der Vulkane und aus dem Sumpf, aus abgelegenen Dörfern und den Hütten der nächsten Umgebung strebten Tausende von Fackeln nach Uvonia. Gewaltige und doch immer noch anschwellende Fackelzüge ergossen sich in die Ruinen der Stadt.

Auf dem Platz vor der Kathedrale von Sainte-Anne wimmelte es von Männern, Kindern, Frauen und Ziegen. Der halbeingestürzte Glockenturm erhob sich aus dem durchsichtigen Dunst, der über den Trümmern hing. An der Avenue Minsk stieg aus einigen Gebäuden noch Rauch auf. Von Zeit zu Zeit zerrissen Blitze den Himmel. Am Horizont grollte der Donner. Weit, sehr weit weg, aus der Nähe des Flughafens und von der anderen Flußseite hörte man noch Schüsse, kämpften noch immer einige versprengte Söldner.

Umgeben von den Mitgliedern der Revolutionsregierung stand Malcolm Santos auf der längs der Friedhofsmauer errichteten Tribüne und wartete auf seinen Gefangenen. Hinter ihm richteten mehrere Panzer ihre Kanonenrohre auf und bildeten eine furchterregende Phalanx. Die Panzer waren Santos' besonderer Stolz. Sollten die Dinge sich zum Schlechten wenden, würden sie seinen Rückzug decken.

Santos betrachtete die Masse. Es waren mehr als hunderttausend Menschen, deren Kleidung und Schmuck ihre Herkunft aus beinahe allen Völkern Äquatorialafrikas verrieten. Die Menge reichte bis zum Palmenhain und weit hinter die Kathedrale. Auf allen umliegenden Straßen, bis zu den Häuserdächern hinauf, war es schwarz vor Menschen. Aus den afrikanischen Vierteln, aus den Dörfern der Ebenen und den schwimmenden Hütten des Sumpflands, von weit und überall her strömten noch immer die Bauern der Wagenia und Kuru, die Baluba der Bergwerke, die Bafulero, die Bashi, die Lunda und die Batutsi auf den Platz.

Tausende von Gesichtern, schwarze Flecken in der heraufziehenden Nacht. Doch nirgends ein Lächeln, ein Gesang, ein sichtbares Zeichen der ungeheuren Freude, die die Menge doch hätte erfüllen müssen. Eine rätselhafte Panik trieb sie zu Santos. Und Santos wußte, daß er der Stärkere war. Zwischen ihm und diesen Menschen herrschte keine Waffengleichheit. Die Karten waren gezinkt. Dem stürmischen, unbewußten Instinkt der Masse, ihrer diffusen Angst setzte er seine Intelligenz, seinen Scharfsinn, sein taktisches Geschick entgegen. Er wußte ganz genau, was in jedem dieser Gehirne vor sich ging: Lumumba hatte prophezeit, daß ein größerer nach ihm kommen würde, um sein Werk zu vollenden. Und für sie war das Kasongo. Drei schreckliche Kriegsjahre, unzählige Diskussionen und die grenzenlose Geduld der politischen Kommissare hatten diesen absurden Aberglauben nicht ausrotten können. Unglaublich hartnäckig hatte dieser Mythos die Männer und Frauen von einer klaren Wahrnehmung der Wirklichkeit abgehalten. Der Krieg hatte ihr Bewußtsein nicht erweitert. Selbst ihr

Sieg, das Ergebnis einer neuen Guerillataktik, war in ihren Augen ein Geschenk der Götter, nichts als die Frucht ihrer Zauberformeln und ihrer uralten Gebete. Santos konnte es nicht fassen: Diese Menschen, die zu Kühnheit und unerhörten Opfern fähig waren, hielten weiterhin, gegen ihre Würde, an ihrem erniedrigenden Aberglauben fest. Opfer des eigenen Irrglaubens, verehrten sie einen Menschen.

Als die Zande-Kommandos und ihr hinkender Gefangener auf dem Platz eintrafen, ließ der Kommandant die Scheinwerfer der Panzer einschalten. Ihre weißen Lichtgarben strichen über das Pflaster, bevor ihr gebündeltes Licht Kasongo traf. Die Menge erkannte ihn und wich instinktiv zurück. Der Gefangene war isoliert von den Seinen. Er hob seine mit Handschellen gefesselten Hände, um seine Augen zu schützen. Ein furchtsames Murmeln lief über den Platz.

Verstärkt von Dutzenden von ringsum aufgebauten Lautsprechern ertönte Santos' hohe Stimme.

«Völker des Maniema, Männer und Frauen Uvonias. Bürger! Heute abend sind die Blicke der ganzen Welt auf euch gerichtet. Ihr werdet über diesen Mann richten. Er ist ein Verräter an unserer Sache, ein Usurpator. Jahrelang ist es ihm gelungen, Lumumbas ruhmreichen Namen für sich zu vereinnahmen. Doch die Wachsamkeit unserer Genossen, der Simba, hat ihm nun das Handwerk gelegt. Seit langem schon hegen wir einen Verdacht gegen ihn. Doch nie haben wir Beweise gefunden. Heute sind sie in meinem Besitz.» Feindseliges Murmeln erhob sich. Nicht gegen Kasongo. Gegen ihn. Santos begriff, daß er die mysteriöse, tiefe Verbundenheit unterschätzt hatte, die die Menge mit dem Mischling verband.

Aus dem Konzept gebracht, beobachtete Santos den Gefangenen. Von Zeit zu Zeit krümmte sich Thomas und preßte seine Hände auf den Bauch. Er litt, er war krank. Große Schweißperlen traten auf seine Stirn, aber er hatte offensichtlich keine Angst. Er wirkte resigniert. Im übrigen hatte er dem Zande-Kommando keinerlei Widerstand entgegengesetzt. Er hatte nicht einmal protestiert, als ihm befohlen wurde, seine Uniform eines Brigadekommandeurs gegen ein schlichtes weißes Hemd, die kurze Hose der Bergarbeiter und Sandalen auszutauschen. Sein Blick wanderte unruhig, wie auf der Suche nach etwas oder jemandem, über den Platz. Isabel? Das mußte es sein. Isabel! Sie war Santos' Trumpf. Sein schlagendes Argument. Er ließ seinen Text fallen und rief ins Megaphon: «Kasongo, von dem ihr glaubt, daß er dem Kampf der Schwarzen so ergeben ist, lebt mit einer Weißen zusammen.»

Die Menge reagierte. Ein leichtes Murren. Der Hieb saß.

«Und was für einer Weißen! Der Geliebten Kvarners!»

Wieder hatte er ins Ziel getroffen. Von diesem Augenblick an reagierte die Menge auf jeden seiner Sätze.

«Jawohl, der Generalsekretär der Bergarbeiter hat mit der Frau des Präsidenten und Generaldirektors der Union Minière geschlafen . . . Jawohl, Kasongo hatte dieselbe Frau wie der Russe.»

Die Masse war nun reif.

«Wer hat den Befehl zum Generalstreik im September gegeben?»

«Kasongo.»

«Wer hat die Streikenden aus den Siedlungen in der Provinz massakrieren lassen?»

«Der Russe.»

«Wer hat den Russen vor dem Ausbruch des Generalstreiks gewarnt?»

Die Menge wußte es nicht. Santos brüllte: «Kasongos Frau. Und wer hat in Uvonia foltern lassen?»

«Der Russe.»

«Wer hat ihm die Namen der Gewerkschafter geliefert, die er foltern und erschießen ließ?»

«Die Frau.»

Die Menge würde es nicht über sich bringen, Kasongo zu beschuldigen, nicht einmal indirekt. Er mußte sie noch mehr in Fahrt bringen.

«Wer von euch hat in seiner Familie nicht eine Mutter, eine Frau, eine Schwester, die vergewaltigt, ein Kind, das verstümmelt wurde? Wer von euch hat nicht einen Vater, einen Sohn, einen Mann, einen Bruder verloren, von den Söldnern erschossen, von den Schwarzen Pfeilen ermordet, von Cermier gefoltert?»

Bleischweres Schweigen lastete auf dem Platz.

«Wer aber ist heute noch am Leben, trotz all dieser Verbrechen?»

Die Menge hielt, atemlos vor Angst und Erregung, den Atem an.

«Wer ist heute dank Kasongo noch am Leben? Der Russe! Jawohl, der Russe. Der Russe, der sich zu Kasongo am Rand des Deltas flüchtete. Er wußte, daß dort niemand nach ihm suchen würde. Kvarner, nach dem wir die ganze Stadt durchkämmt haben. Der Russe, den wir für tot hielten.»

Er machte eine Pause, beugte seinen schweren Körper vor, stützte beide Hände auf das Pult und schrie: «Der Russe lebt.»

Die Menge war wie versteinert, sie reagierte nicht. Er mußte sie aufrütteln. Sie zum Handeln bringen. Sie zum Handeln zwingen.

«Und wer hat diesen Mörder beschützt?»

Anstelle des Aufschreis, den er erwartete, waren nur vereinzelte Rufe zu hören. Er fühlte, daß er zu sehr mit den Gefühlen dieser schwankenden, unsicheren Masse gespielt hatte, und wollte gerade dazu ansetzen, sie durch einige lange Sätze zu beruhigen, sie wieder zu sich kommen zu lassen, bevor er sie von neuem aufpeitschte, als er in der Ferne, am Rande der unbeweglichen Menge feurige Punkte tanzen sah. Als würden sich Männer, Fackeln schwenkend, einen Weg bahnen. Zu seinen Füßen erhoben sich Stimmen. Ein Flüstern ging über den Platz. Die Menschenmassen begannen, dem Fackelzug Platz zu machen. Es konnte nur noch wenige Minuten dauern, bis er die Tribüne erreicht hatte.

Jemand reichte Santos eine Botschaft, die seine Vorahnung bestätigte: Eine Frau hatte Kvarner in einer Hütte im Delta erschossen.

Santos hielt keinen Beweis mehr in Händen. Und die Männer, die sich näherten, wußten das. Es waren zweifellos Hatima und seine Simba. Er mußte sich beeilen.

«Kasongo ist ein Verräter. Er wollte die Gruben nicht etwa erhalten, um eure Zukunft zu sichern, wie er vorgab, sondern um Kvarners Vermögen zu beschützen. Und was bedeutet das? Das bedeutet, daß er glaubte, der Russe würde eines Tages wieder Herrscher über die Gruben werden. All eure Toten sollten vergeblich sein. Alle Folterungen vergeblich. Jahre des Krieges, der Opfer und Leiden, vergeblich.»

Die Menge reagierte wieder, bewegte sich im Rhythmus seiner Sätze, rückte wieder an den kleinen Zug heran, verlangsamte seinen Vormarsch. Santos blieb noch ein wenig Zeit. Von seiner Tribüne herab wandte er sich jetzt direkt an Thomas.

«Kasongo, leugnest du, daß du mit Kvarners Frau zusammengelebt hast?»

Niemand verstand Kasongos Antwort, der bewegungslos und erschöpft dastand.

«Er leugnet nicht, denn es ist wahr.»

Theatralisch beugte er erneut seinen kahlen Kopf zu dem Gefangenen herab.

«Kasongo, leugnest du, daß du den Russen am Leben gelassen hast, als er dir in die Hände fiel?»

Er richtete sich auf und brüllte: «Er leugnet nicht, denn es ist wahr.» Santos wußte, daß er, durch die herannahenden Anhänger Kasongos zur Eile getrieben, zu schnell vorpreschte. Daß die nur halb überzeugte Menge nicht mehr antworten würde. Daß er selbst Fragen und Antworten geben mußte. Und das Ganze so schnell wie möglich zu Ende bringen mußte.

«Kasongo hat mit Stanislas Anthony Kvarner, dem Feind des Volkes, gemeinsame Sache gemacht. Kasongo hat das Eigentum Kvarners, des Volksfeinds, beschützt. Kasongo ist selbst ein Feind des Volkes. Er hat das Volk verraten. Für dieses Verbrechen gibt es nur eine Strafe. Den Tod. Bürger Kasongo, haben Sie noch etwas zu Ihrer Verteidigung vorzubringen?»

Inmitten des Lichtkreises hob der Gefangene den Kopf, blickte in die Gesichter, die ihn verlegen betrachteten. Seine Stimme erhob sich, plötzlich machtvoll und warm, schallte über den Platz und hallte wider von den Mauern der Kathedrale.

«Meine Brüder und Schwestern. Ich habe euch nicht verraten. Ich ...»

Eine Maschinengewehrsalve übertönte seine Stimme. Die Scheinwerfer erloschen plötzlich. Es gab nur noch einen Leichnam, der mit gekreuzten Armen auf dem Platz lag. Und eine ins Dunkel getauchte, von Furcht ergriffene Menschenmenge.

Santos und die Mitglieder des Revolutionsrats nutzten die allgemeine Erstarrung, sprangen auf einen Panzer und traten den Rückzug an.

Als Hatima und Kagamé auf dem Platz eintrafen, lag Thomas noch immer mit aufgerissenen Augen da. Niemand wagte es, ihn zu berühren.

Isabel hatte Kvarner umsonst getötet. Thomas war tot. Ihre Hoffnung war tot.

# EPILOG

Im November 1964 beschlossen die Präsidenten Johnson und de Gaulle mit Unterstützung der Belgier, Zentralafrika zurückzuerobern. Im Morgengrauen des 26. November setzten amerikanische Hercules-Maschinen belgische Fallschirmjäger über Stanleyville ab. Zehn Tage später griffen die westlichen Mächte Uvonia an. Nachdem die Ruinen der Stadt einem massiven Bombenhagel ausgesetzt worden waren, sprangen die Fallschirmjäger über Uvonia ab. Viele Bergleute, darunter auch Hatima, verwandelten sich nun, aller anderen Mittel beraubt, in menschliche Bomben. Mit um den Bauch geschnallten Dynamitstangen warfen sie sich den Panzerspähwagen und Jeeps der Eindringlinge entgegen und jagten sich mit den Fahrzeugen und ihren Besatzungen in die Luft.

Die Einheiten der Rebellenarmee, die Kommandos der Zande und die nach der Befreiung gegründeten revolutionären Milizen leisteten verzweifelt Widerstand in der brennenden Stadt. Doch trotz ihres heldenhaften Kampfes mußte sich die neue Republik, besiegt von Splitterbomben und Napalm, schließlich geschlagen geben. Nach drei Tagen des Kampfes waren die Erzlager und die Ruinen Uvonias wieder in den Händen der Europäer.

Isabel, ihre Kinder, ihr Bruder, ihre Schwester und ihre Mutter kamen wie Tausende anderer Stadtbewohner und Flüchtlinge, die sich in den Vororten zusammengedrängt hatten, bei den Bombardierungen ums Leben. Die siegreichen Westmächte ernannten in Léopoldville einen neuen Diktator, Joseph Désiré Mobutu, einen Oberst der

Regierungsarmee, der den zu diesem Zeitpunkt in Südafrika weilenden Cermier zurückrufen ließ.

Malcolm Santos wiederum hatte nach der Hinrichtung Simon Kasongos schwere Auseinandersetzungen mit den Gewerkschaftsführern gehabt, die die Gruben noch immer besetzt hielten und sich weigerten, sie zu fluten. In diesem Konflikt verteidigten die einen die Zukunft ihres Landes; der andere, der Fremde, seine universelle Strategie der Zerstörung der Rohstoffquellen des Westens. Die Bergleute konnten sich zwar gegen Santos durchsetzen, doch die Landung der Fallschirmjäger gab ihm verspätet recht: Niemals hätten die Europäer versucht, eine bloße Stadt in Trümmern, die irgendwo im Dschungel verloren war, zurückzuerobern. Sie kamen nur wegen der Minen zurück.

Mit einer Hundertschaft seiner Getreuen verschanzte sich Santos an den unzugänglichen Hängen der Vulkane Fizzi und Baraka in zweitausend Meter Höhe über dem Tanganjikasee. Mehrere Jahre lang versuchte er noch, von seinem Versteck aus die Bevölkerung in der Umgebung zum Aufstand zu bewegen. Dann verfiel er einem fortschreitenden Wahn: Er ernannte sich selbst zum «Kaiser von Afrika» und schwor, jede Stadt, jedes Dorf oder jeden Weiler dem Erdboden gleichzumachen, in dem auch nur ein einziger Weißer lebte.

Eines Morgens in der Trockenzeit des Jahres 1975 sah ein Wachposten der Regierungsarmee, der am Eingang des Tals von Nugusa postiert war, einen riesigen, kahlen Schwarzen, angetan mit den Fetzen der Rebellenuniform, die um sein abgemagertes Gerippe schlotterten, aus dem Nebel hervortreten. Der Afrikaner erkannte Santos und tötete ihn.

# NACHWORT

Fünfzehn Jahre nach dem Ende des Zweiten Weltkriegs, beflügelt von einer Begeisterung, die durch den Sieg der Demokratie über den Nazismus und die rasanten Fortschritte der antikolonialen Befreiungsbewegungen überall auf der Welt genährt wurde, errang der ehemals belgische Kongo seine Unabhängigkeit am 30. Juni 1960.

Ein Mann hatte diesen Befreiungskampf geführt: Patrice Eméry Lumumba. Er war Autodidakt, Postangestellter, ein feuriger Redner, sechsunddreißigjährig, von hagerer Gestalt, mit schmalem Gesicht und lebhaften Augen hinter einer dicken Hornbrille. Gebürtig in Stanleyville, gehörte er zum Volk der Batetela.

Die Feuersbrünste und Stürme einer außergewöhnlichen Epoche bildeten die Kulisse für seinen überraschenden Sieg. 1954: Niederlage des französischen Expeditionscorps in Diên Biên Phu. 1955: Gründung der Bewegung der Blockfreien Staaten in Bandoeng, welche die Logik des kalten Krieges und die Teilung der Welt zwischen den zwei Weltmächten ablehnt. 1956: Beginn des zweiten Indochinakrieges. 1959: Sieg der kubanischen Guerilla in der Sierra Maestra. 1960: Achtzehn schwarzafrikanische Staaten erhalten ihre Autonomie.

Die dritte Welt war geboren, mit ihren interkontinentalen Solidaritäten und den vielen Befreiungsfronten in den Dschungeln, Wüsten und Gebirgen dreier Kontinente. Ein Sturmwind der Hoffnung auf Freiheit, Gerechtigkeit und Menschenwürde beseelte die Völker Lateinamerikas, Asiens und Afrikas. Jedoch: Die imperialen Mächte weigerten sich, die unermeßlichen Bodenschätze des kongolesischen Subkontinents preiszugeben. Sie ließen Lumumba ermorden. In Léopoldville installierten sie eine Marionettenregierung.

Der Mord an Lumumba trennt zwei Epochen der zeitgenössischen afrikanischen Geschichte: jene der Hoffnung und des siegreichen Kampfes für die nationale Befreiung; jene andere – die wir heute erleben – der Unterdrückung, der Korruption, der Bruderkriege und des gesellschaftlichen Zerfalls.

Als kleiner UNO-Beamter in Maniema, in diesem Afrika der großen Seen, Vulkane, Urwälder und Savannen, wo die phantastischsten Gold-, Diamanten- und Uranschätze der Welt liegen, erlebte ich die blutigen Ereignisse, die dem Tod Lumumbas unmittelbar folgten.

Fünfzehnjährige Bergarbeiter, bewaffnet bloß mit ihren Xac-Xac – aus rostigen Konservendosen herausgeschnittene Dolche mit vergifteter Spitze – stürzten sich auf die allmächtige Miliz und die Söldner. Ihr Mut und ihre Fröhlichkeit, die Brüderlichkeit, die unter ihnen herrschte, begeisterten mich. Die widersprüchlichsten Leidenschaften – Aufopferung, Liebe, Haß und unbändige Hoffnung – beseelten die Frauen und Männer der Rebellenarmee. Am Horizont sah ich die Flammen des Aufruhrs, aber auch, von ganz nahe, die Rache der Weißen.

Später, in den Jahren 1964/65, wohnte ich in Burundi der Ankunft der endlosen Flüchtlingsströme bei. Ströme geschundener Menschen, Schiffbrüchige der Geschichte und der verlorenen Hoffnung.

In den kühlen Nächten von Elisabethville, eingeschlossen im Keller des UNO-Hospitals, während draußen die Granaten der Söldner einschlugen, schrieb ich in einem blauen Notizheft meine Gespräche, Reflexionen, Emotionen und obskuren Ängste nieder. Dieses blaue Heft bildete die Matrix meines Romans.

Während mehr als dreißig Jahren haben mich die Bilder von damals verfolgt und oft des Nachts aus dem Schlaf gerissen. Die Bilder sind geblieben. Aber ich habe beim Schreiben meines Romans auch eine Erfahrung gemacht, die Marguerite Yourcenar trefflich formuliert hat: «Das Gedächtnis ist keine Anhäufung von Dokumenten, säuberlich geordnet und deponiert in unserem Unterbewußtsein. Das Gedächtnis ändert und lebt. Totes Holz entzündet sich plötzlich, und das Gedächtnis wird zum flammenden Autodafé.»

Zu Dank verpflichtet bin ich dem algerischen Außenminister Lakdar Brahimi, vormals Organisator des lumumbistischen Nachschubs in Juba, und Dariel Alarcon Ramirez, genannt «Benigno», stellvertretender Kommandant der von Che Guevara befehligten internationalen Guerillaeinheit im Kongo für ihre Dokumente, Karten und Auskünfte zur militärischen Situation; dem Direktor des Naturwissenschaftlichen Museums Genf, Volker Mahnert, Spezialist für die Aquafauna in Äquatorialgewässern; den Professoren Carlo Carbone (Rom) und Laurent Monnier (Genf) für ihre anthropologischen Auskünfte; Professor Jean Charollais (Genf) und André Vifian für die Überprüfung meiner Aufzeichnungen zur zentralafrikanischen Grubentechnologie und Goldschürfung. Annie François und Erica Deuber-Pauli haben das Manuskript stilistisch überarbeitet. Hanna van Laak hat eine vorbildliche Übersetzung erstellt.

Besondere Dankbarkeit schulde ich Karl Heinz Bittel, meinem Lektor, ohne dessen Rat, Engagement und freundschaftliche Hilfe die deutsche Ausgabe nicht hätte zustande kommen können.

*Jean Ziegler*

Genf, im Juni 1996